DIE WÜNSCHE GEHÖREN UNS

Bibliografische Information der Deutschen Nationalbibliothek

Die Deutsche Nationalbibliothek verzeichnet diese Publikation in der Deutschen Nationalbibliografie; detaillierte bibliografische Daten sind im Internet über http://dnb.dnb.de abrufbar.

Hubert-Sattler-Gasse 1, A-5020 Salzburg
office@jungundjung.at

Umschlagabbildung: © cover photo Laura Makabresku
Umschlaggestaltung: BoutiqueBrutal.com
Druck und Bindung: GGP Media GmbH, Pößneck
ISBN 978-3-99027-413-2 / 1. Auflage 2025

MIX
Papier | Fördert gute Waldnutzung
FSC® C014496

KATHARINA GEISER

DIE WÜNSCHE GEHÖREN UNS

Roman

JUNG
UND
JUNG

Für Elise Linder-Brand (1868–1953)

Vielleicht hilft es, wenn man an einem Apfel riecht.
ADELHEID DUVANEL

Das Echte will auch neben dem stehen, was erfunden ist.
WIM WENDERS

1

UND WENN WIR NUR EIN TRAUM VON JEMANDEM SIND?

An diesem Nachmittag war der Fluss kein aus Wasser gemachtes Getöse. Arglos, wie gezähmt zog er dahin. Wäre er rückwärtsgeflossen, so hätte Elise das genau jetzt bemerkt. Sie sah die größeren und sehr großen Steine im Flussbett, die da und dort das Wasser bremsten, es aufspritzen ließen oder zu durchsichtigen Fächern formten. Sie sah das unterschiedliche Grau der Steine, alle grauer als der Himmel, und dieser Himmel hing als Schmutzwasser über ihr, während eine Kohlmeise unermüdlich ihren Alarm in die frische Luft rief, Revieranspruch oder Paarungsbereitschaft verkündete oder beides zusammen.

Frühling, dachte Elise nur, Frühling.

Der Koffer stand, wo Anna ihn platziert hatte, am diesseitigen Ende der Brücke.

Zum Abschied hatte Idi erwartungsgemäß *Adieu, leb wohl* genuschelt. Ihr Händedruck war lasch gewesen, er bedeutete Elise gleich viel wie ein Schulterklopfen. Als sie sich Anna zugewandt hatte, wich diese zuerst mit dem Kinn, dann mit dem ganzen Körper unmerklich zurück. Ihr Hut saß makellos. Ohne einen ihrer Hüte und ohne Brille war Anna nie unterwegs. Hinter den Gläsern lauerten schmale, standhafte Augen.

Elises Blick ruhte nun auf den leicht rostigen Verschlüssen des Koffers.

Womöglich schon vor Wochen musste Anna alles ausgekundschaftet haben, zumindest das Dorf mit der Station, den Fußpfad durch den Wald, die kleine Schlucht mit der gedeckten Holzbrücke und, auf der anderen Seite des Flusses, die Straße, die beiden Kurven.

Die Strecke vom Bahnhof bis hinunter zur Brücke war für Elise zu bewältigen, wenn auch beschwerlich gewesen. Anna und Idi hatten sie in ihre Mitte genommen. Falls sie gestolpert oder gefallen wäre, hätte vermutlich weder die eine noch die andere sie aufgefangen. Zu warm, fast heiß war Elise auf dem Weg geworden, bis in den Hals hatte ihr das Herz geklopft. Nicht um alles in der Welt hatte sie sich die Anstrengung anmerken lassen wollen. In ihren Armen dagegen steckte noch die alte Kraft.

Den Koffer hätte sie ohne Mühe selber tragen können. Unzählige Male hatte Kari ihn benutzt. Verreist war er damit nie, bloß in einem fort unterwegs gewesen, mit seinem Rucksack und bei Bedarf eben auch mit diesem kleinen Koffer.

Einen ausgesprochen armseligen Eindruck mache sie mit dem Gepäckstück, hatte Anna gesagt, als sie Elise abgeholt hatten. Spott, wenn nicht gar Triumph, zumindest aber Genugtuung war ihrem Gesicht abzulesen gewesen. Idi hatte wie meistens den Mund gehalten; ein roter Schimmer lag auf ihren Wangen.

Elise sah immer noch gut, vieles an ihr war noch intakt.

Sie war sich sicher, Anna und Idi zum letzten Mal zu sehen, doch schickte sie ihren Töchtern keinen guten Gedanken hinterher, als sie sich jetzt aus mütterlichem Instinkt umdrehte: Dort gingen die beiden, einmütig als falsches Paar. Ineinandergehakt, im Gleichschritt mit geradezu lächerlich anmutenden, kurzen Schritten und leicht nach vorn gekippten Oberkörpern, um den nicht allzu steilen Pfad durch den Wald besser zu meistern.

Wald? Den kümmerlichen Bäumen fehlte es an Licht. Buchen, Hasel und Erlen trugen noch kein Laub. Den Tannen hatte der Winter ein mattes Grün umgehängt. Kreuz und quer lag geschlagenes Holz, die dünnen Stämme gaben nicht viel her, zum Pfählen oder Zäunen taugten sie aber allemal. Vereinzelt waren gedrungene, sperrig wachsende Weiden mit ihren samtigen Silberkätzchen zu sehen und überall Bärlauch, der seine Blätter wie Speerspitzen in die Märzluft stieß. Nur nicht unten an der Brücke, wo nun von der gegenüberliegenden Seite ein Leiterwagen daherrumpelte, gezogen von einem kraftstrotzenden Mann.

Eine Armlänge vor Elise hielt er den Wagen an, stellte sich als *Kempf Johann* vor und fügte einen Willkommensgruß hinzu, etwas gar gut gelaunt, wie ihr schien. Dann hieß er sie, auf den Leiterwagen zu steigen, der schmal war, bestimmt älter als Elise und passend für eine Fuhre Heu. Eine Holzkiste diente als Tritt. Es war mühselig, da hinaufzuklettern. Johann legte seine Hände an Elises Gesäß und drückte sie hoch. Als ihr der Koffer nachgereicht wurde, bemerkte sie, dass aus dem Halbdunkel der Fachwerkbrücke zwei weitere Kerle hinzutraten. Listige Augen blinzelten unter der Hutkrempe des einen hervor, der deutlich Größere und Jüngere hatte ein fliehendes Kinn und abstehende Ohren. Mit finsterer Miene packte der Große die Deichsel, der Kleine stellte sich an die Seite von Johann und half beim Anschieben, Wenden und Stoßen des Gefährts, das kurz darauf seinem Ziel entgegenholperte, zuerst über den Bretterboden der Brücke, dann hinauf bis zur Landstraße und dort noch ein Stück weiter.

Vor allem war Elise froh, sitzen zu können, wenn auch alles andere als bequem. Einige fadenscheinige, übereinandergelegte Polsterkissen dienten als Sitz, an den Streben des Leiterwagens konnte sie sich festhalten. Ihre Beine taten weh, doch hatte sie sich längst an den Schmerz gewöhnt. Drei kräftige Männer an ihrer Seite! Es hatte Zeiten gegeben, wo sie über diese Situation herzlich gelacht hätte.

Schon am Bahnsteig, bevor der Zug sich weiter talaufwärts in Bewegung gesetzt hatte, war ihr die senkrechte, karg bewachsene Felswand aufgefallen, mächtiger und schroffer als die übrigen den Ort umgebenden Berge, eine einzige Abweisung stellte sie dar. Zuoberst verschwand die Wand in den Wolken. Elise senkte ihren Kopf erneut, sah aber dennoch, wie die bedrohlich wirkende Bergflanke im Lauf der Fahrt auf sie zukam. In ihrem Dorf gab es in erreichbarer Nähe nur Hügel, von guten Wäldern bedeckt, *gut* für darin weidende Ziegen und um Beeren und Pilze zu finden.

Endlich kamen ein paar Häuser und schließlich ein behäbiges Haus mit Walmdach auf sie zu. Es kaschierte seine Baufälligkeit nicht. Irgendwann mochten die Fensterläden grün gewesen sein.

Es war der Gegenwind, der Elise Tränen in die Augen trieb.

»Ich bin da«, sagte sie leise vor sich her, als der Leiterwagen anhielt. »Aber nicht für ewig.«

Im selben Moment lugte der kleinere der Karrer hinter dem Wagen hervor, um gleich darauf drei, vier ungelenke Sprünge zu machen, seinen Hut mit einer Hand an den Kopf drückend.

2

WARUM RIECHEN DIE SCHWEINE ALLE GLEICH, DIE MENSCHEN ABER GANZ VERSCHIEDEN?

Johann deutete auf das Haus und ging Elise voran. Das war gut gemeint, aber insofern unnötig, als zwischen Gartentor und Hauseingang nur ein paar Schritte lagen und Elise keine Sehbehinderung hatte. Darüber hinaus war sie immer noch imstande, Wohnhäuser von Ställen, Bärlauch von Maiglöckchen, Streuzucker von Hagelzucker oder auch Schlangen von Blindschleichen zu unterscheiden. Und Männer von Frauen, obwohl das mittlerweile unbedeutend war. Andererseits hatte Johann sich wie ein Diener ihren Koffer geschnappt; galant, charmant war das. Man hätte verführt sein können zu glauben, gleich ein bestes Gasthaus zu betreten. Aber Bedienstete, so überlegte Elise, gingen sehr wahrscheinlich eher hinter als vor einem her. Und Anna? Sie hatte ihr den Koffer nur aus schlechtem Gewissen abgenommen.

Das mit dem Gasthaus war ziemlich daneben. Allein die paar Zuschauer zwischen Tor und Tür waren dafür Beweis genug. Dennoch gab es hier eine Köchin und eine Küchenhilfe, einen Gärtner (Johann nämlich), eine fidele Wäscherin und drei weitere Angestellte. Fünf Diakonissen widmeten sich dem Dienst am Nächsten und führten Haus- und Gartenarbeiten an. Die Schwestern lebten in Gemeinschaft mit Frauen, Männern und Kindern, von denen die einen unheilbar krank, andere einigermaßen gesund und wieder andere ganz gesund waren. Vom vernachlässigten Säugling über den obdachlos gewordenen Melker und die ehemalige Säuferin bis zur senilen Jungfer wurden hier alle für ein tägliches Kostgeld von fünf Franken *versorgt*.

Unter der offenen Haustür nahm eine junge Schwester Elise in Empfang. Man konnte sich ihren Namen nicht leicht auf Anhieb merken, *wie Burg, aber mit einem A hinten*, hatte sie gesagt. Ihre Hand war warm und trocken. Einen gütigen Eindruck machte diese Schwester Burga, die für alle Frauen zuständig war. Sie verkniff es sich nicht zu erwähnen, dass selten jemand mit einem Koffer anreise, die meisten brächten ein Bündel mit, höchstens, wenn überhaupt. Elise meinte, so etwas wie Anerkennung herauszuhören.

Ein strenger Geruch kam von dem langen Gestell hinter der Eingangstür, das fast die ganze Länge des Treppenhauses einnahm. Sämtliche Schuhe der Heimbewohner standen hier, ausgerichtet in Reih und Glied. Wären die Schuhe kreuz und quer dagelegen, hätte dies beruhigend familiär wirken können. Doch zum einen verbot das die Hausordnung, und zum anderen war an diesem Ort Zeit in Hülle und Fülle vorhanden, um Schuhbändel aus Langeweile oder Gewissenhaftigkeit in Schuhe zu stopfen. Selbst jene, für die das letzte Stündchen bald schlagen würde (die Kirche lag jenseits der kleinen Schlucht), fügten sich dieser Ordnung, sofern sie denn noch dazu imstande waren, sich hinunter ins Erdgeschoss zu begeben.

Elises Nase war immer noch gut.

Das Schuhgestell sei als ein Aushängeschild zu betrachten, klärte Schwester Burga auf und wirkte dabei leicht verlegen, »man betritt ein Haus, der erste Eindruck ist wichtig, findet Ihr nicht auch?«

Die Filzpantoffeln, die Elise zugeschoben wurden, waren ausgelatscht. Ihr fielen die dunklen Strümpfe und Schuhe von Schwester Burga auf. Sie hatte sich vor die einzige Zimmertür im Eingangsbereich gestellt. »Das Büro von Schwester Ottilia, unserer Hausmutter und Oberschwester«, sagte sie leise und winkte Elise herbei. »Gleich folgt Euer Eintrittsgespräch.« Die Schwester klopfte an. Elise betrachtete die schwarz-weiße Abbildung, die mit Reißnägeln am Türblatt des Büros befestigt war: zwei unverkrampfte Hände, deren Zeigefinger aufeinander deuteten, sich aber nicht berührten, die eine männlich, die andere eher weiblich. Sie konnte sich keinen Reim auf dieses Bild machen.

Schwester Ottilias Raum glich mehr einer Stube als einem Arbeitsort. Umgeben von Polsterstühlen, einer mit gestickten Kissen bestückten Ottomane, dem mit Büchern, Mappen, Papieren überbordenden Bücherregal und einem stattlichen, ordentlich polierten Sekretär mit zahlreichen Fotos wurde es Elise eine Spur leichter. Es gab außerdem eine Standuhr, deren Ticken nach vertrautem Leben klang, zwei wackere Gummibäume, verschiedene Bilder, sogar einen in Gold gefassten Wandspiegel.

An einem mit Intarsien verzierten ovalen Tisch setzte Schwester Ottilia sich Elise gegenüber und faltete die Hände: »Das ist das Tor zum Herrn, nur Gerechte treten hier ein. Amen.«

Der in der Mitte des Raums angebrachte Kristallleuchter wirkte doch etwas gar pompös und berieselte sämtliche Dinge mit *frommem Licht*, wie Elise fand. Ihre Lippen kräuselten sich ganz von selbst vor. Die Oberschwester hob den Blick und stellte die zu erwartenden Fragen: Ob sie eine gute Reise gehabt habe und wie es ihr gehe. *Ja* und *geht so*, antwortete Elise.

»Elise Linder-Brand, geboren am 15. Juni 1886, verwitwet, ist das korrekt?«, fragte Schwester Ottilia weiter. In verschiedene Spalten eines aufgeklappten Buches notierte sie Personalien und Daten.

Ein Kratzen der Feder vernahm Elise nicht, doch ihr fiel auf, dass die Oberschwester wie gestochen schrieb. Als sie fertig war, schwang Schwester Ottilia ihren massigen Hintern zum Sekretär und griff nach einem Tintenlöscher, mit welchem sie anschließend über die frischen Einträge wippte. Garantiert würde Elise sich hier, unter Gottes Obhut, bald schon wie zu Hause fühlen, meinte sie. Ihr Mund lächelte. Ihre Stimme war angenehm, ihr ausgeprägter Ostschweizer Dialekt weniger. Ihre teichgrünen Augen blieben leer. Sie hatte *zu Hause* gesagt. Als könnte sie zaubern.

Schwester Burga werde ihr alles Nötige zeigen, fuhr die Hausmutter fort, auch Fragen möge sie bitte immer zuerst an jene richten oder, noch besser, an den Zimmergeist, der in ihrem Fall Stini Lehner sei.

»Zimmergeist?«, fragte Elise.

Das sei eine Person, die schon lange hier lebe, deshalb über alles Bescheid wisse und sich noch um andere kümmern könne. Gäbe es im Zimmer ein Vorkommnis, so hole der Zimmergeist Unterstützung, von Schwester Burga oder von Lydia und Francesca, je nachdem. Letztere werde Elise auch schon bald kennenlernen.

Schwester Ottilia hob die Brauen und holte tief Luft: »Nun aber zu etwas, was wir hier zur allgemeinen Regel erhoben haben. Es betrifft die Übernahme von persönlichen Wertgegenständen. Da die Heimatgemeinden nur sehr knappe Kostgelder für unsere Pfleglinge bezahlen, ist es üblich, mitgebrachtes Geld und Schmuck abzugeben, alles, was eben von weltlichem Wert ist. Das gibt unserem Betrieb eine gewisse Sicherheit. Wie ich sehe, tragen Sie einen Ehering, aus echtem Gold vermutlich. Wären Sie so gut, ihn mir zu geben? Und verfügen Sie auch noch über eine Barschaft?«

Elise schluckte leer: »Ich dachte, meine Tochter würde die Kosten für meine Unterbringung übernehmen?«

»Schon«, erwiderte die Hausmutter, »Sie brauchen sich aber keine Sorgen zu machen, denn bei einem allfälligen Austritt werden Ihnen Ring und Geld wieder ausgehändigt.«

»Vier Franken sechsundfünfzig«, sagte Elise stockend, nachdem sie ihr Portemonnaie aus der Manteltasche gezogen und mit dem Zeigefinger die Münzen darin hin und her geschoben hatte.

»Mit der zentralen Aufbewahrung der Wertgegenstände fördern wir außerdem die Gleichstellung aller«, so Schwester Ottilia weiter. »Schließlich soll niemand unter diesem Dach Neid empfinden. Natürlich muss auch keiner Mangel leiden. Denn der große Gedanke unseres Schöpfers ist, *ein Gottesvolk* zu bilden, das an Gerechtigkeit und Liebe zu erkennen ist. Darum nehmen wir auch die Eheringe in Gewahrsam.«

Die Logik erschloss sich Elise nicht so ganz. Langsam schob sie die Münzen der Oberschwester zu. Danach legte sie beide Hände auf die Tischplatte: »Schaut, meine Gelenke sind vom Rheuma dermaßen geschwollen, dass ich den Ring schon längst nicht mehr abbekomme.«

Schwester Ottilia warf einen kurzen Blick auf Elises Finger: »Vielleicht lässt er sich später ja doch noch mit viel Seife oder auch anders entfernen, ich mache mir eine Notiz. In ein paar Tagen sehen wir weiter.«

Nachdem sie ihre Hände zurück in den Schoß gelegt hatte, befühlte Elise mit Daumen und Zeigefinger der Rechten den Ring an ihrer linken Hand. Ja, er war aus Gold. Gottfried hatte ihn ihr angesteckt. Niemals würde sie sich dieses letzte Zeichen der Verbundenheit nehmen lassen.

Schwester Burga stieg vor ihr die lange Treppe hinauf, auch sie trug ihren Koffer. Bereits nach wenigen Stufen atmete Elise schwer, das Knarren erinnerte sie an nichts.

Oben im Treppenhaus gab es nach drei Seiten hin eine Tür. Geradeaus sei der Waschraum, erklärte Schwester Burga, daran anschließend die Toiletten. In beiden Haushälften dieser Etage lägen die Zimmer der Frauen, die Männer seien im zweiten Stock untergebracht, die Kinder im Erdgeschoss, und in den Dachkammern schliefen die Diakonissen (*noch deutlich unter Gott*, ging es Elise durch den Kopf). Sie würde in Zimmer 3 wohnen, es liege auf der linken Seite, Richtung Morgensonne, sagte Schwester Burga.

Kurz danach drängte sie Elise dazu, ihren Mantel an einen Haken im Korridor zu hängen, sie schien in Eile zu sein. Dann strich sie aber doch mit beiden Handflächen über den Wollstoff des Mantels, ohne Hast. Wen wollte sie damit besänftigen?

Es roch nach Mottenpulver.

Ringsum standen mit einem Mal einzelne, dann mehr und mehr Frauen, mit trotzigem Unterkiefer und lauerndem Blick die eine, mit hochgezogenen, knochigen Schultern eine andere. Manche bekam den Mund nicht mehr zu. Kopftücher aus einfachen Stoffen fielen Elise auf, fettiges Haar klebte an einem Schädel, Hände hingen an zu langen Armen oder rangen mit sich selbst. Elise sah in die Runde und grüßte. Ihre Stimme kam ihr heiser vor.

Eine Frau kam ihr entgegen, schlurfte an ihr vorbei und meinte forsch: »Kleiderbügel brauchst du nicht zu suchen, es gibt hier keine! Dafür hält der Herrgott höchstpersönlich einem den Mantel auf!«

Schwester Burga überhörte die Bemerkung und deutete auf das Ende des Korridors. Hier befand sich ein offener Raum, vollgestellt mit Schränken und Kommoden. Vor dem einzigen Fenster hing ein karierter Vorhang, dessen Farben ausgeblichen waren. Eine angebrannte Kerze in einem gusseisernen Halter stand auf der Kommode.

Elise wurde eine Schublade zugewiesen, wo sie ihre Wäsche versorgen sollte. Nein, einen Schlüssel gebe es nicht, sagte Schwester Burga, und sie klang erneut etwas verlegen, den leeren Koffer könne sie dann unter ihr Bett schieben. Auch er dürfe nicht abgeschlossen werden, so sei die Regel. Falls Elise ein Erinnerungsstück mitgebracht habe, möge sie dieses im Koffer verwahren. Ihre Tochter habe ihr hoffentlich ausgerichtet, dass es sich dabei, leider, nur um einen einzigen, kleineren Gegenstand handeln dürfe.

Wieder schluckte Elise leer.

Unfassbar jung war diese Schwester Burga. Dazu eine Hübsche. Ihr Haar zwischen Stirn und Haube schimmerte fast golden, ein klares Zeichen für das Engelhafte, wie einige der Hausbewohner zu betonen nicht müde wurden.

Elise hatte im Laufe ihres Lebens viel gesehen, einen Engel noch nie.

Durch Umschlagtuch und Strickjacke hindurch spürte sie die Hand der Schwester, die sie vorwärts über die Schwelle von Zimmer 3 schob. Hinter ihr zerstreuten die anderen Frauen sich. Abgehackte, unverständliche Wörter drangen noch an Elises Ohr, herausgepresstes, giftiges Lachen flaute ab.

Sie hatte es sich anders vorgestellt. Nein, Elise hatte sich überhaupt keine Vorstellungen davon gemacht, wie sie untergebracht sein würde. Viel zu wenig Zeit war ihr dafür geblieben. Ein Bett, ein Zimmer. Und Anna konnte sie nicht trauen. Sie und Idi würden jetzt bald wieder daheim sein, in ihren eigenen Wohnungen Kaffee trinken und *Weggli* futtern.

Von Milchbrötchen und gutem Bohnenkaffee konnte man hier höchstens träumen. Den Diakonissen wurde zwar dreimal täglich sättigende Bauernkost aufgetischt, bei den Pfleglingen verhielt es sich anders. An den strikten Regeln war nicht zu rütteln, auch sollten sie froh sein, überhaupt verköstigt zu werden und ein eigenes Bett zu haben, diese Ärmsten der Armen. So stand es wiederholt in den Berichten der Kommissionen und Behörden, und so sagten gelegentlich die Dörfler jenseits des Flusses: *die Ärmsten der Armen.* Und in den umliegenden Ortschaften und Weilern talauf- oder -abwärts und noch weiter weg und ebenso in jenem Dorf, wo Elise bis vor Kurzem gewohnt, fast ein ganzes Leben verbracht hatte, die Kinder aufgezogen, Gottfried eine gute Frau gewesen war, tagein, tagaus als Wäscherin im eigenen Betrieb unermüdlich gearbeitet hatte, ja selbst dort wussten die meisten Leute um jenes Armenhaus am Tor zum Berner Oberland, dem *Brüggli.* Auch Elise kannte das Asyl, vom Hörensagen, und insbesondere von Kari.

Doch jetzt, als sie sich in Zimmer 3 auf die hölzerne Bettstatt stützte und sich umsah, begriff sie: Sie hatte mit sieben anderen Frauen einen Raum zu teilen. Nicht einmal ein Nachttisch oder zumindest ein Stuhl stand zwischen den einzelnen Betten. Dafür hockte eine Menge schlechter Luft in diesen Wänden drin.

3

WOHER WEISS DIE AMSEL, WELCHES LIED SIE SINGEN MUSS?

Nähe war für Elise nie ein Problem gewesen. Wie oft hatte sie ihre Arme ausgebreitet, Menschen an sich gedrückt, wie oft sich ausgezogen, ganz oder nur untenrum, um Männer an sich heranzulassen. Schon früh fing sie damit an, aus Unerfahrenheit zunächst, dann aus der Not heraus. Später aus Freude. Aber das mit der Not war sehr lange her, da musste sie jünger als Schwester Burga gewesen sein.

Damals strebte sie für Anni und sich (eine ledige, noch nicht volljährige Mutter) ein Leben an, das keinesfalls ärmlich sein durfte. Deshalb wollte sie in kurzer Zeit möglichst viel Geld verdienen. Ohne ihren Vater darüber zu unterrichten, geradezu feige und doch auch guten Mutes setzte sie sich nach Zürich ab. Nur ihre Schwester Marie, in deren Obhut sie Anni gegeben hatte, wusste von ihrem Vorhaben. Und die ebenso entscheidenden wie hilfreichen Hinweise für das etwas andere Erwerbsleben hatte sie von einer Freundin der Mutter erhalten. *Vor allem aber musst du wissen, dass dieser Beruf nicht schlechter ist als die meisten anderen*, hatte die gesagt.

In ihrer ersten Nacht im Brüggli kam Elise jene winzige Dachkammer in den Sinn, die sie seinerzeit im Zürcher Niederdorf mit jenem anderen Mädchen geteilt hatte. Vom frühen Abend bis in die späte Nacht hinein verkauften sie beide sich auf der Straße für zwei oder drei Franken. Den Rest der Zeit verbrachten sie als Freundinnen. Am Morgen stieg jeweils die eine zur anderen ins Bett, auch um sich vertraulich über die Freier auszutauschen. Wenig hatten sie von Zürich gesehen, viel von den Männern, die sich letztlich in fast nichts unterschieden. Immerhin war Elise mit jener Freundin einmal auf einem Dampfer über den ganzen Zürichsee gefahren. Mit ausholenden Armbewegungen hatten sie den Leuten an Land und auf den Ruderbooten zugewinkt und sich dabei so wohl-, von allen Sorgen befreit gefühlt.

Dumm, dass ihr der Name jener Freundin jetzt nicht mehr einfallen wollte!

Nähe hatte sie eigentlich immer als schön empfunden, und Scham hatte Elise bis vor einem knappen Jahr gar nicht gekannt, denn sie hielt es für wichtiger, jemandem beherzt zu begegnen. Aber dann begann das mit den Wunden.

Sie hatte sich zuerst an einem Schemel und kurz darauf an einer offenen Kommodenschublade gestoßen. Nur wenig später hatte sie aus Versehen einen Blumentopf vom Fenstersims gewischt, der sie am anderen Schienbein traf (und das Alpenveilchen war auch ramponiert). Diese an sich harmlosen Vorfälle ließen die Haut platzen, die Wunden wollten nicht mehr zugehen, im Gegenteil, sie vergrößerten sich.

Zunächst gab Elise sich die Schuld. Vielleicht hätte sie mit dem Arbeiten früher aufhören sollen, sagte sie zu Kari. Über Jahrzehnte ist sie immer erst in die Bottiche mit heißem Wasser gestiegen und danach in den eiskalten Brunnen, um stundenlang die Wäsche zu stampfen, das habe der Haut sicher nicht gutgetan. Schädlich seien vermutlich auch die Laugen und Bleichmittel gewesen sowie die zahllosen Fußmärsche bei jedem Wetter nach Thun und zurück. Denn Spaziergänge seien das nicht gewesen, wenn sie den mit Privatwäsche vollbepackten Kinderwagen über die staubheißen, schlammigen oder aber vereisten Landstraßen bugsiert habe. Auf Dauer nachteilig sei womöglich auch das

Laden und Entladen der Kasernenwäsche gewesen. Man trage das Gewicht ja mehr mit den Beinen als mit den Armen, vom ewigen Treppensteigen nicht zu reden. Geschont habe sie sich nie, warum auch.

Kari hatte die Stirn gerunzelt. Mit seiner Pranke hatte er Elises Arm getätschelt.

Die Selbstvorwürfe waren der Heilung nicht zuträglich. Und je größer und eitriger die Wunden wurden, desto mehr stanken sie. Elise schämte sich für den Gestank. Er plagte sie nicht weniger als die Schmerzen. Manchmal waren diese kaum auszuhalten, selten genug klangen sie ab. Doch dann setzte ein lästiges Jucken ein.

Schließlich ging sie doch zum Arzt. Kari hatte sie dazu gedrängt, obwohl sie das Geld für die Rechnung am Essen würden absparen müssen.

Der Doktor hatte ihr bereits einige Zeit davor Rheuma in Händen und Beinen diagnostiziert, er hatte Schonung und Wärme empfohlen, Schwefelbäder und das Auflegen von Katzenfellen. Also hatte Elise sich gelegentlich eine Wolldecke um die Beine gewickelt oder sich an das besonnte Fenster gesetzt, mit Blick auf den Gemüsegarten, den die Vermieterin seit geraumer Zeit allein hegte. Ihre Klatschsucht war Elise aber oft lästig. Deshalb zog sie mehr und mehr den Platz hinter dem Küchenfenster vor. Zwar schienen die Sonnenstrahlen nicht um die Ecke, aber vom bequemen Korbsessel aus konnte sie dem dörflichen Straßenleben und den spielenden Kindern zusehen. Außerdem klopften immer wieder Bekannte für einen kurzen oder längeren Schwatz ans Fenster. Jedenfalls kam Elise mit dem Rheuma einigermaßen zurecht, sie gewöhnte sich einfach daran.

Die Wunden an den Unterschenkeln hatten inzwischen die Größe von Fünflibern. Rundherum war die Haut violett; wie aufgeblühte Herbstastern. Der Doktor stellte die Diagnose *offene Beine.*

Ja, so viel sah und spürte Elise auch.

Sie müsse Geduld haben, meinte der Arzt. Sehr wahrscheinlich würden die Stellen verheilen, im Sommer, wenn die Luft nicht mehr so feucht sei. Vielleicht aber auch nicht. Es liege mit Sicherheit ein Problem der Arterien oder der Venen vor, was vermutlich familiär bedingt sei.

Elise schüttelte den Kopf.

Auf jeden Fall komme dies in ihrem Alter gar nicht so selten vor. Elise solle die Wunden regelmäßig mit kalten Kamillenaufgüssen reinigen, weiterhin sparsam Arnikasalbe auftragen und die Verbände jeden zweiten Tag wechseln. Schonung sei für die Wundheilung hilfreich, obschon etwas Bewegung auch nicht schlecht sei, wegen der Durchblutung.

Die Hoffnung auf Besserung erfüllte sich nicht.

Trotzdem blieb sie zuversichtlich. Immerhin konnte sie sich noch fortbewegen, wenn auch unter Anstrengung, bis zu ihrer Schwester Marie, bis zum Metzger oder bis zur Kirche und zurück, am liebsten an Karis Arm.

Diese kranken Beine hatten sie heute Nachmittag aus der geliebten Wohnung in Steffisburg getragen. Elise hatte Abschied genommen, schlaflose Stunden und einen fiebrigen Morgen lang. Sie hatte ein Stück Schnur um einige Fotos gebunden, die sie mitnehmen wollte, Dinge berührt, die sie bis zuletzt nicht veräußert hatte. Sie war mehrmals durch ihre drei Räume gegangen, hatte ein letztes Spiegelei mit einem allerletzten Rest Speckschwarte, ein Stück Brot und danach noch ein paar gedörrte Apfelschnitze verzehrt wie eine Henkersmahlzeit.

Danach wusch sie sich das Gesicht und machte den Koffer zu. Als Anna und Idi sie abholten, gab Elise sich den Anschein, nur rasch zum Bäcker oder zum Dorfladen aufbrechen zu wollen. Sie sollten nicht sehen, dass ihre Verpflanzung sie erschütterte.

Sie war immer noch gut im Kopf. Anders wäre es wahrscheinlich einfacher gewesen.

Die nicht heilenden Wunden, die offenen Stellen an den Beinen stanken nun unter der Federdecke, unter Wolldecke und Leintuch, unter den Beinbinden. Der Geruch durchdrang sämtliche Schichten und vermengte sich mit den anderen Ausdünstungen. So gesehen, dachte Elise, passte sie in dieses Zimmer.

Zu ihrer Rechten lag Luise Schöni mit ihrer Schüttellähmung und einer unverstellten Sicht ins Freie. Links stand das Bett von Stini Lehner, die das Amt des Zimmergeistes ausübte, geradeaus lag Julie Teuscher. Resle Gempeler hatte hochgradig Gicht, Sophie Schmocker war blind und arbeitete gern in der Zündholzfabrik, Rösi Hartschi hatte nicht mehr alle Tassen im Schrank, war aber gut für Wetterprognosen und benötigte deshalb den zweiten Fensterplatz, und Dorli Stettler war selber schuld, dass sie als Nächste sterben würde.

Die beiden Fenster waren geschlossen. Zum einen sei die kalte Nachtluft unzumutbar, für manche Pfleglinge geradezu gefährlich, zum andern werde am Vormittag erneut ausgiebig gelüftet werden, hieß es. Es ging um Grundsätzliches, nicht um miserable Luft.

Elise fand keinen Schlaf.

Das aus allen Richtungen kommende Schnarchen war mal knurrend, dann wieder sägend. Gottfried hatte ebenfalls geschnarcht, anrührend wie ein junger Berner Sennenhund. Die leicht pfeifenden, mit Seufzern durchsetzten

Atemzüge kamen wohl von Dorli. Eine der Frauen redete im Schlaf, angriffig oder gereizt klang es. Mitunter knatterten Fürze, was ein wenig dem Lauf der Natur, in dieser Nacht aber auch der abendlichen Kohlsuppe geschuldet war. Einmal öffnete sich die Tür. Kurz flatterte ein Lichtstrahl durchs Zimmer, dann wurde sie wieder ins Schloss gezogen. Im oberen Stockwerk polterte es, als wäre einer der Männer zu Boden gefallen, und die Betten quietschten gewaltig, sobald sich jemand drehte. Zu alledem tickte der Schluckauf von Julie alle paar Sekunden.

Sämtliche Geräusche formten die elend schlechte Luft zu einem Teig, den Elise mehr abstoßend als menschlich fand. Sie versuchte sich zu entspannen, hatte Durst. Nachts hatte sie immer Durst und deshalb zu Hause stets eine Tasse mit Wasser auf dem Nachttisch stehen gehabt.

Vermutlich lag auch Julie wach. Oder konnte man mit Schluckauf schlafen?

Als Erste hatte sie Elise begrüßt, ihr die Hand entgegengestreckt und sie gleich darüber aufgeklärt, dass die Frauen sich hier alle duzten. Trotz der erkennbaren Erschöpfung und ihres ununterbrochenen Schluckaufs war sie erstaunlich mitteilsam und neugierig. Woher Elise komme, ob sie mit einem Auto hierhergebracht worden sei und woran sie leide, wollte sie wissen. Knappe Antworten bekam sie zu hören, Elise wollte höflich sein, bedrängt fühlte sie sich.

Sie selber habe ein Magengeschwür, meinte Julie. Die einen sagten *Krebs*, der Doktor wolle *abwarten*, und der Pfarrer schwafle etwas von einem Baum, der wieder austreibe. Aber so stark wie ein Baum sei sie längst nicht mehr. »Im Spital hätten sie mir garantiert geholfen. Aber wer hätte das blechen können? Die Armenbehörde wollte jedenfalls nicht zahlen.«

Elise ließ sich auf der Bettkante nieder, nachdem Julie sie mit einem Handzeichen dazu eingeladen hatte. Auf der Wand hinter ihrem Bett waren Flecken und Schmutzschatten nicht zu übersehen.

»Weißt du, was ich von diesem verdammt kurzen Leben noch will?«

Kopfschüttelnd lenkte Elise ihren Blick in Julies Gesicht.

»Nochmals mit dem Postauto über den Gotthard fahren. All die Haarnadelkurven hinauf und hinunter, und anschließend durchs ganze Tessin bis ins Paradies. Paradiso, das ist ein Dorf, glaub mir, das gibts. Dort in einem Grotto Risotto essen, richtig köstlichen Risotto, der mit dem Reisbrei hier gar nichts gemein hat. Dazu Ragout, zart wie Pflaumenfleisch. Zum Dessert Marronikuchen und einen Grappa. Einfach kauen und schlucken, keine Beschwerden haben. In die Ferne blicken, von mir aus auch allein. Ganz in Ruhe. Einmal habe ich das zusammen mit meinem Mann selig gemacht. Unsere einzigen Ferien. Drei Tage am Luganersee. Bist du da je gewesen?«

»Nein«, sagte Elise.

»Ein Pferd hat ihn am Kopf getroffen. Ich weiß nicht, wie das geschehen konnte, er war doch ein erfahrener Hufschmied. Eine ganze Woche lebte er noch, war bei Sinnen. Hat zwar nicht mehr gesprochen, aber alles verstanden. So was merkt man. Ich bin nicht von seiner Seite gewichen. Kinder haben wir ja keine gehabt. Um meinen Mann wars schade. Er hatte mich genommen, wie ich war. Weißt du, was er zu mir sagte?«

»Nein.«

»Als wir uns kennenlernten und uns irgendwie gefielen, meinte er, dass er nichts wissen wolle von meinem früheren Leben, er könnte sonst eifersüchtig werden. Er nehme mich so, wie ich sei, weil er glaube, dass es eine Zukunft mit mir gebe, und weil mein Mundwerk ihm gefalle. Fertig. Dann haben wir geheiratet. Als er unter dem Boden war, wusste ich zuerst nicht, wie weiter.«

Julie hielt kurz inne, ihre Augen waren wässrig geworden. »Schließlich habe ich zu trinken begonnen. Das half gegen die Trauer und gegen die Orientierungslosigkeit. Man weiß immer, wo die offene Flasche steht oder wo man eine neue besorgen kann, verstehst du?«

»Das wäre nicht so weit gekommen, wenn du eine Katze gehabt hättest«, warf Resle rechthaberisch ein.

Elise wandte den Kopf nach ihr um und verpasste deshalb, wie Julie die Augen verdrehte.

»Heute bleibe ich, wo ich bin«, fügte Resle hinzu, »das Abendessen kann mir gestohlen bleiben, die weißen Bohnen liegen mir immer noch schwer im Bauch. Amen.«

»Oder jetzt gerade«, redete Julie unbeirrt weiter, »jetzt auf der Stelle möchte ich ein Bier. Schön kalt müsste es sein. So etwas gibt es hier natürlich nicht. Stattdessen gibt es für uns Kranke tagein, tagaus Milchsuppe und Brei. Selten auch einmal Apfelmus. Gegen die Magenschmerzen bekomme ich täglich einen Esslöffel Sonnenblumenöl. Und obendrein so viele Gebete, dass ich davon oft kotze. Möge der Herrgott mir verzeihen, aber *ein* Gebet am Tag sollte reichen. Übrigens musst du jetzt gehen. Hast du die Glocke nicht gehört?«

Elise schüttelte den Kopf.

»Die warten nicht lange mit dem Austeilen der Suppe. Also geh, beeil dich! Und lass die Tür etwas offen.«

Im Treppenhaus traf Elise auf eine Traube aus Frauen und Männern. Sie blickte sich um. Bildete sie sich nur ein, dass die Gesichter und Nacken und Hinterköpfe ausgeprägter waren als jene der Dörfler? Die Aussicht auf einen vollen

Teller trieb die Brüggler die schmale, lange Treppe hinunter. Dabei hielten sie sich an den Wänden, am Treppenlauf oder auf gut Glück aneinander fest. Mit einem Mal befand Elise sich mittendrin. Weder die Stufen noch die eigenen Füße konnte sie sehen, die kümmerliche Beleuchtung half auch nicht. Sie durfte keinen Tritt verfehlen und bemühte sich, die Stöße und Berührungen der anderen nicht zu beachten. Für einen kurzen Moment steckte Elise fest, zwischen einem Mann mit Räubervisage und einer Frau, die sie erst scheel ansah, bevor sie rasch sagte: »Ich bin Edith von Nummer 2 und du bist neu hier, hä?«

Elise nickte nur, zog bereits am Büro von Schwester Ottilia, danach am Schuhgestell vorüber und stand endlich im Speisesaal, wo die anderen auf ihre Plätze zustrebten. Stuhl stand an Stuhl, und zwischen den Tischen war auch kaum Platz. Von dem Saal war wenig zu merken. Das kratzende Schrammen von Holz auf Holz beim Rücken der Stühle, das ungeduldige Klopfen der Löffel, das Raunen, Kichern und Reden von etwa vierzig Erwachsenen jeglichen Alters war ebenso rücksichtslos wie unbegreiflich.

»Willkommen, Frau Linder, mein Name ist Lydia. Sie werden dort drüben an einem der Frauentische sitzen, zwischen Stini Lehner und Eva Klopfenstein. Eva wird kaum Notiz von Ihnen nehmen. Das soll Sie nicht stören. Und die übrigen Frauen tauen irgendwann schon auf. Kommen Sie.«

Lydia gefiel Elise auf Anhieb. Sie dankte ihr für die guten Worte und ließ sich an den Tisch führen. Elise grüßte, Stini grüßte. Eine Uralte ohne Zähne machte beim Löffelklopfen mit. Die anderen Frauen unterhielten sich entweder schon mit einer Tischnachbarin oder pressten die Lippen aufeinander.

Mit den Töpfen schlängelten sich Lydia, Francesca und Lotti Bischoff, die Küchenhilfe, von Tisch zu Tisch, um die

Suppe auszuteilen. Ganz von selbst stellte sich Ruhe ein. Auf Geheiß von Schwester Ottilia wurde im Dampf der vollen Teller gebetet. Mit dem Finger vor dem Mund gab Stini Elise danach zu verstehen, dass während des Abendessens nicht gesprochen werden dürfe. Es gab Kohlsuppe und Brot. Elise dachte sich Kümmel und ein Stückchen Suppenfleisch hinzu.

Ein kleiner Tisch beim Ofen war als einziger mit einem Tuch bedeckt, sogar einem weißen. Darauf lag die offene Bibel. Schwester Ottilia las vor, während in den Tellern gerührt und die heiße Suppe von den Blechlöffeln geschlürft wurde.

Wie viel musste man sich hier anhören? Und was? Und welche Dinge würde sie selbst preisgeben? Elise dachte in ihrer ersten Nacht im Brüggli lange darüber nach.

Um Strom zu sparen, war das Licht früh gelöscht worden. In ihrer Kindheit hatte niemand Strom gehabt. In Bern, wo sie mit Beni gewohnt und ihre beiden Röseli geboren und verloren hatte, gab es zwar bald einmal zwei Turbinen für Strom, aber vorerst nur für die Straßenlaternen. In Steffisburg hatten sie irgendwann elektrisches Licht; sie benutzten es über all die Jahre hin mit Ehrfurcht. Zum Trost taugten die einstigen Gegebenheiten nun aber nicht. Zumal es hier als Ersatz weder eine Petrollampe noch Kerzen gab.

Wie frei war Elise hier eigentlich noch? Musste sie froh sein, wenigstens ein eigenes Bett zu haben? An einem Tisch zu essen? Persönliche Kleider am Leib zu tragen? Doch würden die äußerst beengenden Platzverhältnisse ihr nicht bald sämtliche Gedanken aus dem Kopf pressen und die eigenen Gefühle bedrängen? Und wie würde sie inmitten dieser vielen Leute zu einem echten Gespräch unter vier Augen finden, wenn ihr danach war? Und falls es gelingen würde: Wie konnte sie sicher sein, dass das Erzählte nicht sofort die Runde machte?

Elise richtete ihren Atem nach dem Takt von Julies Schluckauf.

Flora! So hatte ihre Freundin geheißen. Dass ihr der Name nicht gleich hatte einfallen wollen! Sie war heute wohl ein wenig durcheinander, deshalb. Ein besonderes Mädchen war das gewesen, auf Anhieb nicht leicht zu fassen. Ließ man sich jedoch auf sie ein, bekam man ihre Warmherzigkeit zu spüren. Mit Flora hatte Elise vor Jahrzehnten Freuden und Leiden geteilt. Sie lebten auf kleinstem Raum zusammen, vertrauten sich einander an und stärkten sich aneinander, sofern sie nicht gerade am Arbeiten waren.

Flora war aus bitterarmen Verhältnissen gekommen, so etwas Scheußliches hatte Elise noch nie gehört. Matratzen wie Brei, erbetteltes Zeitungspapier als Windeln. Ihr Vater hatte sie zum Krüppel geschlagen, und auch von den Freiern hatte Flora einiges erdulden müssen. Dass sie aus Zürich verschwand, war letztlich die Schuld der Armenpflege. Sie behauptete, Flora habe bereits des Öfteren Unterstützung bekommen, was aber eine bösartige Erfindung gewesen war. Obendrein wurde Flora nun des Schnorrens und Schwindelns bezichtigt. Vermutlich hatte ein Freier Flora verleumdet. In der Folge warf man ihr ihre Tätigkeit vor, die einen Mangel an Moral sowie ein Übermaß an Faulheit beweise. Darüber hätte Elise sich vor Lachen kugeln können, wenn es nicht so verlogen gewesen wäre. Jedenfalls wusste Flora, warum sie der Vorladung nicht folgte und es vorzog weiterzuziehen.

Wohin hatte es sie verschlagen? Und was war aus ihr geworden? Natürlich hatte Elise Fantasien, kühne sogar, aber vor allem wohlwollende. Doch was nützten Flora diese Vorstellungen? Das Schicksal bestimmt unsere Wege, und manchmal führt es einem Menschen zu, mit denen ein Miteinander auf Anhieb möglich ist. Aber manchmal verliert man diese Weggefährten auch wieder, ob man will oder nicht. So ist das mit Flora gewesen, dachte Elise.

Auch Kari hatte sie einmal von ihr erzählt. Er hatte daraufhin den Phonographen aus seinem Zimmer geholt, ihn auf den Küchentisch gestellt und gesagt, für die ihm Unbekannte nun ein Musikstück spielen zu wollen. So einer war Kari gewesen.

Elise seufzte. Sie stopfte sich das Kissen etwas besser in den Nacken, machte es sich bequemer. Die Matratze war aber auch arg durchgelegen. Schließlich zog sie Leintuch und Wolldecke wieder bis über die Achseln, kreuzte die Arme, umfasste mit den Händen ihre weichen Brüste. Sie fühlten sich vertraut an.

4

IST DEIN LOCH IM BAUCH GRÖSSER ALS MEINE FAUST?

Als jemand »Guten Morgen, Frauen, es ist sechs!« rief, fuhr Elise hoch. Sie wusste auf der Stelle, wo sie sich befand. Ihre Zunge, der Mund fühlten sich wie Sandpapier an, in den Beinen pochte der Schmerz.

Lange nach Mitternacht war sie eingeschlafen. Sie hatte noch gehört, wie Rösi aufstand, das Zimmer verließ und bei ihrer Rückkehr die Tür laut ins Schloss zog. Rösi hatte sich nicht bemüht, leise zu sein. Vom Fensterplatz bis zur Zimmertür konnte man auch leicht mehrmals gegen die Betten stoßen. Es war eine echte Herausforderung, sich ohne Licht zu orientieren, ob schlaftrunken oder nicht.

»Guten Morgen, Elise«, sagte Stini. »Das eben war Schwester Alice, die Nachtwache. Sie weckt reihum und beendet dann ihren Dienst.«

Stini war gut zu verstehen, obwohl sie kaum mehr Zähne hatte.

(Im ganzen Brüggli hatte nur einer ein Gebiss, und das war Ludi Ludi. Dafür fehlten ihm an der rechten Hand vier Finger. Seine Trunksucht hatte er notgedrungen überwunden. Als er in Zürich noch an der Flasche hing, hatte er sich wegen Wahnvorstellungen dreimal auf dem Polizeiposten gemeldet. Dort wurde er zuletzt doch ernst genommen, und man lieferte ihn in die städtische Nervenklinik Burghölzli ein. Danach wurde er heimgeschafft, in den Kanton Bern, in die Irrenanstalt nach Münsingen, und von da ins Brüggli überführt, da er *nicht bösartig* sei, sondern nur an einer *be-*

ginnenden Verblödung leide. Mit seinem Gebiss mache Ludi Ludi den Frauen im Armenhaus schöne Augen, erklärte er selbst derart häufig, bis es sogar die Bettlägerigen glaubten. Dass seine falschen Zähne locker saßen, nahm er mit Humor. Zu Weihnachten waren sie ihm beim Ausblasen einer Kerze aus dem Mund gefallen, worauf er das Gebiss mit der heilen Hand packte und mit ihm wie mit einem Kind schimpfte, nur um alsbald in dröhnendes Gelächter auszubrechen.)

Elise schnappte nach dem Luftteig und verschluckte sich. Sagte endlich: »Guten Tag, Stini. So früh müssen wir aus den Federn?«

»Nur keine Eile.« Stini setzte sich auf und ordnete gemächlich ihr dünnes weißes Haar. »Erst einmal müssen die Frauen aufstehen, die vormittags in der Fabrik arbeiten«, fuhr sie fort. »Für uns bleibt nachher noch Zeit, um uns zurechtzumachen, selbst nach dem Frühstück passt es noch. Alle Frauen teilen sich zwei Waschbecken, vier Hähne und zwei Seifen, das hast du vermutlich schon bemerkt. Einen Waschlappen bekommst du von Lydia, ein Frottiertuch ebenfalls. Merk dir gut, wohin du sie hängst. Auch wenn es nicht viel nützt, weil andere es sich nämlich nicht merken können. Die Fabriklerinnen haben also Vortritt. Von unserem Zimmer ist das Sophie.«

»Ja«, sagte diese, »ich bin ganz froh, halbtags in die Fabrik zu gehen. *Gott zuliebe arbeiten wir*, sagt die Oberschwester immer. Mir ist das recht. Ich mach es gern, beides, das Sortieren und das Einlegen der Zündhölzer. Länger als fünf Stunden könnte ich aber nicht.«

Sophies Stimme kam aus einem zerknitterten Gesicht. Schon zog sie sich das Nachthemd über den Kopf. Ihre Brüste erinnerten an ein ausgemelktes Ziegeneuter.

Es dämmerte. Schwester Alice hatte den Lichtschalter nicht betätigt, alles hatte bereits Farbe und Form. Elise mochte Sophie nicht beim Ankleiden zuschauen. Sie drehte sich auf die andere Seite und bemerkte, wie Rösi gerade das nächstgelegene Vorfenster öffnete.

»Nicht so weit!«, schrie Resle, noch bevor das Fenster ganz offen stand.

»Schon gut, Resle«, sagte Stini. »Du willst ja am Ende nicht noch ersticken, oder?«

Resle stöhnte.

»Frische Luft hilft gegen das Ameisenlaufen und gegen jeden Kater.« Rösi zwinkerte Elise verschwörerisch zu. »Und außerdem will ich Petrus hereinlassen. Heute wirds wärmer, die Wolken verziehen sich und die Sonne scheint. Ein Festtag wird das!«

»Fenster zu!«, schrie Resle erneut.

»Lieber Gott, gib uns Frieden«, meinte Luise ebenso ehrfürchtig wie monoton, »Frieden untereinander, Frieden mit uns selbst, Frieden mit dir. Amen.«

»Amen«, murmelte auch Sophie, die sich gerade die Schürze umband. Sie war bereit.

Nachdem sie das Zimmer verlassen hatte, kam Bewegung in die anderen. Sogar Dorli patschte nun mit beiden Händen auf die Federdecke (niemand wusste warum) und wünschte mit gläserner Stimme einen guten Morgen.

Schwester Burga trat mit einem Lächeln ein: »Der Himmel ist der Himmel des Herrn, die Erde aber gab er den Menschen«, sagte sie und schob Dorli eine Bettpfanne unter.

»Mir auch!«, befahl Resle.

»Nein«, bestimmte die Schwester. »Ihr seid schon gestern Abend nicht aufgestanden, jetzt müsst Ihr Euch dringend bewegen. Geht mit Luise zum Klo!«

»Wenn du mich nötigst, Schwester, kann ich auch ins Bett machen!«

»Damit würdet Ihr insbesondere Euch selbst keine Freude bereiten. Weil Ihr dann zur Strafe das Bettzeug selber wechseln und in die Waschküche hinunterbringen müsst. Reißt Euch also zusammen und geht!«

Maulend stand Resle auf. Sie schnaufte extra laut, damit auch alle um sie herum begriffen, wie mühsam die paar Schritte für sie sein würden. Dann spähte sie nach Luise, die eben ihr Kopftuch unter dem Kinn verknotete, und hieß sie barsch, sich zu beeilen.

Schwester Burga zog bald ihr Heft aus der Schürzentasche und las noch einmal vor, wer was in dieser Woche zu erledigen hatte.

Jeden Samstagabend schrieb sie einen neuen Arbeitsplan. Für Frauen, die weder in der Zündholzfabrik arbeiteten noch deutlich altersschwach waren, galt die Regel, im Haushalt mitzuhelfen: beim Wischen der Böden, beim Rüsten von Gemüse, beim Tischdecken und beim Abwasch, dem Fensterputzen und Reinigen der Waschtröge, beim Flicken ebenso wie beim Stellen und Leeren der Mausefallen oder (vergleichsweise selten) beim Zusammenfalten und Verteilen der sauberen Wäsche. Nur die Schaben im Untergeschoss bekämpfte Lotti Bischoff stets selber, mit Natron und Zucker.

Je nach Alter und Fähigkeiten mussten auch die Kinder mit anpacken. Sie enthülsten Erbsen, knackten Haselnüsse oder schrubbten die Erde von den Kartoffeln. Zumeist war es Karin, die geschickt den Schnittlauch säuberte, der auf einer Fensterbank im Kinderbereich überwinterte und von dem Schwester Lisette abends zuweilen ein bisschen auf die spärlich mit Butter bestrichenen Brote gab. Schon die kleinen Mädchen halfen beim Putzen. Mit Schwitzfingern häkelten sie auch Topflappen und strickten bald erste Socken, während sich die Buben draußen oder im Holzkeller nützlich machen mussten. Nur ungern erledigten die Kinder das Schnipseln, und doch: Es mussten täglich Zeitungen in Stücke geschnitten werden, die in die alten, aus Gönnerhand entgegengenommenen Zigarrenkisten neben den Kloschüsseln passten. Freundlicherweise lieferte Frau Ludmilla Henni vom Frauenkomitee laufend nicht mehr aktuelle Tageszeitungen an, manchmal auch Zeitschriften, die wegen der Bilder begehrt waren. Zusammen mit Kaiserin Soraya auf dem Thron zu sitzen, nahm sich für einzelne Brügglerinnen erstklassig aus.

Männer betätigten sich rund ums Haus und im Garten, oft unter Aufsicht von Schwester Therese, der nichts entging, oder auch unter Anleitung von Johann.

Holte der Gärtner unten bei der Brücke einen neuen Pflegling mit dem Leiterwagen ab, durften ihn zwei Armenhäusler begleiten. Das Karren war eine begehrte Arbeit unter den kräftigen Männern, von denen es neben Oski Hürner und Viktor Völkli, die Elise ins Brüggli transportiert hatten, noch zwei weitere gab: Balz Fischer und Baschi Senften. Balz' seltsame Logik machte im Asyl regelmäßig die Runde, während Baschis *mehr schlecht als recht zusammengepapptes Gesicht* (wie der Sepp es immer beschrieb) die Aufmerksamkeit von Neuankömmlingen auf sich zog. Beide waren junge Burschen, von der Verwandtschaft im Stich gelassen, und verlangten ganz normal nach Zärtlichkeiten und Befriedigung ihrer Manneskraft. Noch suchte keiner die Intimität des andern, die Angst überwog, nicht zuletzt vor Schwester Therese und der Oberschwester. Vorerst genügte es ihnen, bei Tisch nebeneinanderzusitzen und dabei das Bein des anderen zu spüren. Eher selten kamen Balz und Baschi in den

Genuss, gemeinsam zu karren, nur dann, wenn sie nicht gerade in der Fabrik arbeiteten, am Samstagnachmittag und am Sonntag.

Am Montag gab Schwester Burga also die Ämter bekannt, am Dienstag und Mittwoch las sie die Aufgaben erneut vor. Vom Donnerstag an wusste fast jede der Frauen, was sie für den Rest der Woche zu tun hatte. Es war Mittwoch.

Rösi musste täglich den Zimmerboden wischen und Dorli bei Bedarf einen Spucknapf reichen. Julie sollte zusammen mit Lydia die beiden Toiletten auf der Frauenetage reinigen und kontrollieren, ob noch genügend klein geschnittenes Zeitungspapier zum Abwischen vorhanden war. Stini wurde beauftragt, Elise das ganze Haus zu zeigen, »bis auf den zweiten Stock, denn bei den Männern oben ist bekanntlich Frauenverbot«, sagte Schwester Burga überraschend keck.

Julie blieb unbeeindruckt. »Nicht mehr lange«, sagte sie in das wiehernde Lachen von Rösi hinein. »Bald mache ich keine Hausarbeit mehr, das geht einfach über meine Kräfte.«

»Wir schauen mal«, meinte Schwester Burga.

»Und Luise, was macht die schon wieder?«, fragte Rösi.

»Sie ist die ganze Woche unten bei den Kindern. Heute bekommt sie sogar noch Besuch von ihrem Mann.«

»Ein Festtag, ich hab es ja gesagt«, meinte Rösi und trat näher zu Elise heran: »Nein, ich bin nicht eifersüchtig, ich bin schließlich die Gehilfin des Petrus, manchmal sogar seine Geliebte. Und bald verrate ich dir noch mehr.«

Beim Frühstück bemerkte Elise, dass viele Brüggler schon am Morgen zerknirscht dreinschauten, leise Gehässigkeiten und frotzelnde Bemerkungen austauschten. Das Tischgebet klang blechern, eine Bibellesung fand morgens nie statt. Hätten die Kleinen doch ebenfalls im Speisesaal gefrühstückt! Üblicherweise waren Kinder nach dem Aufstehen heiter und voller Tatendrang, ansteckend hätte das sein können. So aber kam einem der vorherrschende Missmut fassbar vor wie die Scheibe Brot, die gottlob nicht zu dünn geschnitten war. Elise dachte sich Butter und Himbeerkonfitüre hinzu. Sie wusste nicht, wohin mit ihren Beinen. Spätestens am Abend müssten die Binden erneuert werden. Sie hatte saubere mitgenommen, ausgekochte Baumwolllappen und sterile Gaze ebenfalls. Wer würde das Wechseln übernehmen? Die frischen Verbände reichten für eine Woche. Was würde danach sein?

Im Speisesaal war es noch nicht richtig warm, obwohl Francesca den Kanonenofen schon eingeheizt hatte. Niemand konnte so gut feuern wie Francesca, niemand so gut tanzen und singen. Weil sie mit dem fidelsten Gipser des Dorfes glücklich verheiratet war, so hieß es, und ihm endlich in die Schweiz hatte nachfolgen dürfen. Moritz Lontschi wiederum meinte, die italienische Kost und die helle Sonne Paduas hätten Francescas ganzes Wesen geprägt.

Mit einem Krug trat Francesca an den Tisch, wo Elise und Stini saßen, und fragte, ob jemand noch eine Tasse *Caffè* wollte. Eine Tasse mehr bedeutete einmal mehr zum Klo. Außerdem zeigte die Erfahrung, dass nur noch wenig Milchkaffee übrig sein konnte. Die meisten Frauen verzichteten deshalb, heute zugunsten von Eva, morgen würde Maria an der Reihe sein, danach erneut Eva. Am nächsten Tisch erhielten abwechselnd Annlies und Sophie die letzte Tasse. Denn es gab auch Regeln, die aus dem Zusammenleben der Armenhäusler erwuchsen. Wie sie zustande kamen, blieb weitgehend rätselhaft, doch wurden sie größtenteils ebenso befolgt wie jene anderen, denen zwingend Folge zu leisten war.

Als Francesca weiterging, sagte Stini zwischen zwei Schlucken zu Elise: »Wir nennen sie *Taube*, seit Moritz Lontschi erklärt hat, dass ihr Nachname Turteltaube bedeutet. Passt doch, nicht wahr?«

Elise stimmte halbherzig zu; sie kannte Francesca ja noch nicht näher.

»Schau, Moritz sitzt dort hinten, der mit der großen Nase, neben dem Kleinen, Viktor Völkli, der dich bestimmt auch abgeholt hat?«

»Ja, der war auch dabei.«

»Bei allen ist die Taube beliebt, außer vermutlich bei Miggu Güller. Dem kann es aber niemand recht machen, schon gar keine Frau. Jedenfalls hat die Taube für jeden immer ein aufmunterndes Wort parat. Ihr ansteckendes Lachen ist stärker als jeder Streit. Überhaupt ist die Taube Medizin, wirksamer als alles, was der Doktor verschreibt. Das heißt: Wenn er uns etwas verschreiben würde!«

»Eine Schweinerei!«, stieß eine der Frauen an ihrem Tisch hervor.

Da und dort wurde unübersehbar genickt.

»Moment!«, meinte eine andere und streckte ihren von Arthrose verunstalteten Zeigefinger in die Luft. »Ein unvernünftiger Mensch erkennt offenbar nicht, dass deine Werke sehr groß sind, o Herr.«

Einige Tischgenossinnen stimmten auch ihr zu.

Der Einwand der Brügglerin mit dem krummen Finger (dessen Endglied genau genommen nicht himmelwärts, sondern in Richtung Speiseaufzug zeigte) klang süßlich, klebrig wie Bienenhonig. Honig fand den Weg ins Brüggli nie. Nicht einmal Melasse wurde je aufgetischt.

»Die Taube ist aber auch geschickt«, fuhr Stini nach einer Kunstpause fort. »Wie im Zirkus balanciert sie das Tablett mit den Milchsuppen hinauf zu den Bettlägerigen, da können ihr noch so viele auf der Treppe im Weg stehen. Kommt sie oben an, bekommt sie Applaus.«

»Schön für sie«, entgegnete Elise und tunkte das letzte Stückchen Brot in ihren Rest Milchkaffee, während zwei Alte an ihrem Tisch unvermittelt zu klatschen begannen. Schwerhörig, wie sie waren, hatten sie nur *Applaus* verstanden.

5

WARUM PFLANZT DENN DER GÄRTNER KEINE BANANEN?

In Zimmer 3 war gelüftet worden.

Man konnte aus den Bäumen an der Grenze zum Gelände der Zündholzfabrik weiter das Tschilpen der Spatzen hören, bei geschlossenen Fenstern gedämpfter als noch wenige Minuten zuvor. Dorli lag ergeben und bis zur Nasenspitze zugedeckt da.

Lydia half beim Bettenmachen. Sie versprach Elise, sich darum zu kümmern, dass Schwester Alice, die Nachtschwester, ihr am Abend die Beinbinden erneuern würde. Diese sei geschickter als jede andere Schwester, während sie selbst damit leider keine Erfahrung habe.

Man bräuchte eigentlich keine Erfahrung, erwiderte Elise ungewöhnlich kleinlaut, nur frisch aufgebrühten, körperwarmen Kamillentee. Salbe und Verbandsmaterial habe sie mitgebracht, sie sage schon, ob die Beine zu straff oder zu lose eingebunden würden.

Lydia wollte den Diakonissen dennoch nicht in das Handwerk pfuschen und sich damit etwas einhandeln. Das sah Elise ein. Sie hatte aber auch bemerkt, dass eine der Wunden stark nässte.

Stini nahm sie mit auf den Hausrundgang. Hier im Brüggli würden Körper und Seelen aufbewahrt, begann sie. Genau genommen versorge man in erster Linie verlebte Körper, beschädigte, von anderen verstoßene oder von sich selbst überforderte. Und auch solche, die so leer wären wie ausgeschleckte Suppenteller. Womit sie gleich bei der ersten Regel angelangt sei, tatsächlich auch bei der einzigen, die bedenkenlos *nicht* befolgt werden müsse. Und mit Blick auf Elises fragendes Gesicht fügte Stini hinzu: «Es wird also goutiert, wenn jemand nach dem Essen den Teller ausschleckt.«

Elise dachte sich ihren Teil. Hatten Kari und sie gerade kein Brot zur Hand, war es doch stets üblich gewesen, die letzten Reste einer Sauce oder von einem Mus genüsslich mit der Zunge wegzuputzen.

Gegen althergebrachte Gewohnheiten, fuhr Stini fort, als läse sie Elises Gedanken, könnten oder wollten die Schwestern nicht immer angehen. Nur die Oberschwester versuche sich manchmal durchzusetzen, aber vergeblich, auch die Seelen würden ihr nicht unbedingt gehorchen. Die trennten sich im Brüggli oftmals von ihren Körpern. Man könne sich gut vorstellen, wie die abtrünnigen Seelen sich in den abgelegten Mänteln oder in den Kommodenschubladen verbergen, wie sie in den Bäumen mit Licht und Blättern spielen oder ihren Eigentümern unschlüssig im Nacken hocken würden. Nur vergleichsweise wenige seien noch mit den ihnen zugehörigen Körpern verknüpft und kämen ihrer Aufgabe nach, für innere Kraft und Balance zu sorgen.

Es war schwierig, Stini zu folgen. War es möglich, dass auch sie nicht ganz bei Trost war? Oder aber lag es an ihr selbst, an ihrem einfachen Gemüt, dass sie Stini nicht verstand?

»Nun gut, das ist meine Meinung. Zurück zum Praktischen: Am Ende des Gangs auf der anderen Frauenseite liegt der Aufenthaltsraum, er darf jederzeit betreten werden. Ansonsten gibt es Sperrbereiche. Ohne ausdrückliche Bewilligung kann man sich nicht einfach frei bewegen. Das gäbe sonst ein rechtes Durcheinander, und das mögen die Schwestern nicht. Doch viele Brüggler haben gelegentlich ihre Freude an einem kleinen Tumult.«

Stini sprach mit einem Mal etwas leiser, obwohl niemand im Korridor von ihnen Notiz zu nehmen schien: »Die Heimleitung ist gegen Vergnügungen, die ihr nicht in den Kram passen. Verbesserungsvorschläge sind ebenfalls nicht willkommen, egal, ob sie etwas kosten oder nicht. Ich habe noch erlebt, dass das Asyl nicht annähernd ausgelastet gewesen ist, doch diese Zeiten sind vorbei. Zwar hat jeder Brüggler ein eigenes Bett, weil das die christliche Moral verlangt, aber fünfundsechzig Menschen – das Personal *nicht* mitgerechnet – sind deutlich zu viel. Ursprünglich hat es zum Beispiel in jedem Zimmer sechs Betten gegeben. Dann sind je zwei weitere in Nummer 2 und 3 hineingestellt worden, die Stühle kamen in den Speisesaal. Oben müssen zwei Brüggler sogar im Aufenthaltsraum der Männer nächtigen, immerhin auf eigenen Pritschen, die Johann behelfsmäßig gezimmert hat.«

Zwei, zwei, zwei, klang es in Elises Kopf nach.

Ein langer Tisch und vielleicht ein Dutzend Stühle standen im Aufenthaltsraum für die Frauen, der einem Schlauch glich. Sessel oder gar ein Kanapee gab es nicht, eine Schachtel mit Brettspielen und einige *aufbauende* Bücher, wie Stini sagte, bildeten blasse Farbtupfer in einem Regal. Die meisten Bücher würden aus dem Besitz der Schwestern stammen. Man dürfe sie auch mit aufs Zimmer nehmen, was jedoch die wenigsten Brüggler täten. Ja, wenn es Liebesgeschichten oder Abenteuerromane wären! Obwohl. Auch dann sei das Lesen für viele zu anstrengend. Oder es fehle ihnen die Ruhe. Unter den älteren Mitbewohnern gäbe es auch welche, die gar nicht lesen und nicht einmal ihren eigenen Namen schreiben könnten.

Kochen ist wichtiger als schreiben, dachte Elise (die des Lesens, Schreibens und Rechnens mächtig war), und etwas erzählt bekommen schöner als lesen. Jedenfalls, wenn jemand so erzählen kann wie ihr Gottfried. Auch Karis Geschichten lauschte sie immer gern; bei seinen Touren hatte er einiges gesehen und erlebt.

Ab Mittag werde der Ofen eingeheizt, dann sei es hier im Aufenthaltsraum geradezu gemütlich, wenigstens was die Temperatur betreffe. Wer dazu noch imstande sei, stricke. Nicht gerade freiwillig. Socken natürlich, aber auch wollene Unterhosen oder Pullover für die Kleinen. Außerdem würde viel geflickt, alles jeweils auf Anordnung. »Deine Kleider solltest du übrigens mit deinem Monogramm bezeichnen. Das Stickgarn wird dir vom Personal ausgehändigt. Kannst du das nicht selber erledigen, so wende dich an Philomena Bettler in Nummer 1. Sie ist leicht zu erkennen, weil sie mit Abstand die Kleinste von uns allen ist.«

Elise fühlte sich von den vielen Anweisungen etwas schwindlig, und auch wegen der vagen, wankenden Vorstellung, künftig nur noch gehorchen und sich fügen zu müssen.

Anstelle eines Radios, das so manche Bewohnerin sich wünschen würde, singe Francesca immer mal wieder italienische Lieder, sagte Stini. Wer möge, der trällere mit. Das klinge nun nicht gerade wie der Berner Frauenchor, beruhige dafür das Gemüt, selbst wenn ein Lied wie »Bella ciao« einem die Tränen aus den Augen drückte. Es handle sich nämlich um ein Partisanenlied. Das habe Moritz ihr verraten, und dass Francescas Mann gegen die Faschisten gekämpft habe. Er selbst, Moritz, sei als im Tessin stationierter Soldat dabei gewesen, als im Herbst 1944 die ganzen Partisanen und zivilen Flüchtlinge über die Grenze kamen und von da in die Deutschschweiz und in die Romandie transportiert und dort interniert wurden. Was ihn schlussendlich ins Brüggli gebracht habe, wisse sie aber nicht genau, vermutlich einfach der Knochenkrebs. Wie auch immer: Francescas Seelenbalsam müsse man sich verdienen, der Preis dafür sei eine gewisse Unfreiheit und verschiedene Entbehrungen. Zusammenrücken und Teilen sei nun einmal die Devise hier, man könne davon halten, was man wolle.

Vom Teilen verstand Elise etwas, aber Stinis Zwischentöne waren verwirrend.

Besonders würdigen sollte man übrigens die beiden Rollstühle dort drüben, meinte Stini, indem sie darauf deutete. Johann habe auch sie gebaut, aus Armlehnstühlen. Doch mehr als zwei dieser Rollstühle auf einer Etage wären zu viel des Guten. Darum müssten die darauf angewiesenen Frauen sich gedulden, bis sie wieder an die Reihe kämen, herumchauffiert zu werden.

Längst hatte Elise sich gesetzt, während Stini nicht zu ermüden schien. Kerzengerade stand sie da und redete, redete.

Das Geschwätz hier und anderswo sei ein Thema für sich, sagte sie nun. Die einen würden den Aufenthaltsraum deshalb meiden und sich lieber irgendwo sonst aufhalten, in den Korridoren oder im Garten zum Beispiel. Tabu hingegen sei der Speisesaal, der ausschließlich für die Mahlzeiten und die jeweils am Dienstagabend stattfindenden Bibelstunden, die Hausandachten und die Gottesdienste von Pfarrer Bärtschi reserviert sei. Dort fänden auch ein- oder zweimal im Jahr vom Frauenkomitee organisierte Lichtbildernachmittage statt. Dem Komitee liege eine sinnvolle Freizeitgestaltung der Brüggler nämlich sehr am Herzen. Die meisten der Insassen würden jedoch nie in den Genuss dieser doch eher seltenen Darbietungen kommen.

Stini nahm ihre Aufgabe ernst, aber vieles interessierte Elise genau so wenig wie eine herausgesprungene Fahrradkette.

Ihr fiel ein, dass sie schon einmal ähnlich umfangreiche Instruktionen erhalten hatte. Damals, als junges Mädchen, als sie ihre Familie und Anni verließ, nach Zürich fuhr und dort eine Kupplerin aufsuchte. Deren Hinweise und Verbote machten ihr auch keinen großen Eindruck. Aber zu jener Zeit war sie in Aufbruchstimmung gewesen, konnte tun und lassen, was sie wollte. Selbst bei den Freiern blieb sie wählerisch, wenigstens ein bisschen. Jetzt hingegen fühlte sie sich ausgesetzt, an einem Ort fern ihres Heimatdorfes, und an ein Zurück war nicht zu denken.

Sie war noch keine vierundzwanzig Stunden hier.

Vor sechzehn Tagen war Kari gestorben.

Wer hier richtig ankommen wolle, müsse sich fügen, meinte Stini weiter. Frauen dürften nicht rauchen. Stumpen und Zigaretten, die zusammen mit anderen Gaben hin und wieder den Weg ins Brüggli fänden, seien ohnehin Mangelware. Aber an Weihnachten! Da gehe das allgemeine Ausräuchern der Korridore und des Treppenhauses los! Zuweilen verteile die Oberschwester einzelne Zigaretten, für besondere Verdienste, aber eben ausschließlich an die Männer. Die Frauen würden mit Biskuits oder ein wenig Schokolade belohnt.

Zwischen Elises Brauen vertieften sich die Furchen.

»Ungehorsam gegen die Anordnungen«, sagte Stini, »wird mit Kostminderung bestraft, in Wiederholungsfällen mit Verweis. Auch Lügen, Vortäuschung von Krankheit, ordinäres Reden, Gotteslästerung natürlich, das absichtliche Demolieren von Dingen, Unruhestiftung oder Diebstahl ziehen Strafen nach sich. Dir und mir kann das letztlich egal sein. Uns genügt es zu wissen, dass man das Gelände des Brüggli nicht verlassen darf, es sei denn, man hat dazu eine Erlaubnis. Immerhin, das eigene Schlafzimmer können wir nach Belieben betreten.«

Elise spürte neben den schmerzenden Beinen auch ihre Fingergelenke. Oftmals hatte Kari ihr abends die Hände massiert, mit einer Feinfühligkeit, die man ihm nie zugetraut hätte.

Auch den Kinderbereich dürfe man nicht unaufgefordert aufsuchen, erklärte Stini weiter. Draußen könne man sich mit den Kleinen nach Lust und Laune abgeben, sofern sie überhaupt ins Freie gelassen würden. Drinnen frage die Kinderschwester, Schwester Lisette, gezielt nach Unterstützung. So sei in dieser Woche eben Luise mit Helfen dran. Sechs Mädchen und fünf Buben wohnten derzeit im Brüggli.

»So viele?«

»Ja. Statt armengenössige Familien zu unterstützen, ziehen die Behörden es immer noch vor, einzelne Kinder anderweitig unterzubringen, je nachdem auch im Armenhaus. Die einen sind vorübergehend hier, andere jahrelang. Gegenwärtig gibt es aber kein so schwer beeinträchtigtes Kind, wie Vreneli Luchs es gewesen ist, oder noch ist. Als Fünfjährige wurde sie hierhergebracht, im Brüggli ist sie im Prinzip erwachsen geworden. Die Schwestern halten sie jedoch immer noch für *das kleine liebe Vreneli, ein Pflegefall von seltenem Liebreiz*, wie die Hausmutter zum Pfarrer einmal sagte. Taubstumm ist sie und an Beinen und Armen mehr oder weniger lahm. Dumm ist Vreneli nicht, davon bin ich überzeugt. Mittlerweile wohnt sie bei den mehrheitlich jungen Frauen in Nummer 2, wo sie wenigstens viel Theater miterleben kann. Ich mag sie, sie strahlt, sobald man sich ihrem Bett nähert. Trotzdem, Vreneli muss einem leidtun. Weil sie sich nicht einfach auf und davon machen kann, wenn ihr danach wäre.«

Auf und davon. Wie viele hatten dem Brüggli wohl schon den Rücken gekehrt? Aber was mochte danach geschehen?

»Nun, andere Jugendliche müssen nach ihrer Konfirmation ebenfalls zu den Erwachsenen wechseln, weil der Platz knapp ist. Andererseits können wir ihnen dann aus nächster Nähe beistehen. So kümmere ich mich beispielsweise um Annlies Müller, die aber erst kürzlich hierhergekommen ist, also gar nie im Kinderbereich war. Oder Sämu Habegger, ebenfalls ein Alteingesessener, der hat Sevi Studer unter seine Fittiche genommen.«

Elise spitzte die Ohren. *Habegger Sämu* – den Namen hatte sie schon einmal gehört. Wo nur?

»Es gibt aber auch Kinder, die weggeschickt werden, sobald sie konfirmiert worden sind«, fuhr Stini fort, nachdem sie Elise zum Weitergehen aufgefordert hatte. »Das wird auch für Vögeli so sein. Du wirst das Mädchen gleich kennenlernen, doch zuerst gehen wir ins Untergeschoss, in die Küche.«

Der Dampf und das Blubbern waren anheimelnd. Elise hörte Stini nicht mehr zu. Sie folgte mit den Augen bloß ihrem ausgestreckten Arm, sah den Speiseaufzug und den großen Gasherd, lächelte zurück, atmete und atmete und blickte durch die raumhohen Fenster in den noch winterlichen Garten, sah darüber einen Himmel, wo letzte Wolken zerzupft wurden. An die mächtige Felswand in ihrem Rücken dachte sie nicht.

Schließlich kehrte sie mit ihrem Blick wieder zu den freundlichen Gesichtern der beiden Köchinnen zurück. Über den Küchentisch gebeugt saßen drei weitere Frauen, die eher gelangweilt mit Messern und Lauch hantierten. Gut roch es.

Als sich weiter hinten eine Tür öffnete, kam ihnen durch den Dampf die Wäscherin entgegen. Es war dieser eine Moment, als Berta Fuhrer erst ihre roten Hände an ihrem kugeligen Leib abwischte, dann ihr Kopftuch über der vor Schweiß glänzenden Stirn richtete, der Elise anrührte. Sie fühlte sich auf einen Schlag zurückversetzt in den Keller im Erlenhaus, wo in riesenhaften Bottichen Wasser und Seife brodelten.

Einmal im Monat hatte sie früher mit einem geliehenen Fuhrwerk die Kasernenwäsche geholt, auf dem Bock neben dem Bauern sitzend. Immer bestand er darauf mitzukommen. Beim Hintereingang der Kaserne wurde der Brückenwagen beladen, mit fünfzig Leintüchern pro Bund, zweihundertfünfzig Kissenbezügen, fünfhundert Handtüchern und unzähligen rot-weiß gestreiften Badeanzügen. Wieder zu Hause holte sie beim Brunnen zuerst eimerweise Wasser, das sie hinunter in den Keller trug und in die beiden Bottiche leerte. Bevor sie die erste Ladung Wäsche einweichte, musste auch genügend Brennholz bereitliegen. Anderntags feuerte sie ein und streute Kernseife in die Waschtröge. Sobald das Wasser nicht mehr kochte, stieg sie mit Holzböden an den Füßen in den noch dampfenden Sud und stampfte nach Gutdünken und ohne jegliches Zeitgefühl. Später kamen drei Frauen aus dem Dorf und halfen ihr an den Waschbrettern. Und zuletzt ging es mit den ausgewrungenen Wäschestücken hinauf zum Brunnen, um sie in kaltem Wasser gründlich zu spülen, und wieder –

»Ich bin nur eine gewöhnliche Wäscherin«, sagte Berta jetzt lachend, »kein Grund, mich so anzustieren.«

Elise entschuldigte sich, suchte nach Worten. Sie glaube, zum ersten Mal in ihrem Leben habe sie sich von außen gesehen. Sie sei ebenfalls Wäscherin gewesen.

»Schon gut, ist ja nicht schlimm. Aber mir gleich mithelfen, das mögt Ihr wohl nicht?«, erwiderte Berta schmunzelnd.

»Wenn ich könnte, dann schon«, sagte Elise, »ich kann aber nicht mehr.«

»Habt Ihr ein ganzes Leben mit Waschen zugebracht?«

»Ja. Und Ihr?«

Wieder lachte die Wäscherin: »Wenn ich nicht gerade bei meinem Mann lag oder für uns zwei kochte, habe ich immer nur gewaschen. Zuerst in einem Hotel. Bis es mir verleidet war, für die verwöhnten Reichen zu arbeiten. Hier passt es mir besser. Ich muss nun aber trotzdem weitermachen. Hat mich gefreut.«

Berta schüttelte Elise die Hand, goss danach aus einem mit blauen Blumen bemalten Krug abgestandenen Milchkaffee in ein Glas und verschwand damit nach hinten.

Elise bat Stini, ihr die Kinderabteilung erst am Nachmittag zu zeigen, sie müsse ihre Beine ausruhen und hochlagern. »Hoffentlich schaffe ich die Treppenstufen hinauf in unser Zimmer.«

Stini redete ihr zu. Sie selbst war noch rüstig, in jeder Hinsicht. Nur die Blase war im Alter schwächer geworden, was sie als Bagatelle betrachtete. Andere waren undicht im Kopf. Die konnten nicht einfach eine saubere, mehrmals gefaltete Windel in die Unterhose legen, sie rasch auswaschen und zum Trocknen an die Wäscheleine draußen bei den beiden Plumpshäuschen hängen. Außerdem war sie bei Weitem nicht die Einzige, der das Wasserhalten schwerfiel. Otti schien seinen nassen Hosenladen gar nicht zu bemerken, und Frieda wackelte auch ein ums andere Mal mit einer dunklen Wolke hinten am Rock durch den Korridor.

Jedenfalls wollte Stini jetzt noch ein wenig draußen spazieren. Rund ums Haus durfte man sich ebenfalls nach Belieben aufhalten.

6

WIE WAR DER LETZTE TAG DEINER KINDHEIT?

Der Weg zurück ins Zimmer strengte Elise an. Erst stieg sie die siebzehn überhohen Steinstufen vom Untergeschoss ins Parterre hinauf. Breitbeinig stand dort Ludi Ludi mit fleckiger Weste und einem Gebissgrinsen und stellte sich vor. Kurz angebunden grüßte Elise, bevor sie an zwei Männern vorüberging, die an der dem Schuhgestell gegenüberliegenden Wand lehnten. Angeregt unterhielten sich die beiden. War der eine nicht dieser Moritz, der über Italien Bescheid wusste? Ihm fehlte jedenfalls ein Stück Bein, und er benutzte Krücken, seine stattliche Größe machte dies aber wieder wett. Der andere Mann, bestimmt älter als Moritz und mit ähnlich auffälliger Nase, musterte Elise. Aus dem Kinderbereich war ausdauerndes Weinen zu hören. Eine auf einen Stock gestützte Brügglerin starrte mit hängendem Kiefer auf die Bürotür der Hausmutter. Weiter weg, vermutlich in der Männeretage, wurde laut und hitzig geredet. Der Lärm brach ab, als eine Frauenstimme etwas sagte und ihren Worten ein gurgelndes Lachen folgen ließ. Das musste die Taube sein, dachte Elise, während sie an einem nervös wirkenden Dünnen mit einer Schieberkappe vorbeiging.

Marcel Zryd war das, er rauchte und ärgerte sich. Wegen seines schweren Asthmas hatte der Asylarzt ihm vom Rauchen abgeraten. Doch erstens vertreibt eine Zigarette die Trostlosigkeit, und zweitens: Wie hätte er sich sonst Luft machen sollen? Denn Oski hatte schon wieder seine Schieberkappe unter einer Matratze versteckt, sie zuvor noch besabbert. Eklig war das. Zornig machte ihn das! Solche Spielchen kosteten Kraft, die brauchte Marcel aber für sein Müsi, das er ganz bald wieder in die Arme schließen würde. Vor dem Mittagessen wollte er mit ihm noch ein wenig durch den Garten gehen und dabei wie üblich aus dem Stegreif Geschichten erfinden. Er musste es ablenken, zum Lachen bringen und ihm den Eindruck vermitteln, dass das Leben im Armenhaus schon in Ordnung sei.

Doch im Grunde war Marcel ein verzweifelter Mensch. Er hatte keinen dringlicheren Wunsch, als das Brüggli schnellstmöglich wieder zu verlassen, sah dazu aber keine Möglichkeit. Für ihn fühlte sich das Leben hier durchwegs bleiern an. Erschöpft von nahezu schlaflosen Nächten mochte er morgens kaum aufstehen, und eigentlich tat er es nur, um Müsi aufzuheitern, was ihm zumeist unendlich schwerfiel.

Wie gern hätte er Müsi ein möglichst normales Leben geboten, aber die Armenbehörde hatte ihm keine Wahl gelassen. Ein arbeitsloser, schwer kranker Witwer mit einem Kind gehöre in eine entsprechende Einrichtung, man sei nicht bereit, ihn nur mit Geld zu unterstützen. Damit wurde er abgespeist.

Was hätte seine Helen nur dazu gesagt?

Es war nicht ihre Schuld gewesen.

So wie es auch nicht ihre Schuld gewesen war, dass sich sämtliche Familienangehörigen von ihnen abwandten, als Helen und er heirateten. Sie war zweisprachig, er konnte jonglieren. Sie fiel auf, weil sie apart und groß gewachsen war, ihn übersah man. Als er und Helen sich kennenlernten, hatte sie eine Stelle als Empfangsfräulein und Sekretärin eines Zahnarztes inne, er arbeitete als Bäckergehilfe. Er imitierte öfters Stan Laurel und Charlie Chaplin, Helen machte die Frau ihres Chefs nach oder auch ihre eingeschnappte Vermieterin. Sie hatten den gleichen Humor. Was sollte hier nicht zusammenpassen? Und wenn zwei Herzen sich ineinanderschlangen, wie es zwei Teigstränge eines Sonntagszopfs taten, dann stimmte doch alles.

Elise sah aus den Augenwinkeln, wie Marcel helle Wölkchen in das Treppenhaus blies und dabei sein Federgewicht unruhig von einem Fuß auf den anderen verlagerte. Marcel nickte ihr zu, Elise nickte zurück und stieg die ersten Stufen zur Frauenetage hoch. In dem Moment, wo sie schwer atmend innehielt, kam ihr Francesca entgegen. »Ciao, Bellissima!«, sagte sie fröhlich. So beneidenswert und leichtfüßig war die Taube unterwegs, dass nicht einmal die Treppenstufen knarrten. Elise konnte nichts entgegnen. Zuletzt, als sie den Rest der Treppe in Angriff nehmen wollte, stand ihr einer ungefähr in Karis Alter im Weg. Eine braune Sauce lief ihm über Lippen und Bart. Er versuchte, nach ihr zu grapschen, sie schob seinen Arm unsanft weg, er fluchte. Noch zwei Stufen. Oben verschwand sie im Waschraum. Niemand da. Und gottlob war eines der beiden Klos gerade frei.

Zurück im Zimmer, zog Elise sich die Federdecke über die Beine. Wärme, hatte der Arzt in Steffisburg gesagt, Schonung und Wärme.

Inzwischen hatte Schwester Burga für Dorli aufgebettet, ihr das gelbgraue Gesicht, die durchsichtigen Hände und den Hintern gewaschen, für sie gebetet. Julie versuchte zu lesen und blieb doch immer nur an denselben Zeilen hängen. Resle war nicht mehr im Zimmer. Im Korridor der anderen Frauenseite hatte sie sich einen der Rollstühle angeeignet und unterhielt sich mit Bärbi, die gebückt (und schwerhörig) auf einem Hocker saß. Als Einzige weit und breit verstehe sie etwas von Katzen.

Elise machte die Augen zu, versuchte sich zu entspannen. Und das gelang ihr sogar. Doch dann betrat Rösi das Zimmer und nahm keine Rücksicht darauf, dass drei Frauen still in ihren Betten lagen. Stattdessen steuerte sie auf Elise zu.

»Habe ich es nicht gesagt, dass wir uns heute noch einiges zu erzählen haben?«

Elise gab vor zu schlafen, es nützte nichts. Rösi setzte sich auf den Rand von Luises Bett und spulte ihre Geschichte ab.

»Also, ich bin am 6. Februar 1919 geboren, bin die Tochter von Babetta Küpfer und Friedrich Hartschi. Ich bin von meinen Eltern in Schwanden großgezogen worden, und so weit gut, aber ein wenig streng. Auch meine Schuljahre sind ein wenig streng vorbeigegangen. Meine Mutter hat sich für mich keine Zeit genommen, um mir ein wenig nachzuhelfen, und darum habe ich nicht die besten Zeugnisse erhalten. Im Lesen und Singen bin ich aber immer die Erste gewesen, obwohl ich auch schwer krank war. Dann begann der Konfirmandenunterricht, das waren für mich schöne Jahre, und dann durfte ich zuhinterst im Glarnerland in ein Hotel und lernte das Zimmerordnen. Doch leider ging das nicht so lange. Mein Vater sagte, ich müsste wieder heimkommen und da arbeiten. Ich fürchtete mich immer vor meinem Vater, weil er mich öfters geschlagen hat, ich durfte mich also nicht weigern. Bis ich konfirmiert wurde, musste ich daheim bei ihm in der Landwirtschaft arbeiten wie ein Knecht, und zudem habe ich mein Kleid selber angeschafft mit meinem Fabriklohn, weil ich in der Tuchfabrik auch noch schaffen musste, was so weit recht war. Ich habe in vierzehn Tagen sechzig, siebzig Franken verdient, die Hälfte durfte ich für mich behalten, das andere musste ich abgeben. Solange ich daheim war, durfte ich meinen Lustbarkeiten nie nachgehen, ich bin aber doch manchmal heimlich weg, dann musste ich es nachher fühlen. Einmal ging ich auch, das war an einer Fasnacht. Wir haben ein wenig getanzt, es wurde ein oder zwei Uhr. Plötzlich wurde ich gerufen, mein Vater war draußen, er packte mich an meinem schönen Zopf, den ich damals hatte, und schlug mich vor allen Gesellen so stark, dass ich an verschiedenen Stellen blutete, so hat er mich traktiert. Dann ging ich nicht mehr ohne Erlaubnis auf den Tanzboden. Später, also zwei oder drei Jahre später, war Landsgemeinde. Ich war gerade zu Hause und sollte an demselben Sonntag in ein Restaurant zur Aushilfe in die Küche, mein Vater musste zu der Versammlung. Der Tag verging langsam, es war mir ein wenig langweilig. Dann wurde es Abend, mein Vater holte mich ab und sagte, jetzt dürfe ich auch noch lustig sein, und ging mit mir in ein Wirtshaus, wo es schon lustig herging, und wir stießen also auch dazu, aber mein Vater war ein wenig schwach und wusste nicht, wie viel er trinken durfte, sodass es spät wurde, also bis in den Morgen hinein. Ich brachte meinen Vater nur mit großer Mühe heim. Zu Hause schickte mein Vater meine Mutter ins Bett und sagte, er schlafe auf dem Diwan. Mutter und ich gingen also ins Bett. Ich schlief ein wenig, plötzlich krachte etwas, mein Vater schlug meine Zimmertür ein und wollte mich überwältigen, doch zum Glück hatte ich meine Kraft und wehrte mich. So weit konnte nichts geschehen, doch wurde mein Vater so wütend, dass er mich an meinem Zopf riss, den ich damals noch hatte, und mich schlug wie ein Tier. Er schlug mich derart, dass ich schwere Verletzungen davontrug, und ich musste flüchten in dieser Nacht. Dann bin ich herumgefahren. Ich habe viel Angenehmes und Unangenehmes mitgemacht in den Jahren darauf, so weit war es aber auch recht, ich wurde nicht mehr geschlagen. Dann wurde ich Mutter. Das Kind hat man mir gleich weggenommen, ich weiß nicht, wo es ist. Viel gearbeitet habe ich, eine Million Eier aufgeschlagen, viel getrunken. Dann wurde ich heimgeschafft. Dann kam Hilfe. Wir meinen ja immer, es sei der Herr Jesus, doch in meinem Fall war es Petrus. Ich bin seine Auserwählte. Das habe ich dir ja schon gesagt.«

Es war still.

Julie blätterte eine Seite um.

Elise schlug die Augen auf. Und sagte endlich: »Du hast es wirklich schwer gehabt, Rösi.«

7

WORAN MÖCHTEST DU DICH NICHT ERINNERN?

Mittags gab es Mehlsuppe, Kartoffeln und ein Häufchen Randensalat. Elise dachte sich gedünstete Zwiebeln hinzu, aß aber nur die Hälfte.

Es folgten Stunden, in denen alles noch schwieriger wurde.

Etwas in ihr verschob sich. Wo in ihr? Irgendwo zwischen Schlüsselbein und Schoß, unter den Fettpolstern bis in die Tiefe der Eingeweide. Und die Schmerzen in einem Bein setzten ihr zu. Sie wollte lieber erst vor dem Abendessen zu den Kindern.

Nach der Mittagsruhe überwand sie sich, wenigstens in den Aufenthaltsraum zu gehen. Dort, von einem der Fenster aus, erblickte sie das oberhalb des Dorfes gelegene Schloss jenseits der kleinen Schlucht und auf der gegenüberliegenden Seite den unheimlich wirkenden, teilweise überhängenden Bergrücken. Das Brüggli lag dazwischen. Es erschien ihr mit einem Mal wie ein großer plumper Kahn, der sich jederzeit selber versenken oder aber unter herunterstürzenden Gesteinsbrocken begraben werden konnte. Noch dümpelte der Kahn vor sich hin, er befand sich weder auf Wasser noch auf Land. Und sinnlos nahm er Passagiere auf und spuckte sie wieder aus.

Elise schüttelte den Kopf über sich selbst und setzte sich auf einen freien Stuhl. Die Lehne war zu steil, die Sitzfläche zu klein, um bequem zu sitzen. Planlos wanderten ihre müden Augen nach da und dort. Keine der Frauen sprach sie an, was ihr recht war. Es gab durchaus Gesichter, die ihr gefielen, etwa das einer sehr jungen Frau. Ihre Bewegungen schienen ihr überhaupt nicht zu gehorchen, trotzdem wickelte sie geduldig hellgelbe Wolle zu einem Knäuel. Der Strang umspannte die Handgelenke einer anderen jungen Frau, die ab und zu seltsame Laute von sich gab, ansonsten aber unauffällig redete, so leise, dass wohl nur ihr Gegenüber das Gesagte verstand.

Elise fing von dem Geschwätz um sie herum dies und das auf, kleine Geschichten, Bruchstücke. Doch was von alledem ging sie noch und überhaupt etwas an? Dass es im Februar zu wenig Sonne, zu wenig Regen und zu wenig Schnee gegeben habe? Dass die Alpenvögel wegen der teilweise immer noch großen Schneemengen in den Bergen mit Sonnenblumenkernen und mannsfaustgroßen Fettklumpen gefüttert würden? Dass die achtzig im Engadin aufgefundenen Hirschkadaver wohl auf eine Epidemie zurückgingen, nicht aber auf die Schneemassen? Dass die Mitbewohnerin Odette Seife vergeude? Dass Josef Stalin endlich tot sei? Dass es dem alten Sumi Gwer anscheinend wieder besser gehe? Dass der aus dem Bündnerland heimgeschaffte Neue trotz seiner halbseitigen Lähmung eitel sei? (Elise entging nicht, wie das Mädchen mit der Wolle bei dieser Bemerkung zusammenzuckte.) Dass das Frauenkomitee bereits den nächsten Jahresausflug plane und man erneut auf eine Postautofahrt hoffe? Dass es in der ganzen Schweiz ein Problem mit der Milch gäbe, wegen zu vieler Bakterien? Dass am Freitag Zimmer 4 und 8 mit Baden dran seien? Dass Ursle, die gerade mit einer Sonderaufgabe im Dorf unterwegs sei, von der Oberschwester Schokolade bekommen habe, aber wofür nur?

Ermattet verließ Elise den Aufenthaltsraum. Trank vom Wasserhahn im Waschraum. Vermisste eine Zahnbürste.

Es gebe hier alles Notwendige, hatte Anna vor zwei Tagen gesagt. Elise fragte sich, wie das hier eigentlich mit dem Waschen der Unterwäsche gehandhabt wurde. Sie war es gewohnt, saubere zu tragen.

Zurück im Treppenhaus kam von oben ein Mann mit ungelenkem Gang, grüßte. Wirres Haar, offener Blick. Ein einfacher Gruß in freundlichem Ton. Als begegnete man sich auf der Straße in Steffisburg.

Der Knauf hatte Spiel, man musste die Zimmertür wirklich mit Kraft ins Schloss ziehen, und das machte jedes Mal einen Lärm.

Dorli bat um Wasser.

Sophie schlief.

Resle thronte im Bett, rieb sich die Fingergelenke, machte dazu ächzende Geräusche und rapportierte dazwischen, dass Julie samt Buch und Wolldecke nach draußen gegangen sei, und Rösi ebenfalls, allerdings ohne Buch und ohne Decke.

Wegen dem Wasser, sagte Elise zu Dorli, werde sie gleich nach Schwester Burga oder Lydia Ausschau halten. Doch da kam Stini schon ins Zimmer und wies auf die Becher im Wandkasten des Waschraums hin. Dort finde Elise auch Melkfett gegen rissige Hände und eine Flasche mit Mundwasser. Die Köchin stelle es selber her, mit Salbei und Minze.

Das war ein guter Hinweis. »Kann ich mir für die Nacht einen Becher Leitungswasser ins Zimmer nehmen?«

»Bestimmt. Frag aber noch Schwester Burga, sicher ist sicher. Sonst noch etwas?«

»Nein.«

Stini bückte sich und zog etwas unter ihrem Bett hervor, das sie sich in die Schürzentasche steckte. »Bin gleich zurück.«

Dorli hob den Kopf etwas an, um mit Genuss zwei Schlucke eiskaltes Wasser zu trinken. *Ahhh*, machte sie, und nochmals: *Ahhh*. Kaum war sie zurück ins Kissen gesunken, wurde sie von einem Hustenanfall geschüttelt. Elise hielt ihr den Spucknapf hin.

Wenig später lag Dorli wieder regungslos da. Sie schaute durch Elise hindurch und hängte unvermittelt Wort an Wort: »Aber ich habe mal eine Wohnung gemietet. Ganz für mich allein. Eine winzige Wohnung. Mitten im Städtchen. Ich muss durch den Hinterhof. Im Bälliz. Etwas versteckt. Ich war schon lange nicht mehr dort. Ich müsste noch einen Schlüssel haben. Mama müsste einen Schlüssel haben.« Sie unterbrach sich und fuhr danach mit halb geschlossenen Augen und zunehmend belustigt fort: »Kann ja nicht sein. Ich sehe dich! Weg, einfach nur weg, hihi. Kommst du?« Elise sah Dorli lächeln und wunderte sich über ihre sich verändernde Stimme, die zuletzt einem Kind zu gehören schien: »Will ich nicht. Sag ich doch! Warum? – Nein, nein. – Aber – die – schönste –»

Mitten im Reden, bei einem Wort, das wie *Blumentapete* geklungen hatte, war Dorli eingeschlummert. Elise hatte sich angestrengt, ihrem Monolog zu folgen, vergebens. Spielte jedoch keine Rolle, Hauptsache, die Kranke hatte zu etwas Schlaf gefunden. Zwischen Dorlis Ober- und Unterlidern lag ein Spalt Augapfelweiß. Wie bei satt getrunkenen Säuglingen, dachte Elise.

Durch die Fenster drangen Kinder- und Frauenstimmen.

Ein Auto fuhr vorüber.

Draußen im Gang hallte ein Wortwechsel.

Der Bauernhofhahn krähte ausgiebig, ein Helikopter flog über die Fluhmatt und übertönte den Hahn.

Zuletzt war nur noch eine Stubenfliege zu hören, die aus

der Winterstarre erwacht war und immer wieder gegen das Fensterglas prallte.

»Was hat denn Dorli eigentlich?«, wandte Elise sich an Resle.

»Ach die! Lungenkrank ist sie, aber nicht tuberkulös! Sie behauptet, wegen der Dämpfe!«

»Wie das?«

»Sie war Löterin, in der Blechdosenfabrik. Aber man kann ihr nicht glauben. Sie behauptet auch, dass sie als Kind mit ihren Eltern in Neu York gewesen sei. Sicher ist hingegen etwas ganz anderes.« Resle betonte genüsslich jedes Wort: »Sie war eine Kriminelle, hat mehrmals Geld aus einer Kasse entwendet und kam dafür in die Kiste. Danach fand sie keine Anstellung mehr. Wer will schon so eine? Dann hat sie sich verschuldet und wurde bevormundet. Oder von mir aus wurde sie schon bevormundet, als sie ins Gefängnis kam. Jedenfalls soll ihr die Stelle als Löterin vom Amt vermittelt worden sein. Aber eben: Wer's glaubt, wird selig!«

Tatsächlich war Dorli in jungen Jahren für einige Wochen im Gefängnis gewesen, weil sie sich als Ladenmädchen einmal eine Zehnernote und ein zweites Mal eine Handvoll Münzen angeeignet hatte (allerdings nahm sie das Geld für die vielen unbezahlten Überstunden, was die Polizei nicht im Geringsten interessierte). Auch dass sie die Kinderjahre mit den Eltern in Amerika verbracht hatte, entsprach der Wahrheit. Andererseits hatte niemand im Brüggli eine Ahnung davon, dass die mittlerweile Todkranke einst auf Betreiben ihres Vormunds sterilisiert worden war.

Seinerzeit, nach der abgesessenen Strafe, hatte Dorli sich in einen Torfstecher aus dem Seeland verliebt und wurde bald einmal von ihm schwanger. Der Esel machte sich aus dem Staub, und sie hatte den Dreck. Längst verstoßen von den eigenen Eltern und ununterbrochen von Übelkeit geplagt, spürte sie ekliges Krallen, hörte, allein in der schwarzen Nacht liegend, furchterregendes Gekreische und fühlte sich ohnmächtig, unfähig zu einem Schritt hinaus aus der dunklen Aufregung. Schließlich, in einem einzigen lichten Augenblick, beschloss sie, ihr eigenes Herz über ein anderes Herz zu stellen, ein winziges, pochendes, das in ihrem Bauch hockte. Durch eine Hebamme fand sich ein Arzt. Nach dem Eingriff schickte jener die Rechnung nicht wie vereinbart *An Fräulein D. Stettler, % Frau Soundso*, sondern direkt an den Vormund. Und der kam sich gescheit vor, als er *vorsorglich* eine Sterilisation anordnete.

Wieder betrat Stini das Zimmer, nun mit einem unter die Achsel geklemmten Wollknäuel und einer ziegelroten Strickarbeit in der Hand. Sie setzte sich auf ihr Bett, blickte erst zu Elise hin und danach an ihr vorbei in die immer noch kahlen Bäume. Dahinter stieg Rauch aus dem Fabrikschlot, suchte sich einen Weg am Wind vorüber durch den nur noch leicht bewölkten Himmel.

Dorli hustete stark, wurde davon aber nicht wach.

Unvermittelt dachte Elise an die Linderin. Wie beherzt und gefasst sie seinerzeit auf ihrem Sterbebett gelegen war. In jenem späten Frühling war es auffällig warm gewesen. Ein letztes Mal hatte die Linderin Elise zu sich gerufen. Abgesehen von der Geschwulst bestand sie nur noch aus Haut und Knochen. Um Druck zu vermeiden, sparte die Federdecke ihre Brustwunde aus, die unter einem Stück Gaze vor sich hin klaffte. Um nichts in der Welt hätte die Linderin sich unters Messer legen wollen, sie konnte die Vorstellung nicht ertragen, sich ihre Brust absäbeln zu lassen. Damals schon war Elise dieser Geruch von Verwesung in die Nase gestiegen, der auch zum Brüggli gehörte. Nur das lange, ungewohnt offene Haar ließ die Linderin noch als Frau erscheinen. Vor dem großen, geheimnisvollen Abschied fürchtete sie sich nicht, vor dem Jenseits noch weniger. Manchmal döste sie weg, manchmal war sie so geistesgegenwärtig, wie sie es immer gewesen war.

Bald würde sie in die Ewigkeit eintreten, sagte die Linderin unverhofft, sodass Elise endlich in ihr Gesicht blickte. In den deutlich vertieften Höhlen waren ihre grünlichen Augen nur noch zu erahnen. Aber gleichzeitig sei sie davon überzeugt, weiterhin irgendwie in dieser irdischen Welt anwesend zu sein. Selbst Kaulquappen und Holzwürmer hätten ja ein zweites, überraschend anderes Leben, fügte sie hinzu und lächelte.

Tränen liefen Elise über die Wangen. Es war der falsche Moment, nun auch noch ihre mütterliche Freundin zu verlieren.

Ihr Erdenleben habe sich erfüllt, sagte die Linderin. Sie sei, auch wenn dies seltsam klinge, geradezu dankbar für die letzten Wochen, weil sie ihr viel Zeit zum Nachdenken gegeben hätten. Sie habe nun endlich begriffen, dass Gott über alles hinausgehe, was der Mensch zu denken vermag.

Die Linderin wusste, dass Elise mit Gott haderte, seit sie mit siebzehn ihre geliebte Mutter und Monate darauf auch die jüngste Schwester verloren hatte, bald Anni gebar und später die zwei Röseli zu Grabe tragen musste – das eine nach acht Monaten, das jüngere nach sechs Jahren, zu einer Zeit, da Elises Ehe mit Beni schon kaputt war. Denn wenn einer dem Alkohol verfällt, ist es das Beste, sich von ihm zu trennen. Im Jahr ihrer Scheidung hatte Elise auch noch ihre Freundin Emmi verloren, die bei der Geburt des fünften Kindes gestorben war und dieses gleich mit sich genommen hatte. Nach der Tragödie besorgte die Linderin wie früher den gesamten Haushalt. Bis der Krebs sie eben an den Rand ihrer Kräfte brachte.

Obwohl es für die Linderin immer schlimmer wurde, beharrte sie in ihren letzten Tagen darauf, dass es wieder aufwärtsgehen würde. Immer gehe es wieder aufwärts, das sei ein Gesetz des Lebens. Merklich erschöpft und doch heiter hatte sie dann festgestellt, dass Gottfried und Elise sich doch seit jeher kennen würden. Seine und Emmis Kinder bräuchten nun dringend eine Mutter, hatte sie hinzugefügt.

Fortwährend hatte Elise auf ihre strahlenförmigen Kerben in den Augenwinkeln gestarrt, auch als sie sagte, dass zwei, die in der Welt zusammenkämen und glücklich leben möchten, oft über ihren eigenen Schatten springen müssten. Bis die Linderin Elise zum Schluss das Versprechen abnahm, Gottfried zu heiraten.

Er war ein Guter. Gottfried war anspruchslos und nahm auf sie Rücksicht. Er hatte auch ein Ohr für ihre Freuden. Für ein gemeinsames Kind wäre es noch lange nicht zu spät gewesen, es gab aber keines mehr.

Die Zeit verging wie im Flug. Gottfrieds und Emmis Kinder wurden schnell größer, und ihre Anni strebte nach Besserem. Aber Besseres konnten sie ihr nicht bieten.

Dann fiel Adi in den Bösbach.

Bis dahin war der Bach für ihre Familie stets von Nutzen gewesen. Gottfrieds Vater hatte das Erlenhaus und die Wagnerei absichtlich an die Stelle gebaut. Trotzdem kam es vor, dass der Bösbach, wie sein Name schon sagte, über die Ufer trat und Schaden anrichtete. Einmal hatte er auch den Keller mit den Gerätschaften der Wäscherei überflutet. Ärgerlicher aber als jene Sauerei waren die vom reißenden Wasser untergrabenen Straßen gewesen, die auf weiter Strecke von

Geröll bedeckten Eisenbahngeleise und die verwüsteten Felder und Wiesen.

Elise wusste nicht mehr, ob Adi jene große Überflutung miterlebt hatte. Kinder müssen die Welt erkunden, dachte sie jetzt. Buben klettern auf Bäume und stellen in den Wäldern den Füchsen nach, Mutproben machen sie und viel Unsinn stellen sie an. Das war gut so. Niemand hatte etwas von Adis Sturz mitbekommen. Das Wasser war nicht besonders hoch gewesen, tief genug aber schon.

Wieder sah Elise Adi vor sich. Weiter unten war er von fremder Hand aus dem Bösbach gezogen worden. Sie beugte sich über ihn. Sie suchte, schon entmutigt, nach etwas Lebendigem in seinem Gesicht – und fand nur bleiches, erstarrtes Erstaunen. Nirgends Blut. Ein paar Kratzer. Viel Wasser. Es war nichts mehr zu machen. Unter Anteilnahme einiger Dörfler trugen sie ihn ins Erlenhaus zurück. Er war ein neugieriges Kind gewesen.

Ihr zweites Röseli lag ebenfalls schon reglos da, als sie hinzukam. Schneeflocken verschwammen in der Blutlache, die sich unter seinem Kopf gebildet hatte, und die Rufe eines Vogels waren zu hören, ganz unpassend.

Vielleicht hatte Anna damals doch Mitschuld gehabt. Als Adi vom Wasser verschluckt wurde, war Anna schon aus dem Haus. Es blieben Emmeli, Karli und Idi, die für sie wie eigene Kinder waren. Da hatte sie nie einen Unterschied gemacht, es war einfach immer genug Liebe für alle da.

Einige Jahre arbeitete Gottfried weiter in seiner Wagnerei, und sie sorgte nach wie vor für eine große Familie. Oft kamen Besucher, sie kamen, wie der Wind weht, von irgendwoher und irgendwann. Man hieß einander auch ohne vorherige Einladung willkommen. Ihre Wäscherei lief gut, das Hotel Anker und das Militär zahlten immer pünktlich. Als sich seine Arbeit als Wagner nicht mehr rentierte, suchte Gottfried eine Stelle. Eines Tages nahm ihn jemand mit in die Eidgenössische Konstruktionswerkstätte und sagte: »Der hier. Er ist Gold wert. Nach so einem muss man lange suchen.« Und Gottfried wurde gleich angestellt. Von da an betätigte er sich beim Bau neuer Kanonen- und Proviantwagen. Ob er gern unter Aufsicht arbeitete? Solche Fragen wurden damals nicht gestellt. Gottfried arbeitete einfach, froh, jeden Samstagabend einen Lohn nach Hause zu bringen.

Die Welt wurde größer und veränderte sich, überhaupt nicht immer zum Besseren. Vielleicht wurde einem auch nur vorgegaukelt, dass sie fortdauernd größer würde. Sie waren und blieben kleine Leute, zufrieden mit dem, was sie hatten.

Eines Tages verschwand Emmeli, zusammen mit ihrer winzigen Karolina. Lange hatten Gottfried und Elise keine Ahnung, wo Tochter und Enkelin sich aufhielten, sie befürchteten aber nicht gleich das Schlimmste, ein selbstständiges Leben war Emmeli auf jeden Fall zuzutrauen. Nach bangen Wochen kam eine Karte, sie hätten sich einer Gruppe von Auswanderern angeschlossen, von Antwerpen aus seien sie über den Nordatlantik gefahren. Es gehe ihnen gut, Emmeli bleibe mit Karolina in Chicago, in die Schweiz würden sie nicht mehr zurückkehren. *Bitte versteht mich.*

Was waren Gottfried und sie erleichtert, dass die beiden heil auf der anderen Seite der Welt angekommen waren und Emmeli sich dort offenbar zufrieden, zumindest tapfer durchschlug. Einmal mehr hatte Elise an den *Doktor*, Annis Erzeuger, denken müssen, der sie seinerzeit hatte sitzen lassen und ebenfalls nach Amerika abgedampft war. Für einen gebildeten *Situationsbeherrscher* hatte er sich gehalten. Ha, ein blasierter Affe war er gewesen! Und genau betrachtet ließ nicht *er* sie sitzen, sondern *sie* hatte ihm die Tür gewiesen.

Selbstvergessen lachte Elise in sich hinein. Dann kam ihr in den Sinn, wo sie war.

Ihr Leben zurrte sich zu ein paar Sätzen zusammen. Sie verlangten nichts. Sie begnügten sich mit einem Platz in ihrem Mund. Elise konnte die Sätze auch gegen den Gaumen drücken. Süß und dann wieder bitter schmeckten sie. Man konnte ein Leben einfach so hinunterschlucken.

Trotzdem hatte sie einige Andenken von zu Hause mitgenommen: Fotos, eine Speichenradskizze von Gottfried, die uralte, von ihrem Bruder Edi geschnitzte Vogelpfeife und eine mit einem Walzer bespielte Stanniolfolie von Karis Phonographen. Die Dinge lagen nun im Koffer unter ihrem Bett.

Anna hatte ihr noch anderes per Bahn nachschicken wollen. Ohne mit der Wimper zu zucken, hatte sie von *geräumigen* Zimmern gesprochen. Elise war sich plötzlich sicher, dass ihre Tochter keinen Fuß ins Brüggli gesetzt, alles nur telefonisch arrangiert hatte (und schon gar nicht hatte Idi sich hierherbemüht). Anna konnte also die Zustände im Asyl nicht kennen. Sie war auch nicht darüber im Bild, dass es weder in den Zimmern noch im Korridor Uhren gab. Von Taschen- oder Armbanduhren ganz zu schweigen. Die Standuhr im Büro der Oberschwester schien die einzige im ganzen Haus zu sein, mit Ausnahme vielleicht von einer Küchenuhr, die Elise dann aber bei ihrem Rundgang mit Stini übersehen hätte. Die Bewohner orientierten sich jedenfalls an der Glocke, die dreimal täglich zu den Mahlzeiten rief. Und bei Schönwetter zeigte einem der Sonnenstand die ungefähre Tageszeit an. Das musste genügen.

Was Anna betraf, so war dennoch nicht auszuschließen, dass sie einmal mehr gelogen hatte, als sie die Zimmer beschrieb. Vielleicht hatte Anna das Brüggli doch in Augenschein genommen, den Ort sogar für passend befunden? *Wir begleiten dich bis zur Brücke. Dort wirst du vom Fahrer des Asyls abgeholt. Der wird dich bis vor die Haustür deiner neuen Unterkunft kutschieren.* Auch das hatte sie gesagt. Annas Hinweis war nicht falsch gewesen, hatte aber trotzdem nicht der Wahrheit entsprochen.

Und was die Uhren betraf: Kari hatte auch nie eine gehabt, keine tragen wollen. Er würde ja doch nicht schneller oder langsamer gehen, hatte er erklärt, und außerdem könnte ihn so ein *Instrument* ziemlich durcheinanderbringen, wenn er mal rückwärts die Treppen hinuntermüsste.

Elise sah ihn auflachen und hörte dann Stinis Stricknadeln. Das feine metallische Klappern schien die Sekunden etwas anzutreiben. Oder drängte es sie gar in die entgegengesetzte Richtung?

Als Resle sich räusperte, hüstelte und sich nochmals räusperte, fühlte Elise, dass ihr ganzer Körper sich anspannte.

Zunächst sprach Resle jammernd von ihrem rechten großen Zeh, der besonders von Gicht betroffen sei, dann referierte sie ausführlich über ihre Berührungsempfindlichkeit im Allgemeinen und beklagte die Schmerzen, welche sie *den bitterbösen langen Tag* plagten. Es war eine nicht enden wollende Liste. Abgesehen von der Zunge schienen sämtliche Körperteile in irgendeiner Weise zu ihrer *schauderhaften Verfassung* beizutragen. Schließlich, als niemand im Zimmer auf ihr ausuferndes Selbstmitleid reagierte, kam sie übergangslos auf ihren Kater zu sprechen, mit dem sie über zwanzig Jahre lang zusammengelebt hatte. Ihm habe sie das Sprechen beigebracht. Jeder Kater sei gelehrig, doch es gebe in einem Katzenleben nur genau eine einzige Stunde, in der das Tier die Menschensprache lernen könne.

»So ein Schwachsinn!«, sagte Stini laut und deutlich in die kahlen Bäume hinein.

Doch! Ihr Kater habe nicht nur alles verstanden, er hätte auch richtig reden können! Aber eben: Einzig die Kater seien dazu imstande, sich Wörter zu merken und diese dann auch noch aneinanderzuhängen, sodass das Gesagte einen Sinn ergebe, die Weibchen seien nämlich zu blöd. Und bei den Menschen sei es genauso: Die Männer seien durchwegs schlauer, nur deshalb hätten die Frauen auch kein Stimmrecht. Zum Glück!

Stini ließ die Stricknadeln sinken, umschloss den Wollknäuel mit der Faust und drehte sich zu Resle hin: »Ja, wir Frauen sind zu blöd! Einige von uns ganz sicher! Andere schuften tagtäglich bis zum Umfallen und müssen sich was einfallen lassen, um allem standzuhalten und sich wieder und wieder aufzurappeln. Viele von uns machen auf Befehl die Beine breit, empfangen und gebären Kinder, ziehen sie oft unter Mühen groß und verzichten dabei auf so manches.« Stinis Ton war schärfer und lauter geworden: »Du redest dummes Zeug, Resle! Frauen werden viel zu oft nur geduldet, ob sie Grips zwischen den Ohren haben, sich Gehör verschaffen wollen oder ob sie ein Leben lang nur still ihre Arbeit verrichten. Man müsste so vieles umkrempeln, wir sollten dringend auch eine Stimme bekommen! Und ich meine damit nicht die Weibsbilder, die ewig nur meckern und herumschreien!« Verärgert schmiss Stini Resle Nadeln und Wolle entgegen.

»Ein Auge hättest du mir ausstechen können«, rief die gellend, »und überhaupt bist du nur eifersüchtig! Weil du keinen Kater und auch nie einen Mann zum Vorzeigen gehabt hast!« (Ein Mann zum Vorzeigen, ging es Elise blitzschnell durch den Kopf, das war Gottfried gewesen.)

»Halt einfach dein Maul, Resle! Jedes Wort von dir ist eines zu viel!«

»Du hast mir überhaupt nicht zu sagen, was ich tun und lassen soll!«

»Doch, habe ich. Weil du zu dumm bist, es selber zu merken!«

Dorli war längst wach und hustete sich jetzt ein weiteres Mal von zähem Schleim frei und auch (wäre es denn möglich gewesen) von der Einsamkeit im Brüggli.

Vom Zank war auch Sophie aufgewacht. Sofort dachte sie an eine Handvoll Zündhölzer, an ein zu entfachendes Feuer, an züngelnde Flammen, an die rasch um sich greifende Angst, die schnell über jeden Krach im Brüggli Oberhand gewinnen würde. Dann bedauerte sie, dass Luise nicht im Zimmer war, die sich zweifellos eingemischt und richtige Worte parat gehabt hätte, worauf die beiden keifenden Zimmergenossinnen verstummt wären.

Die blinde Sophie hielt sich die Ohren zu. Sie ahnte nur, dass Resle Stini noch einige Beleidigungen an den Kopf warf. Doch reckte Resle schließlich beleidigt ihr Kinn und mümmelte nur noch auf ihren Wörtern herum. Weil Stini aufgestanden war und vor dem Verlassen des Zimmers Elise zwei Zeichen gegeben hatte. *Nichts zu machen*, bedeutete das eine, *Komm mit!*, das andere.

8

ABER DER HABICHT FLIEGT DOCH SCHNELLER ALS EIN FLUGZEUG?

Währenddessen hatte Luise gerade Besuch. Sie lehnte draußen an der Hauswand. Gartenseitig neben den Küchenfenstern blinzelte sie gegen die bald untergehende Sonne und tauschte noch einige Worte mit ihrem Mann. Stöffu war im Gegenlicht ein einziger Klumpen Mensch, einer von den besten, dachte Luise. Weitersagen wollte sie das nicht, nicht einmal ihm selbst.

Es gab nämlich eine Zeit, *da der Gerechte sie noch aus Güte schlug*. Er tat es aber, um sie zu bessern, und die Besserung begann, als Stöffu und sie einander im Bahnhofbuffet Biel begegneten.

Sie arbeitete im Service, er war Linienarbeiter. Als er nach Bern versetzt wurde, folgte sie ihm. Er nahm sie aufs Selbstverständlichste mit, zusammen mit der Bibel und seinem Fahrrad. Und nachdem sie in Bern geheiratet hatten, fand sie Arbeit in einer Bäckerei. Stöffu fand es in Ordnung, dass sie weiterhin arbeiten wollte. Da sie laufend Brotlaibe, manche so groß wie ein Neugeborenes, über den Ladentisch reichte, hoffte sie, früher oder später selbst mit einem aufgehenden Leib gesegnet zu werden. Doch obwohl Stöffu fromm war und sie selbst auch schon ein wenig, kam es anders. Das konnte sie aber hinnehmen, weil sie die freien Stunden auch gern alleine mit ihm verbrachte und Kinder womöglich nicht den richtigen Platz neben ihnen beiden gefunden hätten.

Als die Schmerzen im Nacken in die Arme, dann in die

Beine wanderten und sie merkte, dass ihre Hände die frischen Brote nicht mehr flugs von den Körben auf den Ladentisch befördern konnten, gab sie ihre Stelle schweren Herzens auf. Krankenversichert war sie nicht, für einen Arztbesuch reute sie das Geld. Stöffu glaubte ohnehin mehr an die Hilfe Gottes. Das Zittern und die Gleichgewichtsstörungen bereiteten ihr aber schon etwas Angst, oder vielmehr: Es machte sie traurig, derart traurig, dass ihr die Gebete manchmal durcheinandergerieten.

Also setzte Stöffu sich durch. Er befolgte den Ratschlag des Pfarrers, dass seine Frau ihr Gleichgewicht in einer durch und durch christlich gesinnten Atmosphäre wiederfinden sollte. Darüber hinaus wäre es ihr möglich, im Asyl auch ihre persönliche Beziehung zu Gottvater und seinem Sohn zu vertiefen. Der Armenhausdoktor bestätigte den zuvor geäußerten Verdacht des Pfarrers: *Schüttellähmung*. Das machte Luises Verhältnis zum Himmel doch etwas komplizierter.

Stöffu besuchte sie regelmäßig. Er war einer der seltenen Besucher im Brüggli und der Einzige, der getreulich jede Woche einmal zur Fluhmatt wanderte, was Luise mit Stolz hätte erfüllen können, wenn sie sich denn nur nicht andauernd so leer, wie ausgetrunken gefühlt hätte. Sie war ein Teich. Jemand hielt einen Strohhalm hinein und trank alles weg. Wer war das? Stöffu bestimmt nicht. Luise nahm sich insgesamt als eine ganz andere wahr, als sie früher gewesen war. Sie konnte nicht einmal sagen, ob der Aufenthalt im Brüggli gut oder schlecht war. Und das war noch bedrückender als das ständige Zittern und die Schwäche. Noch befand sie sich auf dem Weg zum uneingeschränkten Glauben. Sie hoffte, dermaßen fromm zu werden, dass sie eines nicht zu fernen Tages nicht nur ihren Mann, sondern auch ihre Krankheit würde umarmen können.

Zum Abschied drückte sie Stöffu. Und er sie. An seinem Körper verschwand ihr Zittern.

»Herr, du kennst mich«, flüsterte Stöffu seiner Frau ins Ohr. »Ob ich sitze, stehe oder liege, du weißt von mir. Von fern erkennst du meine Gedanken. Und du auch, mein Schatz, das hoffe ich wenigstens.«

Kein Kuss, man war ja ausgestellt. Auch die Schwestern hielten sittliches Benehmen für unerlässlich, nicht zuletzt wegen der jüngsten Pfleglinge.

Zurück bei den Kindern langte Luise nach der Bibel, scharte die schon etwas Älteren um sich und las ihnen die Geschichte von Abraham und Isaak vor.

»Doch«, bestätigte Vögeli anschließend, »das ist eine schöne Geschichte.« Wisi zuckte mit den Schultern, während er mit dem Daumen an seiner Narbe im Gesicht rieb. Müsi wollte wissen, was ein Widder sei. Mitzi hatte die Erzählung über sich ergehen lassen, mit ungewöhnlich schmalen Augen und gespitztem Mund. Karin fragte nach Isaaks Mutter: Was die denn zu allem gemeint hätte? Ihre eigene Mutter hätte sie und ihren Zwillingsbruder Koni jedenfalls niemals zusammen mit einem Mann irgendwohin gehen lassen, auch nicht mit dem Vater, den sie nämlich gar nicht kennen würden.

»Die Mutter«, sagte Luise aus ihrer Leere heraus, »kommt in dieser Geschichte zwar nicht vor, aber sie heißt Sara. Sara, wie unsere kleine Sara nebenan. Sie ist für immer und ewig die Ehefrau von Abraham.«

Wie zu erwarten gewesen war, stellte Lilian zum Schluss wieder eine Menge Fragen. Die Gedanken liefen ebenso schwankend wie präzise durch ihren Körper, doch dauerte es eine Weile, bis ihr die Wörter dazu über die Zunge kamen. Spucke lief Lilian dabei über die Lippen.

Wie kann man wissen, dass Gott einen nicht hereinlegen will?
Wem gehört das Tor zum Brüggli?
Wo ist unser Feind?
Hast du schon mal den Engel des Herrn rufen gehört, Tante Luise?
Warum soll man ein Tier braten, wenn Gott es nicht isst?
Wer ist schneller: ein Widder oder ein Ziegenbock?
Der Habicht oder ein Widder?
Aber der Habicht fliegt doch schneller als ein Flugzeug?

Und so ging das weiter, und auf manche Frage wusste Luise beim besten Willen keine Antwort.

Schließlich unterbrach Schwester Lisette das Hin und Her, welches die anderen Kinder mit mehr oder weniger Interesse verfolgt hatten. Es sei Besuch da, das Lehner Stini bringe eine neue Frau mit, die Linder Elise. Da könnten sie alle gleich miteinander ein Gebet sprechen, ordnete Schwester Lisette an. Mitzi legte folgsam die Knospen ihrer Armstümpfe aneinander. Ihre schwarzen Haare fielen ihr ins Gesicht, als sie den Kopf senkte.

Elise schaute sich die Kinder eins ums andere an und war erschüttert. Sie alle wuchsen fernab von ihren nächsten Verwandten auf. Es war kein Geheimnis, dass Kinder zuweilen aus ihren Familien entfernt wurden. Seit Langem nahmen die Behörden auch ledigen oder geschiedenen Frauen ihre Kinder weg. Früher war das anders gewesen. Stini hatte gesagt, dass es auch Eltern gebe, die ihren debilen oder körperlich missgestalteten Nachwuchs ins Armenasyl brächten. Elise hatte selbst auch eine kleine Schwester mit einer Behinderung gehabt. Tilly, nach deren Geburt die Mutter gestorben war, wuchs selbstverständlich zusammen mit ihnen allen auf, bis zu ihrem Tod. Eltern konnten nun einmal nicht wählen, ob ihr Kind blaue Augen haben würde, ob es alle

Glieder, ob es Ohren zum Hören und einen Kopf zum Denken haben würde, ob es nur kurz auf dieser Erde bleiben würde, wie eben Tilly und ihre beiden Röseli und auch Adi, oder ob ein Kind von klein auf Böses tat und dennoch erwachsen wurde. Wie Anna.

Schwester Lisette forderte die älteren Kinder auf, etwas zu der Geschichte von Abraham und Isaak zu zeichnen, Lilian sollte Ideen beisteuern. Sie bekamen Bleistifte und richtiges Zeichenpapier, ein Geschenk von Ludmilla Henni. Aus Karins Stift floss langsam ein kleines Kunstwerk, während Müsi einen in Höhe und Breite wachsenden Holzstapel zeichnete. Wisi probierte auf Lilians Rat hin einen Engel von hinten, dessen Flügel ihm aber einfach nicht gelingen wollten. Mitzi sah mit offenem Mund zu, wie die Flügel wieder verschwanden, als Wisi einen Radiergummi benutzte.

Luise führte Elise und Stini zu den drei jüngeren Kindern, die sich tagsüber zusammen im Zimmer der Buben aufhielten. Stefan, der unterernährt und mit Krätze in die Armenanstalt gebracht worden war, schrie schon eine ganze Weile in seinem Gitterbett. Es sei wegen des Schnaps, den er von den Eltern regelmäßig zu trinken bekommen habe, um den Hunger zu unterdrücken, erklärte Luise. Man warte ab.

Elise musste an Anna denken, die vor Kurzem einen Kübel mit kaltem Wasser von ihrem Balkon gekippt hatte, um einen in seinem Wagen fortwährend brüllenden Säugling auf dem Balkon darunter zum Schweigen zu bringen. Seit sie nicht mehr in einem eigenen Haus, sondern zur Miete in einem Block wohnte, fand Anna noch mehr Gelegenheiten für ihre Boshaftigkeit. Hinterher stellte sie sich dann gerne als unschuldig dar, worin sie nicht selten erfolgreich war.

Unbeirrt von Stefans Geschrei saßen Sara und Hansli im Laufstall und spielten mit Tannenzapfen und Holztieren.

Trotz seiner drei Jahre sprach Hansli noch nicht. Die beiden Kleinkinder banden Schnüre um ihre Spielsachen, auf Elise wirkten sie wie erloschen.

Einige der Männer hätten Freude daran, laufend neue Figuren und Tiere für die armen Würmer zu schnitzen, allen voran Sämu Habegger und David Schärz, sagte Luise.

Da war er wieder, dieser Habegger Sämu. Wo bloß, wann nur?, überlegte Elise.

Doch da kam ihnen Vögeli entgegen. Mit ihren dünnen Armen trug sie Ueli, hielt ihn an sich gedrückt. Vögeli erklärte, dass Ueli trotz seiner zehn Monate noch nicht sitzen oder krabbeln könnte. Wenn sie ihm die Welt zeige und mit ihm auf und ab gehe, würde er es bestimmt schneller lernen. Bis jetzt habe das Spazierengehen aber leider noch nichts gebracht.

»Sein eigenes wurde gleich zur Adoption freigegeben«, erklärte Stini kurz darauf, ohne dass Vögeli es hören konnte.

»In dem Alter schon ein Kind geboren?«, fragte Elise und zog die Brauen hoch.

»Ja, mit vierzehn. Behalten kam nicht infrage. Vögeli wollte es nicht einmal sehen, wollte nur schnellstmöglich vom Heim für junge Mütter hierher zurück. Weil es noch früher schon einmal im Brüggli gewesen ist. Der Vormund kam seinem Wunsch nach, und Schwester Lisette hat seither eine Helferin. Aber auf Dauer geht das nicht, aus dem Mädchen soll ja doch noch etwas Rechtes werden. Im Sommer wird es darum als Ladentochter anfangen, um auf eigenen Beinen zu stehen.«

»Will denn Vögeli das auch?«

»Sein Vormund hat es entschieden. Lotti Bischoff hat ältere Zwillingsschwestern in Thun. Die haben einen Lebensmittelladen. Freundliche Frauen sollen das sein, bei denen

Vögeli arbeiten und wohnen kann. Gute Aussichten sind das. Das Kind darf auch wieder einmal Glück haben. Sprich doch bei Gelegenheit selber mal mit ihm, unter vier Augen.«

Elise nickte.

»Jetzt fehlt nur noch Matti. Er ist nachmittags zumeist draußen, um den Männern beim Arbeiten zuzuschauen. Manchmal kann Johann ihn auch zu etwas brauchen. Oder er gräbt Löcher, unser Matti. Am liebsten allerdings ist er bei den Schweinen. Grunzen sie, so grunzt er mit«, lachte Stini.

Später fand Luise Matti bei den Gemüsebeeten. Johann schimpfte gerade mit ihm, aber gehörig, weil er durch ein frisch angelegtes Frühbeet gelatscht war, absichtlich, behauptete der Gärtner. Was er sich dabei gedacht habe! *Raus mit der Sprache!* Selbstverständlich wusste auch Johann, dass Matti stumm war. Der Bub stand mit aufeinandergepressten Lippen und gegen den Himmel gerichteten Augen da und rieb die Knöchel seiner Fäuste gegeneinander. Luise griff entschlossen nach einer von Mattis Händen, um ihn ins Haus zu führen. Ziehen oder zerren brauchte sie ihn nicht.

»Wie ausgewechselt ist der Bengel seit einiger Zeit!«, rief Johann den beiden vorwurfsvoll hinterher.

Schwester Lisette war ratlos. Kürzlich hatte Matti den deutlich jüngeren Wisi hinterrücks mit Steinen beworfen, in der vergangenen Woche stieß er absichtlich einen noch zur Hälfte vollen Teller zu Boden. Er zwickte neuerdings die Kleinen, und selbst Lilian hatte er ein Bein gestellt. Schwester Lisette war streng mit ihm ins Gericht gegangen. Ob er sich nicht schäme, sich dermaßen aufzuführen?! Dazu den Herrgott zu beleidigen mit seiner Hinterlist?!

Matti hatte keine Regung gezeigt.

Schwester Lisette schickte ihn mal ohne Abendessen zu Bett, mal sperrte sie ihn in den Holzkeller ein. Matti machte weiter. Auch Ohrfeigen nützten nichts. Es war schwierig. Wie weiter, wenn auch das kleine Strafregister der *liebevollen körperlichen Züchtigung*, zu der die Heilige Schrift sie anhielt, durchexerziert war?

Am Abend besprach sie sich mit den anderen Diakonissen. Sie saßen alle um den Tisch in Schwester Ottilias Büro, das auch als separates Esszimmer diente.

Schwester Burga hatte keine Erfahrung mit Kindern, erkundigte sich aber, ob sich denn etwas Auffälliges zugetragen habe, was Mattis Verhalten eventuell hätte erklären können. Nicht dass sie wüsste, antwortete Schwester Lisette kopfschüttelnd.

Schwester Alice hielt sich zurück. Bei ihr zu Hause war nur zünftig gehauen und drangsaliert worden. Ihr eigenes Rezept hieß *Glaube, Liebe, Hoffnung*, und überhaupt hielt sie weder Vergeltungen noch Drohungen für praktikable Maßnahmen. Doch damit konnte sie in Mattis Fall nicht punkten.

Schwester Therese, von den Männern gleichermaßen verehrt wie gefürchtet, riet zu Psalm 76. Man müsse dem Bub Gottes Zorn darlegen, in etwa so: »Wenn er uns und unseren niederträchtigen Handlungen zusieht, wird unser Vater im Himmel zornig. Er schickt dann irgendwann ein mächtiges Unwetter, Hunger oder Krankheit, jedenfalls eine deutliche Strafe. Vor wenigen Jahren war hier der ganze Berg ein einziges Feuer. Über Wochen stürzten immer mehr brennende Bäume auf die Fluhmatt und haben das Brüggli nur knapp verfehlt. Das nächste Mal könnte es auch anders ausgehen. Deshalb müssen wir uns alle anstrengen und Böses ununterbrochen meiden.«

Schwester Ottilia war mit diesem Vorschlag sehr zufrieden. Sie erklärte den Austausch für beendet, blickte zur

Standuhr, erhob sich und betätigte die Klingel zur Küche. Zweimal kurz bedeutete, dass Lotti auftischen sollte.

Matti schloss man ins Tischgebet ein. Bald beugten die Schwestern sich über Suppe, Waadtländer Würste und Brot. Eine Flasche Traubensaft ging reihum.

Schwester Burga würde später zu Abend essen. Sie hatte Aufsicht drüben im Speisesaal.

9

KANN DER HERRGOTT GEISTER TÖTEN?

Abends probierte Elise ein paar Löffel Lauchsuppe und dachte nichts. Ihr Stück Brot reichte sie weiter.

Wenn Schwester Burga aus der Heiligen Schrift vorlas, war das etwas anderes, als wenn die Oberschwester vorlas. Besonders einige Männer meinten, die junge Schwester sei nicht in gleicher Weise ernst zu nehmen, sie könnten sich bei ihr Freiheiten herausnehmen, mit dem Tischnachbarn reden, absichtlich laut rülpsen oder eine ungehörige Bemerkung zum Essen fallen lassen, und das alles nur, um den anderen Armenhäuslern zu imponieren. Die meisten Frauen wussten wohl um Schwester Burgas Qualitäten und hielten sich an die Regel des Schweigens. Sie mochten daran denken, was sie als junge Frauen und auch später immer wieder oder überhaupt ohne Unterbrechung geleistet hatten, um einigermaßen akzeptiert zu werden. Nur wer die Straße gemacht hatte, war stets ohne Vorbehalte geschätzt worden. Was nicht stimmte, denn gerade auf der Straße waren die Frauen nie etwas wert gewesen. Elise hätte vermutlich widersprochen, nicht grundsätzlich, nur in Bezug auf sich selbst, in Verbindung mit Beni.

Wie vereinbart hatte Lydia die Nachtschwester gebeten, Elises Beine neu einzubinden.

Ein Behandlungs- oder Krankenzimmer hatte das Brüggli nicht zu bieten. Schwester Alice brachte jedoch ihre Freundlichkeit mit ins Zimmer 3, dazu einen Blumenhocker, eine Emailleschüssel mit Wasser und einen Fetzen

Mull. Den Schemel zirkelte sie in die Lücke zwischen Elises und Stinis Bett. Dank ihrer knochigen Gestalt passte Schwester Alice exakt auf den Schemel. Ebenso gewandt wie behutsam löste sie die Binden.

Elise müsse recht große Schmerzen haben, meinte sie, als sie die Wunden betrachtete. Es war keine Frage, sondern eine Feststellung. Leider, so die Nachtschwester weiter, habe sie nur abgekochtes Wasser dabei, die Kamille vom letzten Jahr sei bereits aufgebraucht. Sorgfältig tupfte sie Sekret und Eiter weg.

Schwester Alice sei in ärmlichen Verhältnissen aufgewachsen, doch sie hätte es geschafft, Krankenpflegerin zu werden und gesellschaftliche Akzeptanz zu erwerben. Das wurde ihr im Asyl mit Bewunderung, zuweilen auch mit Neid nachgesagt. Tatsächlich hatte sie nur deshalb Diakonisse werden wollen, damit sie den Beruf der Krankenpflegerin erlernen konnte.

Die meisten jungen Frauen schreckten allein schon die Aufnahmebedingungen für Eintritt und Ausbildung in einem Mutterhaus ab. Nicht so Alice Ulrich. Sie hatte gute Zeugnisse gehabt, von der Schule ebenso wie von ihrer Arbeitsstelle als Einlegerin. Das erforderliche Arztzeugnis wies ein physisch und psychisch gesundes achtzehnjähriges Mädchen aus. Rücken und Gesäß hatte der Arzt zum Glück nicht inspizieren wollen. Deshalb waren ihm etliche Striemen und Narben verborgen geblieben. Doch für das beizulegende Einwilligungsschreiben der Eltern musste Alice nicht nur den richtigen Moment abwarten, um dem Vater unter die Augen zu treten, in ihrer Bitte durfte auch nicht die kleinste Spur von Selbstwertgefühl oder Eigensinn aufscheinen. Die Niederschrift des vom Diakonissenmutterhaus erwarteten, umfassenden Lebenslaufs wäre ihr grundsätzlich leichtgefallen, wie aber konnte sie Herkunft und Familienverhältnisse darlegen? Sie fühlte sich gezwungen, diese zu beschönigen, durfte dabei aber nicht lügen, was sowohl ihrer grundsätzlichen Aufrichtigkeit als auch ihrer christlichen Gesinnung zuwiderlief. Von der göttlichen Führung sowie der Menschwerdung Christi war sie überzeugt. Während ihres Arbeitsweges, während sie wieder und wieder Papier in die Druckmaschine einlegte, während der angespannten Mahlzeiten und Abende zu dritt, von früh bis spät redete Alice mit dem Herrn und hielt dabei mit Kummer, Verzweiflung, selbst mit gelegentlichen Vorwürfen nicht zurück. Und doch war es das Schwerste, ihre christliche Bekehrung und Eignung angemessen zu beschreiben, wie es die Bewerbung verlangte. *Seit ich mich erinnern kann, bin ich von meinem Vater jeden Sonntagabend mit dem Gürtel oder seinen Hosenträgern traktiert worden, vorbeugend. Damit ich in der darauffolgenden Woche sämtliche Erwartungen meiner Eltern erfüllen würde. Meine Mutter hat zudem mit Füßen nach mir getreten, wenn ich aufschrie oder jammerte. Stummes Weinen wurde geduldet. Durch diese und weitere Misshandlungen, für deren Beschreibung mir die Wörter fehlen, bin ich Unserem Herrn Jesus Christus über die Jahre stets noch nähergekommen.* Das schrieb die junge Alice aber nicht. Trotzdem wurde ihr Aufnahmegesuch vom Mutterhaus im Kanton Zürich bewilligt, obwohl sie sich für den Eintritt nicht einmal die erforderliche, umfangreiche Aussteuer hatte leisten können. Dass diese Ausnahme bei ihr gemacht worden war, kam Alice als wahrhaftiges Zeichen für ihre Berufung vor.

Nach sechs Jahren Probezeit und Ausbildung hatte sie mit ihrem Versprechen dann auch ihre früheren Lebensumstände ganz hinter sich lassen können. Die selbst gewählte Armut einer Diakonisse war ja eine völlig andere. Gehorsam und Bescheidenheit fielen ihr leicht, genauso der selbstlose Dienst am nächsten. Und die während der Schwesternausbildung immer wieder angesprochene *Grenzlinie zwischen Erlaubtem und Unerlaubtem* interessierte sie weiterhin.

Umstandslos hätte sie jederzeit wieder aus der Gemeinschaft austreten können, wäre in Frieden und mit Segen entlassen worden, doch bis heute gab es dafür nie einen Grund. Ehelosigkeit bedeutete Sicherheit. Die Schwesterngemeinschaft empfand Alice als Schutz, die Schwesterntracht als Zeichen für diesen Schutz. Mehr noch: Ihr Glaube kam ihr wie eine nährende Speise vor, dagegen betrachtete sie demonstrative Frömmigkeit (insgeheim) als Über-den-Hunger-hinaus-Essen. Das überließ sie lieber anderen. Statt zu missionieren, säte sie die Worte der Heiligen Schrift halt etwas dünner, was sie mit jener vagen *Grenzlinie*, vor allem aber mit ihrem Gewissen gut vereinbaren konnte.

Während des Zweiten Krieges hatte Schwester Alice in Sanitätszügen Dienst geleistet. Sie war froh und dem Allmächtigen unaussprechlich dankbar gewesen, dass die Schweiz nicht in den Krieg hineingezogen worden war und sie alle, selbst ihre Eltern, von Entsetzlichem verschont blieben.

Im Sommer 1945 entsandte das Diakonissenhaus sie ins Brüggli. Das Armenasyl sei Teil eines abgelegenen Weilers mit Namen Fluhmatt und gehöre zu Eschis, einem Dorf, das in einem Tal mit einer seit jeher wichtigen Verbindungs- und Handelsstraße zwischen Ost und West liege. Zur Fluhmatt gehörten nebst dem Brüggli ein Bauernhof, eine Handvoll Wohnhäuser, eine Zündholzfabrik sowie ein Gasthaus. Ein Stück Land würde von den Pfleglingen bewirtschaftet, zur Selbstversorgung natürlich, der Ertrag sei aber nicht ausreichend. Die Haltung von Schweinen und Hühnern ergäbe regelmäßige Einnahmen, doch ohne zusätzliche Hilfe könnten die laufend anwachsenden Betriebsausgaben nicht bestritten werden. Deshalb würde, wie Schwester Alice sich vorstellen könne, die Bevölkerung regelmäßig um *Zuwendung von Liebesgaben* gebeten. Besonders zum Erntedankfest und zu Weihnachten dürfe man mit Säcken und Körben voller Kohl, Rüben und so weiter und sogar mit Käse und Geräuchertem rechnen.

Anstelle des Armenhauses habe auf der Fluhmatt früher ein Siechenhaus gestanden, holte die Oberschwester des Mutterhauses aus. Aussätzige seien von Verwandten und einem Geistlichen geradezu feierlich in ihre wohl letzte Unterkunft begleitet worden. Selbstverständlich trügen die Armenhäusler heutzutage kein einheitliches Sackgewand mehr, genauso wie Bettelnapf und Klapper längst der Vergangenheit angehörten. Die Zeiten hätten sich eben geändert. Alle Pfleglinge bekämen ausreichend zu essen, und regelmäßige Besuche vom Arzt und vom Pfarrer seien ihnen gewiss. Besonders für die im Brüggli vorübergehend versorgten Kinder sei dies von Bedeutung, sollten diese schließlich, wann immer möglich, geistig und körperlich gesund in Familienpflege weitergegeben werden. Diesbezüglich seien ebenfalls große Fortschritte erzielt worden, arme Kinder würden nämlich nicht mehr in aller Öffentlichkeit auf irgendwelche Höfe verlost.

Zwar würde das Brüggli, seine Holzbauweise und sein Standort, inzwischen als nicht wirklich ideal eingeschätzt. Die vorbeiführende Straße sei etwas gar belebt, und der Staub stelle zugegebenermaßen eine Plage dar. Zudem müsse die Inneneinrichtung des Hauses leider als eher unpraktisch, der Pflege wenig dienlich betrachtet werden. Aber wenigstens sei die an das Grundstück des Armenasyls anschließende Zündholzfabrik von großem Nutzen. Etliche Insassen würden dort eine sinnvolle Beschäftigung finden. (Dass sämtliche Fabriklöhne der Brüggler *ordnungsgemäß* in die Kasse des Armenhauses flossen, erfuhr Schwester Alice erst später.) Vor allem aber sei entscheidend, dass im Asyl ausschließlich Menschen betreut würden, die in keiner Weise ansteckend seien. Vielleicht verschroben, schwächlich, schwermütig, uneinsichtig, gar boshaft, das komme vor, und auch mit unruhigen und unreinlichen Kranken müsse man rechnen. Doch als Dienerin des Herrn einerseits und der Hilfsbedürftigen andererseits sowie im Wissen darum, dass Diakonissen auch Dienerinnen untereinander seien, möge sie, Schwester Alice, die Aufgabe im Brüggli als gut zu bewältigen angehen.

So ging sie denn an einem schwülen Augusttag nach Kriegsende, der sie wieder einmal das ungehemmte Schwitzen unter der Tracht lehrte, in Begleitung von Schwester Ottilia auf die Fluhmatt zu. Wie Gottes mächtige, schützende Hand kam der großartig aufragende Bergrücken ihr vor. Sie fühlte sich geborgen. Die Idee drängte sich ihr auf, dass Jesus seine Bergpredigt ebenso gut dort oben, wo es bestimmt eine Alp gab, hätte halten können.

Bei der *Selbstbefragung*, der jede Diakonisse sich allabendlich stellen musste, verwarf Alice jenes Bild eines von Edelweiß und Enzian umgebenen Gottessohns dann wieder. Sie erklärte ihre etwas kühne Eingebung mit der drückenden Hitze, die sie wie betrunken gemacht hatte. Doch das konnte vorkommen, durfte vorkommen. Es galt, auch sich selbst gegenüber Nachsicht und Milde walten zu lassen.

Aber sie war dann doch etwas erschrocken, als sie begriff, dass die ganze Pflege und Versorgung der zahlreichen Bedürftigen von gerade einmal sechs Schwestern und vier Angestellten bewältigt werden mussten. Das heißt, in der Betreuung waren sie sogar nur fünf, da Schwester Ottilia hauptsächlich mit administrativen und organisatorischen Aufgaben beschäftigt war. Im Brüggli, so erklärte die Hausmutter der neuen Schwester bei Gelegenheit, seien die Gehälter seit eh und je mickrig. Eine Stelle in einer Armenanstalt sei nie sonderlich begehrt gewesen, in Nachkriegszeiten schon gar nicht. Selbst einfache Arbeitskräfte strebten nun nach Höherem, nach *Gewinnbringendem*.

Der Personalmangel blieb an allen Ecken und Enden spürbar.

Nach einigen Tagen scharfer Beobachtung betitelte Schwester Ottilia sie als die *geborene Nachtschwester*. Dem durfte und mochte Schwester Alice nicht widersprechen. Sie ruhte gern am Tag, in der Kammer unter dem Dach, die sie mit einer anderen Schwester teilte, und sie brauchte nicht viel Schlaf, konnte also bei Bedarf auch noch tagsüber anpacken. Die langen Nächte gaben ihr viel, nicht nur Silbermonde und funkelnde Sterne und die Stille bei Schneefall und eindrückliche Sommergewitter, sondern auch die alleinige Verantwortung für sämtliche Pfleglinge.

10

WIE VERDIENT MAN GLÜCK?

Nachdem Elise an ihrem zweiten Abend im Brüggli bestätigt hatte, dass die frischen Verbände genau richtig sitzen würden, ging Schwester Alice hinunter zu den Kindern. Es war ihre liebste Aufgabe, ihnen in den Schlaf zu helfen und danach über sie zu wachen, ihre entspannten Gesichter zu betrachten, sie sanft zu berühren.

Zum Einschlafen benötigte die kleine Mitzi immer eine ganze Weile. Dafür hatte Schwester Alice Verständnis, denn erst vor Weihnachten war die Fünfjährige Fahrenden weggenommen worden, die in der Gegend seit geraumer Zeit *eine Landplage* bildeten. So war es in der Zeitung zu lesen – wenn man es denn nicht schon wusste.

Manchmal war ein Kind im Armenhaus besser aufgehoben.

Mitzi war ein Buch mit sieben Siegeln. Bei kleinsten Zurechtweisungen verkroch sie sich in eine hinterste Ecke und ließ sich kaum mehr hervorlocken. Schwester Ottilia hatte als Erstes angeordnet, Maria ab sofort *Mitzi* zu nennen. Zweitens sollte ihre Familie ihr gegenüber unter keinen Umständen erwähnt werden, nicht die kleinste Bemerkung dürfe seitens des Personals erfolgen. Und drittens war den sehr jungen Eltern ein striktes Besuchsverbot im Asyl auferlegt worden. Schwester Alice war ihnen nie begegnet, nur ihr bisher einziges Kind hatte sie vor Augen. Sie sah und hörte es.

Von oben bis unten verdreckt, mit von Kopfläusen verklebtem Haar und völlig unzureichend gekleidet war Mitzi im Brüggli eingetroffen. Jetzt trug das Mädchen einen Scheitel und wollene Unterwäsche. Es sah nicht glücklicher aus. Fraglos hielt Schwester Alice frühzeitiges Handeln für unerlässlich, für vernachlässigte Kinder ebenso wie für bedürftige Erwachsene. Doch lagen die Behördenvertreter zuweilen daneben und griffen mit Überzeugung auch dort ein, wo sie *sittliche Verwahrlosung* oder *moralische Gefährdung* nur schon zu riechen meinten.

Insbesondere minderjährigen, ledigen oder geschiedenen Frauen wurde schnell einmal unterstellt, ein *haltloses Leben* zu führen, wenn sie mehr über Kontakte zum anderen Geschlecht als über finanzielle Möglichkeiten und Beziehungen verfügten. Wobei Haltlosigkeit zwangsläufig zu mütterlichem Versagen führe, so die amtliche Meinung. *Wo aber die Mutter versagt, ist wenig zu hoffen*, ergänzte Ludmilla Henni vom Frauenkomitee, die sich gern wiederholte. Schwester Alice hätte dies und jenes einwenden mögen, da ihr während der Nachtwache einiges erzählt wurde. Die Berichte der Frauen legten nahe, dass es für eine Einweisung in ein Armenasyl – oder in ein Kinderheim oder eine Erziehungsanstalt – auch höchst fragwürdige Gründe gab. Als Schwester Alice zum ersten Mal gehört hatte, dass *schlimmes Erbgut* oder *eine schlechte Erbreserve* eine Internierung rechtfertigten, empörte sie sich. Leider brachten einschlägige Gebete ihr keine innere Ruhe und schon gar keine Erklärung.

In Wahrheit waren die Beamten gar nicht dazu ausgebildet, fachliche Beurteilungen vorzunehmen. Nur selten beriefen sie sich auf ärztliche Zeugnisse. Atteste oder wegweisende Instruktionen ergaben sich zunächst schon einmal aus Voreingenommenheit. Helfer der Behörden festigten die Vorurteile. Diese Zudiener rekrutierten sich aus *still und fleißig ausschwärmenden Detektiven* des behördlichen Erkundigungsdienstes sowie aus Nachbarn oder flüchtigen Bekannten von ins Visier genommenen Personen. Doch davon abgesehen hatten die Fürsorger ganz einfach *den Blick*. Der bedeutete ihnen so viel, dass sie sich damit brüsteten. Wäre es möglich gewesen, so hätten sie ihn sich als Abzeichen ans Revers geheftet.

Andererseits waren die Herren längst nicht immer dort zur Stelle, wo sie am nötigsten gebraucht worden wären. Weil sie selbst oder ihre Spitzel zuweilen genauso blind waren wie Sophie Schmocker oder Alfred Laufer. Doch Irren war menschlich, Lieben war menschlich, und das, was Ämter und Institutionen für richtig befanden, wurde von der Allgemeinheit gutgeheißen oder stillgeschwiegen. Dies war ebenfalls menschlich.

Die Suche nach einer Pflegefamilie für Mitzi hatte kurz nach ihrer Ankunft im Brüggli begonnen, nicht allein wegen der Überbelegung des Kinderbereichs, sondern weil es noch nicht feststand, wer überhaupt das Kostgeld für sie bezahlen würde. Das konnte dauern. Es lag deshalb im Interesse aller am Verfahren Beteiligten, Mitzi baldmöglichst weiterzureichen.

Nachdem einige Anfragen seitens der Armenbehörde ins Leere gelaufen waren, wurde Schwester Ottilia (mit der altbekannten Begründung, dass man der *angesehenen Hausmutter des Armenasyls* doch kaum etwas abschlagen könne) damit beauftragt, sich ihrerseits durch eine Liste möglicher Pflegeeltern zu telefonieren. Doch diesmal erhielt sie lauter Absagen. Niemand wollte sich eines Mädchens annehmen, das von Geburt weg keine Unterarme hatte. Arbeiter- und Bauernfamilien bestanden ausnahmslos auf einer uneingeschränkten Mithilfe der Kinder – der angenommen ganz besonders –, während bessergestellte Leute eine körperliche

Behinderung entweder für unzumutbar oder ein klares Indiz für eine geistige Abnormität hielten. Oder aber sie lehnten es grundsätzlich ab, mit Zigeunern in Verbindung gebracht zu werden, deren Kinder allgemein als *Gefahr für die Gesellschaft* galten.

Natürlich konnte Mitzi mit ihren Armstümpfen Löffel auf den Tisch legen. Schnell gelernt hatte sie auch, wie die Schuhe im Treppenhaus exakt auszurichten waren. Sie aß weitgehend selbstständig, man hatte sie jedoch erst daran gewöhnen müssen, während der Mahlzeiten still sitzen zu bleiben. Zu diesem Zweck war sie mit einem Gurt straff an der Stuhllehne festgebunden worden. Manchmal malte sie mit einem Aststück Figuren in den Kies und schlug – was Lilian ihr beigebracht hatte – die Zahlen von eins bis fünf auf eine leere Dose Ovomaltine (als Stärkungsgetränk ein stets willkommenes Geschenk der Frau Pfarrer). Mitzi konnte auch die Spülung betätigen, nachdem sie begriffen hatte, was ein Wasserklosett ist, und Luise Schöni eine zusätzliche Schnur an den Kettenzug geknüpft hatte. Wie vierbeinige Lebewesen hatte Mitzi sich zuvor jeweils irgendwo erleichtert, und sie kannte auch nichts anderes, als den Stuhlgang ohne Abwischen zu erledigen, eine Eigenart, die sie im Brüggli beibehielt. Genau besehen benötigte Mitzi nur beim An- und Ausziehen etwas Hilfe.

Im Asyl wurde dann und wann gemunkelt, dass ihr die Arme verstümmelt worden seien. Bestimmt habe die Sippe im Sinn gehabt, die Kleine auf Betteltour zu schicken, es sei ja bekannt, meinte Eugen German einmal in gewichtigem Tonfall, dass die Fahrenden unmoralische Nichtsnutze seien, die vor nichts zurückschreckten. »Ausgerechnet Sie sagen das!«, entgegnete Schwester Alice und dachte auch daran, wie ihre eigenen Eltern sie noch als junge Erwachsene derart geschlagen hatten, damit sie etwas zugab, das sie nicht gedacht, nicht getan hatte. »Kehren Sie zuerst vor der eigenen Tür!«, sagte die Nachtschwester noch zu Eugen und fixierte ihn mit geröteten Wangen, bis er ihrem Blick auswich.

Längst hatte sie Mitzi ins Herz geschlossen. Die glänzenden schwarzen Augen der Kleinen ließen auf eine Tiefe schließen, in der sich eine ferne und – warum nicht? – heilige Welt verbarg. Wie die übrigen Kinder, so hätte auch Mitzi rund um die Uhr liebevolle Zuwendung benötigt. Schwester Lisette konnte das tagsüber schwerlich allein leisten, das war schon klar, und von den wöchentlich wechselnden, im Kinderbereich mithelfenden Armenhäuslerinnen waren nur ganz wenige eine wirkliche Hilfe und fähig, sich in Mitzi, Wisi oder Sara oder Matti einzufühlen.

In den Nächten wachte Mitzi oft auf und stellte sich ans Fenster. Bei Regen legte sie ihr Ohr an die Scheibe und lauschte. Schwester Alice hatte sie schon mehrmals zurück ins Bett gebracht, hatte leise auf sie eingesprochen, unten in der Küche für ihre eiskalten Füße und Armstummel eine warme Bettflasche gemacht. In diesen Nächten betete sie für das Kind und nannte es *Maria.*

Jetzt schlief Mitzi tief. Sara neben ihr ebenso.

Schwester Alice strich beiden die Haare aus dem Gesicht und wandte sich danach Karin zu, die erwartungsvoll schaute: »Deine Zeichnung von heute ist sehr schön. Du bist eine echte Künstlerin. Ich werde Schwester Lisette vorschlagen, dass wir sonntags bald einmal einen Spaziergang ins Nachbardorf machen. Da gibt es eine Kirche, die innen drin vollständig ausgemalt wurde, und zwar vor vielen Jahren, als es noch keine Eisenbahnen, keine Diakonissen, keine Heime wie das Brüggli, ja noch nicht einmal die Schweiz gab.«

»Aber Kirchen und Maler schon«, warf Lilian ein.

»Richtig.« Anerkennung leuchtete aus Schwester Alice' Augen. »Und wisst ihr was?«, fragte sie in die Mädchenrunde, ohne eine Antwort abzuwarten, »in der Kirche werdet ihr dem kleinen und dem erwachsenen Herrn Jesus gleich mehrmals begegnen. Vielleicht erkennt ihr sogar die dargestellten Geschichten, bestimmt aber die Engel und das rote Teufelchen.«

Karin machte große Augen. Davon würde sie später ihrer Mutter und ihrem Bruder erzählen können!

Müsi bat stotternd, auch mitkommen zu dürfen, worauf Schwester Alice sie zärtlich in die Wange kniff: »Aber natürlich!«

Lilian rüttelte kurz an den Streben ihres Metallbettes, aus Absicht oder nicht, sie bedauerte jedenfalls, nicht dabei sein zu können, gerade dieser Ausflug hätte sie interessiert.

»Ja, der Weg ist für dich wirklich zu weit. Du wirst uns selbstverständlich fehlen, weil du so genau hinschaust und immer wichtige Fragen stellst. Was machen wir da?« Die Mädchen schauten gespannt.

»Ich habe eine, nein, zwei Ideen«, fuhr Schwester Alice fort, »falls deine Tante Lydia Sonntagsdienst hat, soll sie sich hier eine Weile mit dir unterhalten, und wenn nicht, dann auch. Das tut sie bestimmt gerne. Außerdem gibt es in der Bibliothek der Frauen noch ein Buch mit Zeichnungen von alten Kirchen. Das hole ich dir. Damit kannst du ein wenig auf Reisen gehen.«

»Und ich?«, fragte Vögeli.

»Möglichst alle Kinder sollen mitkommen, also auch du. Sofern das Wetter gut ist und wir Ueli im Leiterwagen mitnehmen können.«

»Dann warten wir einfach, wir wollen doch immer miteinander lustig sein«, warf Karin ein. Sie klang entschlossen, feierlich.

Drüben im Bubenzimmer hatten Wisi und Matti noch etwas Wichtiges auszuhandeln. Jedenfalls sah es danach aus. Wisi sprach flüsternd und eindringlich auf Matti ein, und der fuchtelte mit den Fäusten und gab Töne von sich. Solange die beiden nicht handgreiflich wurden, wollte Schwester Alice sich nicht einmischen. Sie schaute unterdessen in die Betten der drei Kleinen, zupfte deren Decken zurecht, wischte mit ihrem Taschentuch Stefans Rotz weg und segnete sie.

Als Matti und Wisi still waren, zog Schwester Alice zwei glatt geschliffene Kiesel aus ihrer Schürzentasche, die sie kurz vorher draußen aufgelesen hatte, und steckte jedem einen zu. Sie ließ den Buben Zeit, ihren Stein zu betrachten (den dunkelgrauen mit einer weißen durchgehenden Linie und den grünen, beinahe herzförmigen), und umfasste dann je eine Kinderhand. Dann sah sie Matti und Wisi abwechselnd in die Augen und sagte langsam: »Herr, du hilfst Menschen und Tieren. Du hast mich so geschaffen, wie ich bin. Ich bin einzigartig, und jeder in unserer großen Hausfamilie ist einzigartig. Wie schön ist es, dass wir alle im Schatten deiner Flügel geborgen sind. Amen.«

Mattis Gesichtszüge wurden noch weicher, als sie es für gewöhnlich schon waren. Wisi war zufrieden, dass Gott jetzt auch den Tieren half. Die Schweine und Kaninchen waren seine Freunde, die Hühner eher weniger. Er würde kein weiteres Mal weglaufen wollen. Umgekehrt durfte keiner der Männer ihn am Arm oder anderswo packen, und niemand sollte mehr einen ganzen Wurf herangewachsener Kaninchen schlachten, auch wenn Miggu behauptete, alle Brüggler würden entweder schwächer und schwächer, wenn nicht hin und wieder ein paar Kaninchen in die Gemüsesuppe wanderten, oder die Langohren nähmen in kürzester Zeit derart überhand, dass sie eines Nachts aus den Ställen abhauen und sämtliches Gartengemüse kahl fressen würden, das sie wiederum für die Suppe bräuchten.

Wisi dachte an diesem Abend noch einmal darüber nach und verstand die Erklärung immer noch nicht. Dass Miggu für die Kaninchenställe zuständig war, konnte ihm recht sein. Mit seinen pelzigen Freunden ging er nicht grob um, und ihn selbst fasste er nie an. Doch redete er immer wieder irgendeinen Mist. Aber waren seine Ansichten wirklich manchmal *aus der Luft gegriffen*, wie Sämu schon behauptet hatte? Das verstand Wisi nämlich ebenso wenig: Wie jemand in der Luft nach Gedanken greifen konnte.

Wie auch immer das nun mit den armen Kaninchen war, er hoffte, in der folgenden Nacht trocken zu bleiben. Es ließ sich einfach nichts dagegen machen, er erwachte stets zu spät. Die Nachtschwester nannte es *Malhöör* und fand es nicht so schlimm, wechselte das Laken, reichte ihm eine trockene Pyjamahose und vergaß nie, ihm über den Kopf zu streichen. Schwester Lisette hingegen war streng und verdonnerte ihn jedes einzelne Mal dazu, morgens das nasse Leintuch an die Wäscheleine vor den Plumpsklos zu hängen. Immer sah dort draußen mindestens einer zu, und oft musste er sich blöde Sprüche anhören. Es sei eine milde und gleichwohl wirksame Strafe, hatte Schwester Lisette einmal erklärt, andernorts werde man als Bettnässer in den Schweinestall gesperrt. Wisi hätte nichts dagegen gehabt.

Bei den Mädchen war zuletzt nur noch Vögeli wach.

»Bist du nicht müde?«, flüsterte Schwester Alice, nachdem sie sich zu ihm gesetzt hatte.

»Auch wenn ich sehr müde bin, kann ich oft nicht schlafen. Meistens tue ich nur so, als ob ich schlafe.«

»Letzthin hat mir einer von den Männern anvertraut, dass es ein Mittel gibt, um schneller einzuschlafen.«

»Sag, Schwester Alice –«

»Also: Du erzählst dir den Tag rückwärts, ganz für dich, nur in Gedanken. Du besinnst dich auf alles, was du getan und gesehen hast und was dich gefreut hat. Wer was gesagt hat. Was dir schwergefallen ist, das darfst du auch nicht auslassen. Und bevor du beim Aufstehen angelangt bist, bist du eingeschlafen. Er hat recht, Eugen German.«

»*Der* hat das gesagt?«

»Ja.«

»Ich mag seine Augen nicht. Die bohren sich in mich hinein.«

»Versuchs trotzdem«, sagte Schwester Alice und kringelte sich Vögelis Haare um die Finger: »Ich gehe nun einmal durchs Haus. Jede Wette, dass du schläfst, wenn ich zurückkomme.«

11

WARUM HEISST DAS VÖGELI EIGENTLICH VÖGELI?

Mit ihrer Armeetaschenlampe ging Schwester Alice zuerst zu den Männern. Zur Abwechslung war auf der zweiten Etage nicht viel los. Die abendlichen Streitigkeiten und das wüste Reden hatten bereits ein Ende gefunden. Selbst Ludi Ludi in Zimmer 6 wollte keine Sprüche mehr loswerden. Er rieb sich das Kinn, hielt kurz inne und grinste mit eingefallenem Mund; sein Gebiss lag in einem Becher.

Sevi Studer rüttelte an Sämu Habeggers Arm und wiederholte mehrmals *Schöbi-Mulöö*, bis er die Antwort erhielt, dass Köbi bestimmt bald wieder einmal Maulorgel spielen würde, worauf Sevi sichtlich erleichtert in sein Bett stieg.

Pesche Jaggi hustete gehörig, wachte davon aber nicht auf.

Einmal mehr klagte Otti Egger über sein Herz. Es steche ihn zwar gerade nicht, meinte er mit schwammiger Aussprache, schlage dafür wie verrückt. Schwester Alice riet ihm, sich am nächsten Tag an Johann zu wenden, der ihm dann zeige, wo Bärlauch wachse. Davon solle er vorläufig dreimal täglich ein paar Blätter kauen, das senke den Blutdruck.

»Blutdruck, dreimal täglich«, wiederholte Otti, »aber von welchem Lauch?«

In Zimmer 5 machte eine fiebrige Erkältung die Runde, doch schliefen offenbar bereits alle sechs Männer, stöhnend oder schnarchend oder beides. Gwer Sumi hatte einen heißen Kopf und sein rasselnder Atem war ein Hinweis darauf, dass es mit ihm wirklich bergab ging. Die Nachtschwester faltete kurz die Hände.

In Zimmer 8 hing das eine, das ganze Bein von Moritz Lontschi wie üblich über den Bettrand, die Ferse berührte den Boden. Das versehrte Bein war zugedeckt. Marcel Zryd hatte seine Schieberkappe unter sein Kissen gelegt, in der Hoffnung, dass sie kein weiteres Mal in die Hände von Oski Hürner geriet. Ruedi Schranz hielt seine Kartonschachtel umfasst und betrachtete andächtig eines der gesammelten Billette.

Schwester Alice fuhr Baschi Senften ein paarmal durchs krause Haar, bückte sich zu ihm hinunter und wünschte ihm nah am Ohr eine gute Nacht mit schönen Träumen.

Auf diesem kurzen Ritual bestand Baschi, der vor Jahren eines Morgens schlafend auf der Bank unter dem Kirschbaum im Garten aufgefunden worden war und dessen Eltern daraufhin per Anzeige in der Zeitung gesucht wurden, erfolglos, wie sich herausstellen sollte. Ganz offensichtlich war er nie zur Schule gegangen, kannte weder seinen Nachnamen noch seinen Wohnort und sprach von sich in der dritten Person. Bald einmal wurde er von einem kinderlosen Ehepaar adoptiert, aus dem einzigen und hinreichenden Grund, weil Frau Senften (ein Mitglied des Frauenkomitees) Mitleid mit dem ausgesetzten Buben hatte. In der Folge wurde Baschi jedoch ans Armenhaus zurückgegeben, mit Herrn Senftens Zusage, künftig selbstverständlich das Kostgeld für ihn bezahlen zu wollen, aber ein Zusammenleben habe sich als absolut unmöglich erwiesen. Es sei haarsträubend, wie dieses *Bürschchen* sich unter gesitteten Menschen aufführe, von seiner Schamlosigkeit nicht zu reden.

Unterdessen, nach vier Jahren, machte Baschi sich im Brüggli ganz gut. Er gebe sein Möglichstes, berichtete Schwester Therese kürzlich. Trotz seiner Hör- und Sprachprobleme sei er ausgeglichen, packe auch an, wenn Not am

Mann sei, und vor allem lasse er das Beten längst nicht mehr nur über sich ergehen, sondern habe die Notwendigkeit daran entdeckt.

Mit Fragen auf der Zunge ließ Schwester Alice diese Auskunft der Mitschwester so stehen.

»Braucht jemand noch etwas?«, fragte sie jetzt, die Hand schon am Lichtschalter.

»Man kann mich für einen Idioten halten«, antwortete Hans Berger in gewohnt brummiger Art, »aber ich bin nicht so dumm zu begreifen, dass mir hier keinerlei Wünsche erfüllt werden.«

»Nun gut«, meinte Schwester Alice betont heiter, »im Schlaraffenland mag es anders sein, aber dort müssten Sie den gebratenen Tauben selber nachspringen. Hier hingegen steht dreimal am Tag das Essen auf dem Tisch, ohne dass Sie den kleinen Finger zu krümmen brauchen.«

Hans erwiderte nichts. Es war schon wahr: Er hatte seinen Frieden im Brüggli, wurde satt, und selbst die ihm angelasteten *skandalösen Familienverhältnisse* kümmerten ihn nicht mehr. Außerdem gab es hier genügend Röcke, wobei er aufpassen musste, beim gelegentlichen Tätscheln und Grapschen im engen Treppenhaus nicht etwa Käthle Fähnrich zu erwischen, deren Schläge saftig waren, was ihn wiederum an seine Frau und an die handfesten Händel mit ihr erinnerte. Mal ganz abgesehen davon, dass dabei ein jedes Mal auch die Kinder dazwischengeraten waren (was er nun schon ein wenig bedauerte) und er sich danach im Wirtshaus gründlich hatte erholen müssen. Wenn er sich denn nicht schon vorher einen angetrunken hatte.

Fritz Tschaggeny in Zimmer 7 klagte lautlos in sich hinein, wie er es allabendlich tat, und Godi Thönen fragte, warum er sich eigentlich nicht an die kleinste Freude in seiner Kindheit und Jugend erinnern könne, nicht einmal an Weihnachten.

Wenn das so sei, antwortete Schwester Alice, so möge er doch nach schönen Augenblicken in seinem späteren Leben suchen.

Das seien aber auch nicht viele.

Was ihm denn in den Sinn komme?

Godi brauchte nicht lange zu überlegen: Als er in Bern endlich eine feste Anstellung gefunden habe, als Tramwagenreiniger. Mit einem Mal sei er jemand gewesen. Nur für sich selbst, nicht für die Mehrbesseren, die tagein, tagaus in einem sauberen Tram fahren und dies für eine Selbstverständlichkeit halten würden. Nur gebe es überall Leute, die sich besser durchsetzen könnten als er. Darum habe er die Stelle wieder verloren. Und von da an sei es mit ihm bergab gegangen.

David Schärz hatte dem Gespräch zugehört, Buch und Lupe weggelegt und die Hände gefaltet. Es sei *schön und gut*, sagte er zu seinem Bettnachbarn, dass er mit seiner Anwesenheit im Brüggli die Gemeinschaft bereichere.

Daraufhin machte Godi ein nachdenkliches Gesicht.

Küde Wild schaute mit finsterem Blick kurz zur Nachtschwester hin, hob dabei seinen Kopf etwas an, nur um ihn danach erneut im Kissen zu vergraben. (Im Brüggli musste man vor Küde ständig auf der Hut sein. Bereits zweimal wurde er wegen seines höchst flegelhaften und nicht kooperativen Benehmens für mehrere Monate in die Arbeitserziehungsanstalt überführt. Zurück im Armenasyl war er bald wieder ganz der Alte. Wurde er zornig – aus heiterem Himmel oder weil er aufgrund seiner gutartigen Ohrentumore etwas falsch verstanden hatte oder weil ihm gerade eine Episode aus seinem arg missglückten Leben aufstieß –, so teilte er dem Nächstbesten mit voller Kraft eins aus, riss Leintücher und Wolldecken aus den gemachten Betten, auch brunzte und schiss er mitunter absichtlich daneben. Dass er zuweilen mit ein paar furiosen Armbewegungen die Schuhe hinter der Eingangstür vom Regal fegte, war vergleichsweise harmlos, wenn auch für alle anderen lästig.)

Schwester Alice war sich sicher, jetzt ein geradezu zufriedenes Murren aus seinem Mund zu hören. »Gute Nacht, Kurt!«, rief sie zurück.

Im Aufenthaltsraum der Männer, wo die beiden Zusatzbetten für den erst kürzlich eingewiesenen Jonathan Willen und für Eugen German standen, stellte Letzterer fest, dass ihm hier ein Feuerchen fehle.

»Der Ofen ist ja fast noch warm«, sagte Schwester Alice erstaunt.

»Mir fehlt ein Feuerchen«, insistierte Eugen. »Vor lauter Kälte spüre ich meine Füße nicht mehr. Vor lauter Kälte tun sie mir weh.«

»Was denn nun? Haben Sie Schmerzen oder kalte Füße?«

»Beides. Ich möchte ein Feuerchen. In Form eines Fräuleins am besten.«

»Eugen!« Schwester Alice war deutlich.

»Trotzdem«, maulte Eugen. »Aber klar, als keusches Ding kannst du das nicht verstehen!«

»Ich denke, es hat mit Ihrem Zucker zu tun. Bewegen Sie die Beine, und morgen gehen Sie zehnmal rund ums Haus, das wird Ihnen helfen. Und jetzt eine angenehme Nachtruhe.«

Bei den Frauen in Zimmer 1 ließ Bärbi Zysatt ihr allabendliches Kichern vernehmen und verlangte den Nachtstuhl.

»Seit wann willst du dir die Nacht sitzend um die Ohren

schlagen?« Mit gespielter Verwunderung und laut genug sagte Schwester Alice immer dasselbe, sobald Bärbi ihre ewig gleiche Frage stellte, obwohl sie bestimmt auch heute eben erst in Begleitung von Philomena vom Klo zurückgekommen war.

Auch diesmal gluckste Bärbi nach Schwester Alice' Antwort.

Im Schein der Taschenlampe meinte Fränzle Schmelzer, es sei bereits wieder Morgen, und schickte sich an aufzustehen.

Greti Ast verfluchte die Furunkel an ihrem Gesäß, die eine verfluchte Plage seien. »Hol dir zum Kühlen einen nassen Waschlappen«, erwiderte Schwester Alice ruhig, während sie Fränzle zurück ins Bett drückte. »Außerdem kommt Ende der Woche der Doktor ins Haus. Wir werden ihn um eine neue Tube Zugsalbe bitten.«

»Käme der Doktor nur öfters als der Pfarrer, dann würde es mir besser gehen!«, sagte Greti gehässig und machte wie üblich keine Anstalten, in den Waschraum zu gehen.

»Es ist, wie es ist«, meinte Schwester Alice. »Nun denn, versucht zu schlafen. Der Herr sei mit euch.« Bevor sie das Zimmer verließ, griff sie nach dem Handgelenk von Bethli Hopf, um ihren Puls zu messen. »Gott bestimmt die Zahl der Sterne und ruft sie alle mit Namen, Amen«, betete Schwester Alice noch leiser, als Bethli atmete.

In Zimmer 2 war von Abendruhe wenig zu spüren. Agnes Marmet schälte sich gleich umständlich aus Leintuch und Wolldecke und bat um eine Monatsbinde.

»Hat Lydia dir keine gegeben?«

»Vergessen.«

»Du oder sie?«

»Ich, ich!«

Also klaubte Schwester Alice den passenden Schlüssel aus ihrem Schlüsselbund und öffnete ein Blechschränkchen, das über dem Bettende von Edith Boler hing. Ausschließlich Binden lagen darin, etliche davon hatte Philomena Bettler von Hand genäht.

»Und den Bindengürtel hast du?«

»Hab ich!«

»Und morgen früh fragst du Lydia«, sagte Schwester Alice streng, während sie eine Binde aushändigte.

Derweilen saß Eva Klopfenstein aufrecht in ihrem Bett und singsangte wie jeden Abend, bevor sie sich hinlegte: *Liebes Land und liebe Leute, mir tut heute die Brust so weh, weh mir, wenn einer kommt und trinkt über den Durst, liebes Land und liebe Leute …*

Charlotte Nussbaum und Hedle Bacher unterhielten sich indes flüsternd. Zwei- oder dreimal stieß Hedle bizarre kurze Schreie aus, gefolgt von einer verzerrten Mimik, und hin und wieder entfuhr ihr sogar ein unpassendes und im Grunde verbotenes Schimpfwort, während die Arme von Charlotte ihren eigenen Kopf zu dirigieren und diesen zu ausgefallenen Bewegungen anzutreiben schienen. Dafür konnten die beiden jungen Frauen nichts, sie waren eben krank, hoffnungslos krank, jede auf ihre Weise. Gottes Güte war es zu verdanken, dachte Schwester Alice einmal mehr, dass sie einander im Brüggli gefunden hatten. Gegenüber der Hausmutter ließen weder sie selbst und Schwester Burga noch Lydia oder die Taube durchblicken, dass es eine freundschaftliche Verbundenheit zwischen den beiden gab. Oberschwester Ottilia hätte einen Zimmerwechsel angeordnet.

Plötzlich rief Edith Anzügliches über alle Betten hinweg. Charlotte hatte ihr nämlich anvertraut, dass Jonathan Willen, der junge, aus dem Bündnerland heimgeschaffte Mann, ihr gefalle. Nicht allein seine melancholischen Augen wirkten anziehend, auch seine Art zu sprechen finde sie interessant. Alles an ihm verrate den Künstler, nie und nimmer sei er ein gewöhnlicher Arbeiter. Sehe sie ihn, so fühle sie sich gleich lebendiger, sie begegne ihm immer, wenn er die Küchenabfälle hole, um sie anschließend den Schweinen zu bringen. Er mache das richtig elegant, obwohl nur der eine Arm ihm gehorche.

Als Edith nun (mit wenig Talent) den Bündner Dialekt von Jonathan imitierte und Unflätiges äußerte, wurde Charlotte gehörig wütend. Sie schlug unkontrolliert um sich, sprach noch stockender als sonst und verlangte schließlich Hilfe von Schwester Alice.

Was sie sich denn dabei denke, wurde Edith von der Nachtschwester gefragt, worauf Hedle *Heilandsack!* rief, was niemand zur Kenntnis nahm. Zu Recht, so Schwester Alice weiter, brächten die Menschen ihre Muttersprache, ihren Dialekt mit ins Brüggli. Das sei sozusagen ein persönlicher Schatz, den einem niemand streitig machen sollte. Und ob die Stichelei von Edith wirklich so arg sei, fragte Schwester Alice auch Charlotte, die, ohne zu überlegen, mit einem lang gezogenen Ja antwortete und nach wie vor verärgert Arme und Fäuste bewegte. Edith lachte verlegen.

Der Zank kam zu keinem versöhnlichen Ende. Sie bleibe dabei, sagte Edith, dass *die dort drüben* sich für etwas Besseres halte. »Und *ich* bleibe dabei«, so Charlotte und schnappte zwischen den verwischten Wörtern nach Luft, »dass Edith mir meine Schwärmerei gönnen sollte, statt sich über mich lustig zu machen.«

Der Zwist verpuffte, als Agnes die Frage einwarf, wann denn endlich Ostern sei und ob sie während der Feiertage eigentlich auch drüben in der Fabrik arbeiten müsse. Noch bevor Schwester Alice nachdenken konnte, gab Ursle eine passende Antwort, worauf Agnes breit grinste.

Scheinbar unberührt von allem lag indes Annlies in ihrem Bett und schaute zur Zimmerdecke, direkt in die von schwarzem Schimmel gemalte Landkarte.

»Es geht gegen halb zehn«, sagte Schwester Alice schließlich, »Vreneli schläft längst. Leg dich jetzt hin, Eva! Und du, Edith, ärgerst niemanden mehr, versprochen? Wir beten noch miteinander, dann muss Ruhe sein.«

Es war immer dasselbe: Natürlich würden die Frauen nicht gleich still sein, und natürlich wusste das auch die Nachtschwester. Aber sie hatte getan, was sie konnte.

Drüben, auf der anderen Frauenseite, hielt sich jemand ganz vorne im Korridor auf. Schwester Alice erkannte Stini und Elise, deren Beinwunden wirklich böse aussahen. Die beiden saßen zusammengekauert auf den zwei Hockern und unterhielten sich. Die Kerze auf der Kommode flackerte. Ein deutlicher Luftzug war zu spüren, die alten Fensterrahmen waren alles andere als dicht. Wo auch immer die Zündhölzer herkommen mochten, es interessierte Schwester Alice nicht, obwohl sie laut Reglement der Sache auf den Grund hätte gehen müssen. Doch dass die alten Frauen nur Nachthemden und dünne Jacken trugen, machte ihr Sorgen. Einem Schrank entnahm sie deshalb zwei aus Wollresten gehäkelte Kniedecken.

»Da! Gebt auf euch acht. Ihr könnt sie nachher hierlassen, ich werde sie später versorgen.«

»Danke.«

»Ist in eurem Zimmer alles in Ordnung?«

»Glaube schon«, sagte Stini und hob die Schultern.

Wenn sie sich nicht täusche, führte Schwester Alice das Gespräch weiter, sei es schon eine ganze Weile her, dass Stini zuletzt Nachtgespräche im Korridor geführt habe, oder nicht?

»Ja, mit Tryna Frarin bin ich manchmal auch in den Gang. Doch dann ist sie ja plötzlich von ihrem verloren geglaubten Sohn nach Hause geholt worden.«

»Das war schön für sie. Und wohl nicht so schön für dich.«

»Für mich hätte Tryna auch sterben können«, meinte Stini ohne Bedauern und dennoch mit Wärme in der Stimme. »Seit ich hier bin, haben sich ja schon etliche Frauen davongemacht. Weg ist weg, aber es kommen eben auch wieder andere.« Sie sah zu Elise hin, die sich die Ränder der Kniedecke unter Gesäß und Oberschenkel schob.

Schwester Alice rückte die Kerze etwas weiter vom Vorhang weg und warf danach noch einen Blick in die beiden letzten Zimmer, bevor sie zurückging, hinunter in den Kinderbereich.

»Wovon haben wir vorher gerade gesprochen?«

»Ich habe nach Vögeli gefragt«, sagte Elise.

»Stimmt.«

Wie alles gekommen sei, das nehme sie Wunder. Im Brüggli komme ja so vieles zusammen. Noch gestern hätte sie gedacht, sie wolle hier einfach nur ihre Ruhe haben. Julie sei die Erste gewesen, die ihr etwas aus ihrem Leben erzählt habe. Und eine Bemerkung habe sie nicht losgelassen, eine Frage, die Julie an sich selber gestellt habe: Was sie von diesem *enorm kurzen Leben* noch wolle.

Zwei goldene Sterne blinkten in Stinis Augen.

»Nun ist Julie noch jünger als meine Tochter Anna, und man kann verstehen, dass sie das Leben als kurz empfindet«, fuhr Elise fort. »Aber mir geht es nicht anders. Als du mir die Räumlichkeiten gezeigt hast, während die Wäscherin uns in der Küche gegenüberstand, während ich das Mädchen mit den Armstümpfen beten sah, während ich all die armen Kinder betrachtete und im Speisesaal unter all diesen Leuten unser gemeinsames Schicksal bedacht habe, da habe ich mich auch immer wieder gefragt, was ich denn noch will.«

»Und?«

»Zum einen möchte ich ganz bald sterben.«

»Das gilt nicht«, sagte Stini schnell.

»Was würdest *du* dir denn noch wünschen?«

»Meine Güte, Elise, das muss ich mir erst einmal überlegen. Sag du!«

»Ich würde mich gern ein letztes Mal überraschen lassen. Von etwas, das mich berührt.«

»In einem Armenhaus ist das ein gewagter Wunsch.«

»Ich weiß, ich *wünsche* es ja bloß. Etwas, das mich versöhnen könnte. Mit dem Bösen und Traurigen.«

»Was meinst du damit?«

»Anna. Und Kari. Dass er letzthin plötzlich verstorben ist.«

»Das tut mir leid. Ein Freund? Oder ein Verwandter?«

»Ja. Weil *er* nicht mehr da ist, bin ich hier.« Elise blickte in die Kerzenflamme. Sie drückte kurz die Augen zu, spürte, wie Tränen über ihre Wangen liefen. Dann fasste sie sich: »Aber darüber wollte ich eigentlich gar nicht reden. Über Vögeli wollte ich dich befragen, es geht mir nicht mehr aus dem Kopf. Vielleicht magst du mir mehr von ihm erzählen. Ich weiß nicht, ob mir noch Zeit bleibt, mit dem Mädchen ins Gespräch zu kommen.«

Also erzählte Stini, was sie von Vögeli selbst und im Laufe der Jahre auch von Schwester Lisette, vor allem aber von Schwester Alice erfahren hatte.

Es habe mit ihrer Mutter angefangen, so wie jedes Leben. Diese sei, von woher auch immer, hochschwanger im Bahnhof Basel gestrandet, wo jemand ihre Not gesehen und ihr die Adresse eines Spitals genannt habe. Dort habe sie ein gesundes Mädchen zur Welt gebracht, *Amelie* wurde es genannt, *Amelie Vogelsang*. Die junge Frau behauptete, ihre Eltern würden bald anreisen, sie würden die Kosten für Geburt und Wochenbett begleichen. Nach Ende des Wochenbetts erklärte sie den Schwestern im Spital, sie müsse sofort weg, sie komme in zwei Tagen zur Taufe zurück. Als Paten gab sie ihren Bruder an, der wegen seines Militärdienstes aber nicht zur Taufe kommen könne, als Patin eine Bekannte. Der Vater des Kindes sei tot. Sie verließ das Spital, aber weder kam sie nach zwei Tagen wieder noch tauchten ihre Eltern oder die Patin auf. Also erkundigte man sich beim städtischen Heim für junge Mütter, ob ein Platz für ein Kind frei sei. Das Heim wiederum fragte beim Fürsorgeamt der Stadt Basel wegen der Kostenübernahme an. Doch Basel wollte nicht bezahlen und berief sich auf die Angaben, die die junge Mutter im Spital gemacht hatte, auf Wohnort und Heimatort. Als Adresse hatte sie die ihrer Eltern in Bern angegeben, sodass Basel die Fürsorge in Bern aufforderte, Amelies Mutter dort ausfindig zu machen. Natürlich sollte sie für die Pflegekosten aufkommen, es war ja auch ein starkes Stück, dass sie zum Gebären nach Basel gekommen war und sich danach aus dem Staub gemacht hatte. Freilich wohnte sie längst nicht mehr in Bern, nach Angaben ihrer Eltern sei sie zur Zeit ihrer Schwangerschaft als Serviceaushilfe in einem Kaff in Basel-Landschaft tätig gewesen. Da niemand für das Kind aufkommen wollte, kam wie üblich nur eine armenpolizeiliche Heimschaffung infrage. Die Polizei suchte übrigens weiter nach Amelies Mutter, man fand sie aber nicht.

Allerdings fand sich ein weiteres außereheliches Kind, das sie zwei Jahre zuvor zur Welt gebracht hatte und das irgendwo bei Pflegeeltern aufwuchs. Amelie kam zunächst ins Brüggli. Damals wohnte ich auch schon hier, ich und eine Handvoll anderer, die sozusagen längst zum Inventar gehören. Während des Kriegs war es schwierig, ein Kind in Pflege zu geben, doch als Amelie etwa vier war, kam sie endlich in eine Familie. Sie hatte es gut dort, sie wurde wie die anderen Kinder behandelt. Sie erinnert sich an ein Gartentor, wo sie am Abend alle zusammen auf den Vater warteten. Sie erinnert sich an Spielsachen, besonders an ein Schaukelpferd, und an Schüsseln voller Schlagrahm und Spritzgebäck, wenn ein Kindergeburtstag gefeiert wurde. Es sei ihr aufgefallen, dass die fünf Geschwister alle dunkelhaarig gewesen seien und sie als Einzige blond, doch habe sie sich weiter keine Gedanken gemacht. Dann sei die Mutter der Familie an einer Blutvergiftung gestorben, und die Kinder seien auf ihre Paten aufgeteilt worden. Für ein paar Jahre kam Amelie erneut hierher ins Brüggli, bis der Amtsvormund dann eine neue, gut gestellte Familie fand. Es hieß, Amelie habe Glück, sie könne im Sommer und im Winter zur Schule und brauche in ihrer Freizeit nur auf die zwei kleinen Kinder aufzupassen. Irgendwann habe die Pflegemutter dann ihre Verwandten am Genfersee besucht, zusammen mit ihren Kindern. Das Dienstmädchen habe einige Tage freibekommen, und solange sollte Amelie dem Pflegevater beim Ordnen der Bücher seiner Bibliothek helfen – Leiter hinauf und hinunter, abstauben, hinunterreichen, auf dem Boden auslegen, man mag es sich wirklich nicht vorstellen. Als die Schwangerschaft des Mädchens endlich bemerkt wurde, habe die Pflegemutter mit ihm nichts mehr zu tun haben wollen. Der Amtsvormund brachte es deshalb erneut ins

Brüggli, das frühreife Ding habe seine Chance verscherzt, sagte er. Erst später habe Vögeli erzählt, wer es geschwängert hatte. Weil es zunächst nicht begriffen habe, was ihm passiert sei.

Stini holte tief Luft und blies hörbar aus, bevor sie fortfuhr: »Kinder entstehen aus Liebe, hat Vögeli gemeint. In einem Heim für minderjährige Mütter wurde es entbunden. Danach wollte es zu uns zurück. Weil das hier doch auch eine Art Familie sei. Der Vormund hatte nichts dagegen. Das Armenhaus ist für die Obrigkeit ja immer die billigste Lösung.«

»Und was denkt Vögeli über sein eigenes Kind?«

»Das habe ich auch gefragt. Es denke nie daran, weil es doch nicht wisse, wie der Bub aussehe. Stattdessen träumt es davon, hinaus in die weite Welt zu ziehen, wo Pinguine und Paradiesvögel leben würden, wo es Weintrauben und Baumnüsse im Überfluss gebe, wilde Pferde, die sich zähmen ließen, und alle Tage Sonnenaufgänge an einem rotgoldenen Himmel. Ich habe keine Ahnung, woher Vögeli das hat.«

12

HAT DER LIEBE GOTT EIGENTLICH MIT TINTE ODER BLEISTIFT GESCHRIEBEN?

Trotz ihrer Müdigkeit konnte Elise nicht gleich einschlafen. Vögelis Geschichte. Auch sie bestand bloß aus einigen Sätzen. Stini mochte dies und das hinzugedichtet haben, Erfinden ging ganz leicht. Umgekehrt konnte man sich die Zukunft für sich oder andere nicht ausmalen. Hin und wieder halfen Wünsche. Manche nannten das Beten. Elise betete nicht und hatte doch noch einen Wunsch.

Nach Adis Unfall wünschten Gottfried und sie sich immer nur, dass ihren anderen Kindern nicht auch noch etwas Schlimmes passieren würde. Das hatte sich erfüllt. Aber als die Kinder erwachsen waren und ihre eigenen Wege gingen, wurde ihr Gottfried selbst genommen. Auf dem Heimweg von der Arbeit zurück ins Dorf hatte sein Herz einfach zu schlagen aufgehört. Waren sie nicht erst gerade zusammengekommen? Nein. Fast fünfundzwanzig Jahre hatte ihre Ehe gedauert.

Diese zweite Hochzeit war im großen Familienkreis gefeiert worden. Wieder hatte Elise die von der Mutter geerbte Bernertracht angezogen, dazu Haften und Schmuck aus Silberfiligran. Gottfried trug sein Sonntagsgewand, ein weißes, ordentlich gestärktes Hemd und die schwarze Halsschleife, wie schon bei Emmis Beerdigung.

Ihr erstes Hochzeitsfest hatte in kleinstem Rahmen stattgefunden, öffentlich und doch auch im Verborgenen. Abends waren Beni und sie tanzen gegangen. Sie war glücklich gewesen. Der Vater hatte ihr zur Vermählung Mutters

Korallenkette geschenkt, von der niemand je gewusst hatte, woher sie stammte. Kein einziges Mal hat sie sie getragen, nur sorgsam in einer Schachtel aufgehoben. In dieser Schachtel bewahrte sie auch die Häherfedern auf, die sie ihrem ersten Röseli unter die Schultern legte, als es tot war. Beni hatte den Sarg durchs ganze Quartier bis zum Friedhof getragen. Er war erschreckend klein gewesen, der Sarg, und weiß wie die Sternmieren, die damals bestimmt gerade blühten.

An der Russischen Grippe war es gestorben. Erneut sah Elise deutlich vor sich, wie Beni in ihrer Wohnung auf und ab ging wie ein gefangenes Tier. Er schämte sich nicht für seine Tränen. Röselis Ende war heute so fürchterlich wie damals, nichts war vergessen. Eine Leichenwäscherin brauchten sie nicht. Den feinen Lappen, den sie benutzte, um es ein letztes Mal zu waschen, es zu spüren, hatte sie noch am selben Tag um einen jungen Apfelbaum gebunden. Wachse der Baum weiter, hieß es, so sei die Seele des toten Kindes gerettet.

Elise erinnerte sich nicht, den Apfelbaum noch einmal aufgesucht zu haben.

Wenige Jahre vorher hatte sie beim Waschen und Einkleiden der Mutter zugesehen. Bis zu ihrem viel zu frühen Tod hatte Elise eine sorgenfreie Kindheit verlebt, im Unterschied zu den meisten Gleichaltrigen. Keine vierzig Jahre alt, war die Mutter zu Ende des achten Wochenbettes an einem Blutsturz gestorben. Nicht lange danach hatte Elise ohne fremde Hilfe ihre kleine und im Todesschlaf nicht mehr behinderte Schwester zurechtgemacht.

In der Nacht, umgeben von den ungewohnten Körpergeräuschen, wischte sie sich mit dem Handrücken über die Augen. So viel hatte sie mit den Verstorbenen erlebt. Jetzt waren sie fort. Nur nicht ganz fort.

Nach dem Tod ebenso wie vor jeder Geburt lag alles im Verborgenen. Aber auch dazwischen blieb manches ein unlösbares Rätsel. Das unsichtbare Netz der Begegnungen. Oder der Grund für Emmelis Aufbruch nach Amerika. Oder jener für Linis Ende. Unbekannte Landschaften in Träumen; als befände sie sich selbst in Amerika oder im Altertum oder gar in einer Art Paradies. Das unfassbar viele Blut, das tagein, tagaus in ihr zirkulierte, in Kari und Anna, in jedem aufrichtigen Menschen ebenso wie in jedem Halunken. Die große Verschiedenheit der Menschen. Die Verschiedenheit der eigenen Kinder. Oder weshalb sie von Gottfried nicht schwanger geworden war.

Einmal war es in Zürich nötig geworden, dass sie sich helfen musste. Kurz bevor sie Beni begegnet war. Sie hatte sich an die Kupplerin gewandt, die ihr umgehend Zäpfchen aus Haselwurz, Beifuß und weiß der Teufel was gab. Ein Abbruch war beileibe nicht rühmlich und außerdem riskant. Ihre Freundin Flora hatte sie drei Tage lang umsorgt.

Aber auch ihre Beinwunden waren rätselhaft. Oder ein Blitz, der ein Haus trifft, oder ein Herz, das einem vor lauter Aufregung im Hals schlägt. Im Grunde weiß man nichts. Auch nicht, warum einem so viele Freuden vergönnt sind.

Das Hochzeitsfest mit Gottfried! Vor allem Lini und Marie verdankte Elise sein Gelingen. Die Lieblingsschwestern hatten das Erlenhaus zur Feier des Tages herausgeputzt, Stühle und Bänke von den Kindern zusammentragen lassen, die Gartenlaube und die Stube mit Blumen und hellgelben Stoffbändern geschmückt. Sie hatten weiße Tischtücher aus einer Truhe gekramt, das Sonntagsgeschirr und -besteck hervorgeholt, noch mehr Teller und Gläser aufgetrieben. Anni, so hieß es, habe emsig mitgeholfen (ein Auge für das Schöne und geschickte Hände konnte man ihr nicht absprechen). Marie und Lini tischten der Hochzeitsgesellschaft auf, und Schwager Gottlieb hatte noch jemanden aus dem Dorf organisiert, der genauso gut auf dem Harmonium spielte, wie Emmi es gekonnt hatte. Alles sang mit, aus voller Kehle, denn alles war die reinste Freude.

Ja, Elise hatte sich in ihrem neuen Zuhause in Steffisburg von Anfang an willkommen gefühlt. Mehr als zufrieden war sie gewesen, ins Dorf ihrer Kindheit und Jugend zurückzukehren und jenem Geschwätz entgegentreten zu können, das ihr überstürzter Aufbruch nach Zürich rund zehn Jahre zuvor ausgelöst hatte. Mit neunundzwanzig gehörte sie nun zu Gottfried Linder.

Das war 1897 gewesen. Vor über einem halben Jahrhundert.

In der Zwischenzeit hatte sie Anni die Korallenkette zur Konfirmation geschenkt, und statt zu danken, hatte ihre Erstgeborene nur gemeint, dass ihr Goldschmuck besser gefallen hätte und dass sie ab sofort *Anna* gerufen werden wollte. In jenen Jahren hatte ihr Vater kräftehalber seine Kanarienvogelzucht aufgegeben, eine Weile später war er gestorben. An seinem Grab fanden alle seine noch lebenden sieben Kinder zusammen. Danach starb Lini, später Berti und an Heiligabend 1946 auch Edi. Sie, die Älteste der Geschwister, war immer noch am Leben, ebenso ihre Schwestern Marie, Emmi und Setti.

Marie hatte etliche Kinder großgezogen und war inzwischen zweifache Witwe. Sie hatte Steffisburg nie verlassen. Auf ihre Hilfsbereitschaft konnte Elise nach wie vor zählen. Bestimmt hatte sie nicht die leiseste Ahnung, dass sie von Anna und Idi ins Armenasyl verfrachtet worden war. In ihrer Aufregung hatte Elise völlig vergessen, sie zu verständigen oder sich gar Hilfe von ihr zu erbitten.

Ihre zehn Jahre jüngere Schwester Emmi hatte in der Ostschweiz gut eingeheiratet. Sie und ihr Mann waren immer noch zusammen, mal in eitel Freude, dann wieder gaben sie sich kleinlich und zänkisch, was manchmal ausartete. Abends wurde dann Versöhnung gefeiert, wie Emmi Elise einmal verraten hatte. Bis weit nach vierzig war sie praktisch ununterbrochen schwanger gewesen. Doch nur fünf Kinder wurden groß.

Setti war ledig geblieben. Die beiden Weltkriege hatte sie in ihrer Wahlheimat London miterlebt. Einzig zu Weihnachten schickte sie Grüße, was ganz in Ordnung war, Elise schrieb ihr ja auch nur dann ein paar Worte. Wie ihre Tage wohl aussehen mochten? Finanzielle Sorgen hatte sie vermutlich keine. Im Königreich war sie ein Leben lang Privatlehrerin gewesen und hatte für niemanden als für sich selbst sorgen müssen. Nur ein bisschen noch für die Heilsarmee, in der sie eine Ersatzfamilie gefunden hatte.

Und was war in der Zwischenzeit sonst noch geschehen?

Ihre puppenhaft hübsche Anna tauchte mit dem Bierbrauer Anton Müller aus Württemberg auf, dessen Gutmütigkeit bestechend war. Bald kam Trudchen zur Welt. Es wurde von Anton gehätschelt, wenn Anna nicht da war, und von Anna geplagt, ob Anton da war oder nicht. Darum holte es sich bei Elise von klein auf Trost, auch in Form von dick mit Butter und Melasse bestrichenen Broten. Trudchen wusste sich fast immer zu helfen, litt aber auch viel.

Dann ertrank Adi. Oder er ertrank, bevor Trudchen zur Welt kam.

Zu jener Zeit jedenfalls ging in den umliegenden Höfen die Maul- und Klauenseuche um, Kälber und Ferkel gingen ein, zahllose Rinder und Schweine mussten notgeschlachtet werden, Niedergeschlagenheit machte sich breit. Schafe und

Ziegen blieben von Blasen und Entzündungen zumeist verschont, für manchen Hof war das damals ein Lichtblick. Ein irriger, wie sich herausstellte, denn Ziegen und Schafe können die Seuche durchaus weitergeben. Manchmal lernt der Mensch dazu. Jedenfalls half man sich gegenseitig, das war selbstverständlich. Außerdem verzichteten die einen auf dies, andere auf jenes: auf Käse oder Fleisch, auf neue Gamaschen und Schuhsohlen, auf den Feierabend. Manchmal auch auf Freundschaften. Aber bestimmt nie auf den Kirchgang oder auf die heimlichen Freuden zwischen Frau und Mann.

Noch bevor der Erste Krieg ausbrach, verschwand Emmeli mit Karolina auf Nimmerwiedersehen. Gottfried und sie, Elise, hatten nichts gegen die Abenteuerlust des Mädchens, schließlich war es für sein eigenes Leben verantwortlich. Doch im Grunde war Emmelis Auswanderung traurig, und es blieb unbegreiflich, warum nach jener Postkarte aus Amerika über all die Jahre kein weiteres Zeichen von ihr kam.

Und Anni? Nachdem Anton nach Deutschland in den Krieg hatte ziehen müssen, verbreitete sie überall im Dorf und im nahen Städtchen Lügen: Ihr Mann habe sie laufend hintergangen und schlecht behandelt. Die Anämie von Trudchen sei genau damit zu erklären, das Kind sei ja oft Zeugin der leidigen Vorfälle geworden. Öfters habe Anton hinterrücks auch etwas von ihrem Verdienst als Coiffeuse an sich genommen und sei an den Sonntagen mit Trudchen in ein Wirtshaus gegangen, wo sie alles verprasst hätten. Nur gut, dass er nun in Deutschland endlich mit dem Ernst des Lebens konfrontiert werde. Er habe es ja nicht anders gewollt, als er sich freiwillig zum Wehrdienst gemeldet habe.

Nach dem Krieg reichte Anni die Scheidung ein. Sie konnte das Gericht in Stuttgart überzeugen, dass ihr Mann am Scheitern der Ehe schuld sei. Bald darauf angelte sie sich einen wohlhabenden Bürger aus Steffisburg, von dem sie sich ein stattliches Haus schenken ließ. Zu guter Letzt wollte Anni wieder Schweizerin werden, weil sie durch die Heirat mit Anton bekanntlich das Schweizer Bürgerrecht verloren hatte. Bald konvertierte sie auch zum Katholizismus. Von da an war ihr verlässliche Hilfe von oben sicher, den Beichtstuhl hielt sie für eine glänzende Idee. Von den Heiligen legte sie eine umfangreiche Bildchensammlung an, Kranke belehrte sie, dass ihre Gebrechen eine Folge der Erbsünde seien. Ihren Coiffeursalon unterhielt sie weiter, diverse Liebschaften ebenso. Sie war und blieb gesund und stark.

Idi gründete eine Familie, zog in ein anderes Dorf und sonderte sich noch mehr ab. Elises Fragen nach dem Grund für ihren Rückzug hatte sie mehrmals ausweichend beantwortet. Menschen durften Geheimnisse haben. Also ließ sie Idi sein, wie sie eben war: stur und unnahbar.

Und aus dem Karli war inzwischen Kari geworden, ein gutmütiger, etwas unbeholfen wirkender Kerl, der bald einmal mit Zündhölzern hausierte und diese jahrelang mit seinem Rucksack und dem Koffer aus der Fabrik holte. Drei Stunden Fußmarsch hin und knapp vier zurück. Just aus der Fabrik neben dem Brüggli.

Und auch danach war noch eine ganze Menge passiert, aber Elise war jetzt endlich viel zu müde zum Denken und Erinnern.

13

UND WIE BIN ICH AUS DER TIEFE DER ERDE HERAUSGEKROCHEN?

Sie hatte traumlos geschlafen. Bis zu dem Moment, als Schwester Alice zum Wecken kam. Jetzt war es Elise, als müsste sie unter Aufwendung aller noch verfügbaren Kräfte jedes ihrer Glieder zu ihrem lädierten alten Körper zusammensetzen, nur um sich überhaupt aufrichten und an den Bettrand setzen zu können. Erneut war ihr Mund ausgetrocknet. Den Wasserbecher hatte sie vergessen, doch wäre er in der Nacht so unnütz gewesen wie ein Melkschemel in einer Küche. Elise lechzte nach einem Schluck kalten Wassers.

Noch einmal machte sie die Augen zu.

Was tun?

Sich von Durst und Wunden befreien. Sie einfach übergehen.

Zwischen ihren eigenen Beinen hervorkriechen.

Alles nicht mehr ernst nehmen.

Das Lachen nicht vergessen.

Wie früher über sich selbst lachen. (Das war schneller gedacht als getan.)

Und ein wenig dankbar sein. Nicht für diesen hoffnungslosen Ort, aber für vieles.

Elise blinzelte. Der Tag war noch nicht hell genug, die Gedanken nach der traumlosen Nacht wirr.

In dem Moment machte Rösi ihre Wetteransage, sprach vergnügt von einem restlos blauen Himmel, von aufkommender Wärme, sodass Resle auf der Stelle mäkelnd dazwischenfuhr und lauthals verkündete, sie habe wegen der Affenkälte ins Bett geschifft und dem hundsmiserablen Nest ihre gottsjämmerlichen Nierenschmerzen zu verdanken.

»Herr«, sagte Luise sachlich, »stell eine Wache vor ihren Mund, eine Wehr vor das Tor ihrer Lippen. Amen.«

Trotz allem verdrückte Elise ein Lachen. Resle konnte einem einfach nur leidtun, Punkt. Sie schien nicht zu begreifen, wie man sich aufführt, um es sich selbst und den anderen leichter zu machen. Womöglich hatte sie nie die Chance bekommen, Erfreuliches unter Menschen zu erleben, so was kam vor. Und vielleicht hatte sie sich auch deshalb jene merkwürdige Katze zugelegt.

Elise hatte bis zuletzt Kari gehabt. Er war unkompliziert und genügsam. Nicht alles verstand er auf Anhieb. Jede Erhebung und jede Vertiefung in seinem Gesicht dachte nach, wenn er nachdachte, was durchaus unheimlich wirken mochte. Aber nie wollte er jemandem etwas Schlechtes.

Als Elise endlich mit Waschlappen und Handtuch an einem der Waschtröge stand und ihren Mund in den Wasserstrahl hielt, fiel ihr das Schlucken schwer. Sie spuckte aus, konzentrierte sich von Neuem. Das kalte Wasser tat gut. Umgeben von anderen Frauen knöpfte sie ihr Nachthemd auf, hob es an, führte den eingeseiften Waschlappen unter die Arme und untenrum. Danach wusch sie gründlich nach. An warmes Wasser dachte sie nicht.

»Noch keine Wanzenbisse?«, fragte die Frau zu ihrer Rechten besorgt. Ihre Glubschaugen flimmerten hell, ihr Kropf war eine wüste Fleischesfrucht.

»Gibt es denn welche?«, fragte Elise freundlich zurück.

»Eine ganze Menge, auf jeden Fall mehr als Bewohner. Aber wohl auch weniger, als auf der Welt Telefonverbindungen hergestellt werden können.« Ihre Augen traten jetzt noch deutlicher hervor. Elise hatte das Gefühl, die Frau umarmen zu müssen.

»Einmal Telefonistin, immer Telefonistin!«, unterbrach eine andere gereizt. »Mach Platz, Madame Telefon, ich will mich jetzt auch waschen!«

»Ursle hat wenigstens gearbeitet, aber du, Greti, bist immer nur auf der faulen Haut gelegen und hast die hohle Hand gemacht!«, mischte Odette sich ein.

»Ha! Das muss man eben können: an den richtigen Stellen anklopfen und einstecken, was man einstecken kann.« Gretis Worte hallten schrill durch den ganzen Waschraum: »Das ist übrigens nicht nichts! Weshalb hätte ich schuften sollen, mich hetzen und kleinmachen lassen?!«

»Weil man das ganz einfach muss.«

»Und weil arbeiten zufrieden macht«, fügte eine sehr kleine Frau rasch hinzu, die sich unterdessen auf die andere Seite vorgearbeitet hatte. (Ungeachtet ihrer Kleinwüchsigkeit war Philomena wirklich nicht zu übersehen. Schon tags zuvor im Aufenthaltsraum war sie Elise aufgefallen, nicht weil sie über verdorbene Milch referiert, sondern weil sie aus zwei zerschlissenen Leintüchern äußerst flink ein neues, brauchbares genäht hatte. Mit Leichtigkeit wäre es ihr gelungen, auch Europa und Afrika von Hand zusammenzunähen.)

»Ich muss gar nichts!«, erboste sich Greti. »Das haben die Herren in Hindelbank irgendwann kapiert! Administrative Versorgung! Arbeitserziehung! Ich scheiße drauf! Auch darauf, dass das Lumpenpack mich als nicht ganz normal bezeichnet! Aber *unverbesserlich* bin ich schon, haha!«

»Du wolltest eben nicht arbeiten«, stellte Odette fest.

»Ja, weil mich auch niemand gefragt hat, ob ich denn überhaupt und schlussendlich und sowieso auf die Welt kommen will! Wenn ich gewollt hätte, dann wäre ich bestimmt nicht freiwillig in eine solch mausbeinarme Familie geboren worden, wie es meine war. Dabei sind die Eltern anständige Leute gewesen. Von früh bis spät haben sie hart gearbeitet, haben es aber zu nichts und wieder nichts gebracht!«

»Also wolltest du lieber nichts tun und es auch zu nichts bringen?«

»Erraten, Madame Odette! So viel Schlauheit hätte ich dir nicht zugetraut!«

Elise wandte sich um. Greti trug nur ein ausgeleiertes, viel zu kurzes Unterhemd, ihr schütteres Haar stand vom Kopf ab. Im Mund faulige Zähne. Als Elise ihren Platz vor dem Wasserhahn freigab, rückte sie lustlos nach.

Im Zimmer war Luise schon angekleidet.

»Wo wird hier eigentlich gebadet?«, erkundigte sich Elise. »Gestern habe ich zufällig mitbekommen, dass es irgendwo ein Bad geben muss.«

Luise nagte noch einen Augenblick länger an ihrer gesprungenen Unterlippe, bis sie sagte: »Ja, im Untergeschoss, hinten bei der Waschküche ist das Badezimmer. Eine einzige Wanne gibts. Alle vier Wochen sind die Bewohner von zwei Zimmern dran. Immer freitags. Manche sagen, dass nur schmutzige Seelen baden müssen, aber ich weiß nicht.«

Einmal im Monat sei nicht gerade viel, wandte Elise ein. Und wie das denn mit der Unterwäsche sei?

Jeden Montag koche die Wäscherin die Hosen der Frauen aus. Die Hemden und Nachthemden würden im Sommer fleißiger eingesammelt als im Winter, Schwester Burga kündige den Tag jeweils an. »Genügt dir das?«

»Als Auskunft schon, danke.«

Der Weg hinunter in den Speisesaal verlangte Elise viel ab. Sie musste auf der Treppe öfters innehalten, hielt sich dabei eine Weile am Geländer fest und ließ andere Mitbewohner vor.

Der schwache Milchkaffee schmeckte nicht übel, vielleicht weil Francesca ihn ausgeschenkt hatte. Dankbar sein, dachte Elise. Doch sie konnte kaum schlucken. Als steckte etwas in ihrer Speiseröhre fest. Als sperrte sich aber auch noch etwas anderes in ihr drin. Lästig. Was tun?

Mit Müh und Not trank sie ihre Tasse in winzigen Schlucken leer. Das Brot rührte sie schon gar nicht an. Sie hätte es für die Kinder aufheben können, für die größeren Buben vor allem, die bestimmt ständig Hunger hatten. Oder es gleich jemandem anbieten. Wem am besten?

Noch während Elise überlegte, streckte Greti den Arm fast über die ganze Tischlänge aus, krallte ihre Finger mit den schwarzen Nägeln in das Stück Brot und zog es zu sich heran.

Der Himmel war wirklich blau, kein Lüftchen wehte. Elise wollte sich draußen hinsetzen, brauchte jedoch ihren Mantel, der noch oben im Korridor hing. Stini holte ihn, bevor sie sich um Annlies kümmern würde, mit der sie endlich ins Gespräch zu kommen hoffte. Bisher habe *das arme Geschöpf* ihr nur zu verstehen gegeben, sich nicht erinnern zu können, weder an ihren Sprung ins Freie noch an den Brand. Sie habe jedoch einen gegenteiligen Eindruck, so Stini, nämlich dass Annlies die Tragödie tatsächlich ständig vor Augen habe. Wer aber alles in sich hineinfresse und obendrein die Nahrung verweigere, um den stehe es schlecht.

Elise stimmte zu. Sie hätte Annlies Schnitten mit Käse oder mit ordentlich viel Butter und Konfitüre angeboten. Und nicht nur angeboten: Sie hätte das durchsichtige Mädchen damit eigenhändig gefüttert und wäre dabei nicht müde geworden, ihm zuzureden.

Der Beschlag außen an der Haustür war ihr vor zwei Tagen nicht aufgefallen: Bis ins Detail gearbeitet prangte oberhalb von Türfalle und Schlüsselloch eine Schale mit geschwungenen Henkeln, gefüllt mit Getreideähren und Früchten. Womöglich war das Brüggli früher doch einmal ein Gasthaus gewesen? Jetzt sah Elise in der Verzierung nur eine aus Messing gegossene Täuschung.

Am Haus entlang blühten einige Krokusse. Schlüsselblumen trugen Knospen. Fliegen schwirrten träge herum.

Ein Lastwagen einer Brauerei fuhr vorüber.

Unter Elises Schritten knirschte der Kies. Kein einziger Grashalm, kein Löwenzahnblatt wuchs darin. (Unter der Aufsicht von Schwester Therese hatten Eugen und Baschi den Pfad tags zuvor gründlich gejätet. In einem unbeobachteten Moment zupfte Baschi auch noch nicht aufgeblühte Duftveilchen und Buschwindröschen aus, die den Weg säumten. Der Unterschied zwischen Grün und Grün war eben nicht gerade einfach. Das musste auch Schwester Therese etwas später einsehen, nachdem sie schon Luft zum Tadeln geholt hatte.)

Eine Hummelkönigin taumelte brummend umher und tauchte schließlich in einen gelben Krokusschlund. Eine aufgeregte Amsel rief. Meisen riefen. Ein Rotmilan rief und zog Kreise. Eines der Kinder rief, ein anderes antwortete rufend. Im ersten oder zweiten Stock wurde ein Fenster zugeschlagen.

Zwischen Straße und Gemüsegarten, in der Nähe der Kaninchenställe, rückten Männer eine Bank in die Morgensonne. Elise schaute zu und sah sich nach einem Platz um. Sie brauchte eine Lehne, musste die Beine entlasten. Die Schuhe drückten, der eine Verband war zu eng, die größte der Wunden pochte, ihr Körper war ein einziges Trommelfell mit eiternden Löchern.

Warum kam Francesca jetzt gesprungen? Sie sprach sie strahlend mit *Signora Elise* an. Und hatte schon einen passenden Stuhl zur Hand. Andere waren doch ebenfalls da. Doch die Taube machte deutlich, dass *sie* sich da hinsetzen sollte. Also tat sie es.

Der Stuhl war bequem. Elise bettete die Hände in ihren Schoß. Wenig später langte sie in ihren Mantelkragen, hob das Schultertuch an und zog es sich über den Kopf. Jetzt war alles gut.

Sie atmete möglichst gleichmäßig ein und aus.

Sie spürte, wie die Sonne sich auf ihr Gesicht legte.

Sie schloss die Augen. Sie war irgendwo, nur nicht hier.

Schon standen Kornblumen und Mohn in den Weizenfeldern. Das Geißblatt duftete, die ersten Bohnen waren geerntet, Fläschchen mit rötlichem Johannisöl standen neben leuchtenden Geranien auf dem Fenstersims.

Im Herbst zuvor waren Elise und Gottfried aus dem Erlenhaus ausgezogen. Sie hatten es verkauft und wohnten fortan zur Miete in einer zweckmäßigen Erdgeschosswohnung. Es war der richtige Zeitpunkt gewesen, sich von dem Familienhaus außerhalb des Dorfkerns zu verabschieden. Wenig hatte der Umzug damit zu tun, dass der Erste Krieg vorüber war, die Kinder längst auf eigenen Beinen standen und selbst Kari sich inzwischen ziemlich unabhängig gemacht hatte. Gottfried hatte den Verkauf des Erlenhauses vorgeschlagen, Elise ließ ihn machen. So viel Platz für nichts, die Wagnerei längst stillgelegt. Über Bekannte hatten sie die Wohnung schräg gegenüber der *Höchhüser* gefunden.

Gottfrieds Arbeit in der Konstruktionswerkstätte wurde geschätzt. So war es für ihn ein Leichtes gewesen, Kari eine Stelle in der Munitionsfabrik zu vermitteln. Aber Söhne müssen nicht so sein wie ihre Väter. Und auch Töchter schlagen nicht unbedingt den Müttern nach. Kari war Kari. In der Fabrik hatte er sich als zuverlässig, jedoch als deutlich zu langsam erwiesen. Niemals ließ er sich antreiben, er war einfach nicht aus der Ruhe zu bringen. Und er lachte, wo andere sich ärgerten. War es ein Wunder, dass man ihn nicht an die Maschinen lassen wollte, ihn aber gleichwohl weiter beschäftigte? Nein. Für den Militärdienst konnten sie so einen wie ihn überhaupt nicht brauchen.

Kari war zufrieden. Sein Lohn als Fabrikler reichte für ein Zimmer in einem der Arbeiterhäuser an der Augasse, für Faustbrote, Cremeschnitten und dank seiner Sparsamkeit bald einmal auch für einen Phonographen. Nach Feierabend setzte er sich jeden Tag an den Tisch der Eltern. Weil die Kinder auch zu einem gehören, wenn sie schon erwachsen sind. Weil ihm die vertraute Gemeinschaft guttat. Weil Gottfried und sie das einfach richtig fanden. Und weil Elise ohnehin jeden Abend etwas zubereitete.

Es war eine große Erleichterung, dass die Waschküche im Keller des Hauses, in welchem sie nun wohnten, über fließend Wasser verfügte, auch wenn sie sehr viel kleiner als jene im Erlenhaus war. Die übereinander gehängten Wäschestücke im ebenfalls nicht besonders geräumigen Dachboden gefroren im ersten Winter gleich mehrmals, bis sie endlich durchgetrocknet waren. Auch im Sommer nahm das Trocknen sich schwieriger aus als zuvor, da es in unmittelbarer Nachbarschaft keine Wiese gab, wo Elise einfach Hanfseile von Obstbaum zu Obstbaum hätte spannen oder Leintücher auf dem geschnittenen Gras hätte ausbreiten können. Stattdessen musste sie die durch die Mangel gelassenen Wäschestücke durchs halbe Dorf transportieren, um zur Wiese hinter dem Erlenhaus zu gelangen, die ihr glücklicherweise auch weiterhin zur Verfügung stand. Darum nahm Elise schließlich weniger Kasernen- und Hotelwäsche an. Daneben besorgte sie ja auch Privatwäsche, die sie zudem selber bügelte. Im Erlenhaus hatte der gusseiserne Bügelofen aus dem Besitz der Linderin Platz für sechs Eisen geboten, später begnügte Elise sich mit einem einzigen Bügeleisen, das allerdings neuzeitlicher, nämlich mit glühender Kohle zu betreiben war.

Also war alles gut, der Erste Krieg überstanden. Schwere Krankheiten hatten einen Bogen um die Familie gemacht. Die gemeinsamen Einkünfte reichten, sie brauchten ja nicht viel, konnten sogar regelmäßig etwas beiseitelegen. Dass Gottfried und sie gelegentlich einen Teil davon weitergaben, betrachteten sie beide als selbstverständlich; im nahen und weiteren Umfeld gab es laufend irgendwelche Notfälle und genug Bedürftige. Aber auch an ihre eigene Zukunft dachten sie, keinesfalls wollten sie im Alter jemandem zur Last fallen. Nicht zuletzt aus diesem Grund hatten sie das Erlenhaus verkauft. Denn Geld auf der Bank war eine Sicherheit, so hatte Gottfried argumentiert, und bestenfalls würde es sogar etwas Speck ansetzen, man müsse gar nicht verstehen, wie, während das Erlenhaus mit jedem Jahr wackeliger würde, genau wie sie beide. (Elise hatte gestaunt, weil sie das noch gar nicht so alte Haus für solide gebaut hielt. Doch Vertrauen war wichtiger als Widerspruch.)

Ein Sommerabend also. Der Duft des Geißblatts strömte durchs weit offene Fenster. Wie üblich waren Kari und Gottfried zu Fuß zusammen von der Arbeit nach Hause gekommen, saßen draußen in der Abendsonne, mit Blick auf Stockrosen und Ringelblumen, Krautstiel und Kartoffelkraut. Nach dem gewohnten Abendessen zu dritt würde Kari in sein angemietetes Zimmer gehen.

Über die Fensterbank hin reichte Elise ihren beiden Männern Gläser mit saurem Most. Sie schnitt reichlich Brot und Wurst, schrubbte Karotten, zupfte Blättchen vom Kleinen Wiesenknopf und mischte diese zusammen mit Schnittlauch unter den Ziger.

Gottfried kam auf die erneut grassierende Maul- und Klauenseuche zu sprechen. Die im Rheintal vor Monaten erlassenen Tanz- und Viehmarktverbote hätten eine Ausbreitung nicht verhindern können, was ihn nicht erstaune, da die Seuche ja auch übers Tessin zu ihnen vorgedrungen sei. Man befürchte, dass sie auf Berner Boden schließlich mehr Schaden anrichten werde als jene in den Jahren 1913/14. Zurzeit seien bereits über tausend Ställe betroffen, darum gelte neuerdings auch im Kanton Bern ein Vergnügungsverbot.

Elise lachte: »Dass damals auch den Hühnern und Katzen verboten wurde, sich frei zu bewegen, war ein Witz. An die Amseln und Raben, an die Wasservögel, die Wildschweine, Hasen oder Mäuse hat nämlich niemand gedacht. Die Krankheitserreger finden doch immer Schleichwege! Vielleicht reisen sie sogar mit den Schmeißfliegen, wer weiß das schon?«

»Niemand«, sagte Kari ernst wie ein Schiedsrichter.

»Und unsereiner«, fuhr Elise fort, »soll nun auf Vergnügungen verzichten. Nicht aber auf die Fabrikarbeit, wo einer dem anderen praktisch auf dem Schoß sitzt.«

»Wenn es für die Bauern nicht so tragisch wäre, fände ich das Ganze auch bloß kurios«, wandte Gottfried ein.

»Das stimmt. Und doch werden wir uns einfach wieder gegenseitig unterstützen, sollte die Seuche bis hierher kommen.«

»Nicht alle denken so. Vielen macht es Freude, die Leute gegeneinander aufzuhetzen.«

Elise schaute ihren Mann an.

»In der Schützenmatte in Bern wird derzeit ein Zirkuszelt aufgestellt. Viertausend Besucher sollen darin Platz haben. Viertausend! Das bedeutet, dass man sämtliche Steffisburger hineinbugsieren könnte, Kleinkinder ausgenommen. Natürlich macht die Stadt Bern mit der Billettsteuer und der Platzmiete einen rechten Profit. Wohlweislich fällt der Zirkus deshalb *nicht* unter die vom Kanton verbotenen festlichen Veranstaltungen. Was aber macht die Polizei, die auch noch mitmischen will? Per Lautsprecher fordert sie die Leute dazu auf, Zirkusbesuche gefälligst zu unterlassen. Das schürt gewaltigen Unfrieden, verstehst du?«

»Der Bundesrat könnte doch erneut ein Machtwort sprechen und drastische Strafen androhen. Wie während der Spanischen Grippe. *Wer sich öffentlich vergnügt, soll hart bestraft werden.* Wir Schweizer mögen das!«

Elises fröhliche Ironie gefiel Gottfried.

Kari blickte angestrengt zwischen Vater und Mutter hin und her. »Was für Strafen?«, fragte er.

»Geldstrafen, bis zu fünftausend Franken. Leute wie wir hätten solche Summen niemals bezahlen können und wären darum ins Gefängnis gekommen. Auf jeden Fall hat es auch nach den Verboten noch Kranke und Tote gegeben. Und dann ist es wärmer geworden. Erst kam der Frühling, dann der Sommer, und die Grippe ist verschwunden. Es ist immer dasselbe.«

»Vermutlich kehrt sie im Winter zurück, heftiger oder weniger heftig, wir werden sehen«, ergänzte Gottfried. »Aber wenn du ehrlich bist, hast du über die Grippe nicht immer gelacht.«

Elise wusste, was er meinte. Sie hatte ihm mehr als einmal erzählt, wann und wie ihr erstes Röseli damals gestorben war. Als es in Bern nämlich hieß, die Influenza habe sich davongemacht wie ein feiger Hund, genau dann wurde es schwer krank. Der Arzt traute sich nicht, die Sache beim Namen zu nennen, stattdessen sprach er von *galoppierender Schwindsucht.* Das half ihrem Kind aber auch nicht. Seinen Kampf ohnmächtig mitzuerleben, war schlimm. Es schnappte wieder und wieder nach Luft, sein Körper wand sich, der Kopf wurde rot und schließlich blau. Einem letzten Röcheln folgte Stille. In dieser Ruhe war Röseli mit einem Mal leicht, leicht wie ein Bündel Handtücher.

»Du hast recht«, seufzte Elise. »Die Grippe kann wirklich gefährlich sein. Allerdings ist es ebenso unmöglich, dem Kindbettfieber zu entkommen. Oder dem Krebs.«

»Oder dem Tod«, ergänzte Kari.

Nun lachten sie doch alle drei, erleichtert und hilflos in einem.

Erst nachdem Elise das Geschirr abgewaschen, die Schürze abgelegt hatte und mit verschränkten Armen zwischen Mann und Sohn auf der Bank saß und in die untergehende Sonne blinzelte, rückte Kari damit heraus, dass er gekündigt habe. Lange habe er es sich überlegt, bestimmt geschlagene acht Tage. Er müsse sich einfach mehr bewegen, wolle an der frischen Luft sein. Und das von früh bis spät. Das Fabrikleben sei auf Dauer nichts für einen wie ihn.

Gottfried beugte sich nach vorn und schaute ihn an Elise vorbei an, seine beiden Schnurrbartspitzen zeigten deutlich nach unten. Was er denn jetzt zu arbeiten gedenke?

Hausieren wolle er, sagte Kari in seiner bedächtigen Art. Der Schwager eines anderen Fabriklers hausiere mit Ärmelhaltern, Gummibändern und so Zeugs. Das könne er auch. Er würde aber nur Zündhölzer verkaufen. Wo diese zu beziehen seien, das wisse er schon. Viel rechnen müsse er dabei nicht. Also nur wenig. Und er könne in einem fort unterwegs sein, sehe etwas von der Welt, und abends hocke er dann auch nicht ständig hier. Oder vielleicht doch, das könne er ja noch gar nicht wissen.

Gottfried schien zu überlegen.

Elise wandte sich Kari zu: »Wenn das für dich richtig ist, so ist das richtig.«

Dann reckte sie ihren Arm und strich ihrem nicht mehr ganz jungen Stiefsohn über Stirn und Wange, Stirn und Wange.

14

WARUM HAT GOTT REICHE UND ARME MENSCHEN GESCHAFFEN, WENN ER AM ENDE DIE ARMEN DOCH LIEBER HAT?

Weil jemand ihr übers Gesicht gefahren war, erwachte Elise aus ihrem Nickerchen. Niemand war in ihrer Nähe. Ein paar Mitbewohner standen oder saßen abseits, alle wie eingefroren. Über ihnen, zu ihnen herunter erklang eine Mundharmonika. Ein Fenster im zweiten Stock stand offen. Dort scherte man sich anscheinend nicht um Lüftungszeiten.

Schön war das.

Einen Augenblick später löste sich doch ein Mann aus einer Gruppe und kam auf Elise zu. Den hatte sie gestern im Treppenhaus gesehen, als er mit Moritz Lontschi zusammengestanden war und sie kurz von oben bis unten gemustert hatte. Jetzt versuchte sie ihn zuerst wegzublinzeln, wollte ungestört lauschen, doch als er vor ihr stehen blieb, war die Neugier stärker.

»Schön ist das«, sagte Elise deshalb, mit dem Kinn Richtung Fenster und Musik deutend.

»Ja, er kanns, der Hafen Köbi. Er spielt, wenn er gut gelaunt ist. Kommt aber leider nicht mehr allzu oft vor.«

»Und weshalb musiziert er nicht hier unten, wo man ihm auch noch zuschauen könnte?«

»Bestimmt wäre er schon längst über alle Berge, er schafft aber nicht einmal mehr die Treppen. Von einem Auto angefahren, beide Beine bös kaputt. Er kann gerade noch mit Krücken ein paar Meter geradeaus humpeln. Blöd für ihn, dass unser Hotel weder über einen Personenlift noch über eine Sänfte verfügt.« Der hagere Brüggler schob seine Unterlippe weiter vor und hob die Brauen.

»Man kann nicht alles haben.« Elise versuchte heiter zu klingen.

»Ich glaube fast, wir kennen uns.«

»Wir kennen uns?«

»Habegger Sämu, aus Steffisburg. Also ursprünglich.«

Endlich dämmerte es Elise.

»Du musst eine der Töchter vom Brand Ulrich sein.«

»Ja, das bin ich, die älteste, Elise. Dann bist du der Sämu, der mit meinen Brüdern herumgezogen ist?«

»Exakt. Die Elise, dachte ich es mir doch! Sapperlot, das waren Zeiten! Bis zum Gehtnichtmehr haben wir Blödsinn gemacht, und mehr als einmal hast du uns ins Gewissen geredet! Ich wusste sofort, wo ich dich hintun muss.«

»Erstaunlich. Ich habe dich nicht wiedererkannt. Aber dein Name ist zwei- oder dreimal gefallen.«

Sämu hatte einen Stuhl hinzugestellt und sich gesetzt: »Müssten wir jetzt nicht fragen: Und was hast du all die Jahre getan?«

Elise zog das Ende der Mantelärmel über die Hände: »Fragen kann man immer. Jedenfalls ist es beruhigend, an diesem Ort jemanden aus meinem frühen Leben anzutreffen.«

»Fast eine Freude, hm? Mir kommt vieles wie gestern vor. Gerade habe ich deine Schwester Lini vor Augen. Als Bursche habe ich sie sehr verehrt.«

Elise hielt einen Moment inne, holte dann Luft: »Lini war die Gefälligste von uns, nicht nur wegen ihrer Sommersprossen. Scheu und schaffig war sie. Der eine oder andere hielt sich vielleicht auch für ihren Beschützer, wer weiß. Sie hat aber nie einen nötig gehabt, bis zuletzt nicht.«

Sämu nickte halbherzig. Elise sah ihm an, dass er nachdachte. »Klingt so, als ob sie nicht mehr am Leben ist.«

»Leider. Manche müssen zu früh gehen. Lange hat sie in Thun in einem Café gearbeitet, das hat sie gern gemacht. Irgendwann ist sie dann zu unserer Schwester Emmi in den Kanton Zürich gezogen und hat dort bei der Erziehung der Nichten und Neffen und im Haushalt mitgeholfen. Das heißt, Emmi ist an den Kochtöpfen gestanden, für alles Übrige hat Lini sich ins Zeug gelegt. Aber relativ spät hat sie doch noch geheiratet, und nur ein paar Monate darauf ist sie tödlich verunfallt.«

Elise verschwieg, dass Lini beim Bahnübergang einen Zug übersehen hatte, aus Kurzsichtigkeit, wie es offiziell hieß. Bei der Hochzeit und dann wieder zu ihrer Beerdigung schüttelte Elise die feuchte Hand des Schwagers, hörte ihn großkotzig reden, auch um sich selbst ununterbrochen in den Mittelpunkt zu stellen. Niemals wäre sie mit diesem Aufschneider warm geworden. (Zugegeben, einst war sie selbst auf so einen Hecht hereingefallen, auf den *Doktor,* wie Elise Annis Erzeuger in Gedanken immer noch nannte.)

Sämu strich sich mit dem Handrücken einen Tropfen unter der Nase weg, bevor er ein Schnupftuch hervorzog. Die Mundharmonika spielte nicht mehr. Elise schwieg, bis Sämu eine noch brauchbare Ecke in dem von eingetrocknetem Schleim zerknitterten Taschentuch fand, sich schnäuzte und danach wissen wollte, warum sie denn hier sei.

»Das ist eine lange Geschichte. Um sie kurz zu machen: böse Beine. Damit hatte meine Karriere als Wäscherin ein Ende. Auch die Waschmaschinen haben mir zunehmend Konkurrenz gemacht. Solange mein Zimmerherr lebte, konnte ich mich über Wasser halten. Aber als er kürzlich starb, kam ich hierher. Und du?«

»Ich bin seit über vier Jahren in diesem *leicht* heruntergekommenen Hotel. Bis in mein Siebenundsechzigstes war ich Bahnwärter, du weißt schon: immer wieder einen vorgegebenen Streckenabschnitt abgehen und kontrollieren. Mit der Zeit kennst du jedes Kleeblatt, aber das war mir ganz recht. Hingegen fand ich die ständigen Nörgeleien meiner Frau irgendwann nicht mehr zum Aushalten. Sie war ein Fehlgriff. Als unsere Tochter erwachsen war und eine Stelle im Welschland annahm, bin ich auch gegangen, wir ließen uns aber nie scheiden.« Sämu streckte seinen Rücken, wuchs um einige Zentimeter, nur um dann erneut in sich zusammenzusinken: »Meine Frau hat wohl nicht gedacht, dass ich sie überlebe. Die Pensionskasse der Bundesbahn ist zwar eine gute Sache, doch zum Leben reicht das nicht, wenn man vor der Pensionierung zu viel Geld verputzt hat. Natürlich habe ich bis zuletzt auch meine Frau unterstützt. Und einmal bin ich geflogen, nach Norwegen. Es hätte auch Marokko sein können. Hat mich jedenfalls ein Vermögen gekostet. Also, ich habe Schulden gemacht. Die Fürsorge hat mir immer wieder aus der Patsche geholfen, nach Einführung der Altersversicherung aber nicht mehr. Die reicht nun immerhin für acht Hotelübernachtungen hier, inklusive Verpflegung. Mit der Pension von der Bahn werden die Schulden abbezahlt. Auf einen grünen Zweig komme ich jedenfalls nicht mehr, ist mir aber egal. Es ist ganz recht hier, auch wenn man das meiste verbessern könnte. Und vor allem sage ich mir tagtäglich – du glaubst nicht, was *das* für eine Wirkung hat: Unkraut vergeht nicht!« Wieder wuchs Sämu aus sich heraus.

»Ja«, erwiderte Elise, ohne sich zu regen, »man muss es mitsamt seinen Wurzeln ausreißen, sonst kommts immer wieder.« Sie nestelte an ihrem Umschlagtuch; auch den Händen wars gerade etwas langweilig.

»Und Edi? Und Berti?«, fragte Sämu nach einer Pause.

»Ach, Berti hat das Beste aus seinem Leben gemacht. Und Edi, was soll ich sagen, man kann auch mit ihm kein Stück Käse mehr teilen.«

Sämu überlegte und grinste dann auf den Stockzähnen: »Das ist etwa das Einzige, was ich mit deinem Bruder *nicht* gemacht habe.«

»Er war ein Lieber.«

»Immer quietschfidel. Ein Haudegen.«

»Edi war ein Lieber«, wiederholte Elise, »einer, von dem die Pfaffen etwas hätten lernen können.«

»Unerschrocken.«

»Er hat jedem alles gegönnt. Und gegeben, wo er konnte.«

»Das stimmt, er war bei jeder Schlägerei dabei.«

Irgendwie ging Sämu ihr auf den Geist. »Wie jeder andere hat er sich hinreißen lassen«, sagte sie mit fester Stimme, »von solchen, die gern Mist gebaut haben. Aber auch von der Musik. Von der Musik viel stärker.«

»Wirklich?«

»Auch als Erwachsener hat er lange Umwege gemacht, nur um irgendwo ein Konzert besuchen zu können.«

Sämu rutschte auf seinem Stuhl hin und her, trommelte mit den Fingern auf seinen Knien. »Weißt du«, sagte er schließlich, »bis heute habe ich es keiner Menschenseele gesagt. Weil es auch niemanden etwas anging. Weil ich genauso schuld war wie er. Ich meine Edi. Als du schon nicht mehr im Dorf warst, die Leute erzählten sich ja allerhand, weshalb du dich bei Nacht und Nebel auf und davon gemacht hast. Mich gehts ja nichts an. Jedenfalls. Wir haben uns einmal gemessen. Nicht nur er und ich, andere waren auch mit dabei. Steinschleudern haben wir gemacht und sie ausprobiert.«

Da wusste es Elise plötzlich wieder. Doch sie unterbrach Sämu nicht, schaute ihn nur genauer an. Natürlich, sein linkes Auge war aus Glas. Und sie hörte, wie er sagte, dass ihn Edis Stein getroffen hatte, unabsichtlich, sie alle hätten wie wild um sich geschossen.

»Wie kannst du dir denn dann so sicher sein, dass es mein Bruder war?«

Doch gerade als Sämu seinen Mund auftat, stand eines der kleinen Mädchen, Müsi, erwartungsvoll vor ihm.

Während Elise ein Vormittagsschläfchen gemacht hatte und anschließend mit Sämu ins Gespräch gekommen war, vermittelte nur wenige Schritte weiter Schwester Lisette hinter geschlossenen Fenstern die Liebe Gottes. Den Jüngsten halfen Bilder, außerdem der Zeigefinger. Haareziehen war dem Aufpassen auch förderlich. Sämtliche Kinder bis auf Ueli kamen in den Genuss der Unterweisung.

Vögeli beaufsichtigte Stefan, dessen Krätze gut ausgeheilt war und der gerade zügig am Daumen lutschte.

Auf Luises Schoß saß Sara.

Vor wenigen Wochen war die Kleine ihrer noch ziemlich jungen, bereits seit einigen Jahren verwitweten Mutter weggenommen worden, nachdem sich regelmäßige Herrenbesuche herumgesprochen hatten. Dass es sich immer um denselben *Herrn* handelte, den verheirateten Geliebten und Kindsvater nämlich, spielte in der Nachbarschaft keine Rolle. Diese blühende Frau, an der schön Fleisch war und die einen ausnahmslos mit leuchtend blauen Augen anlachte, war einfach ein Schandfleck in einem ansonsten hochanständigen Mietshaus. Ob letztlich Neid, kleinbürgerlicher Ekel oder Feindseligkeit den Weg zur Fürsorge ganz von selbst fanden – man weiß es nicht. Bisher war die Frau mit ihrer Sara durch das engmaschige Netz der Behörden gefallen. Weder half der Mutter nun, dass ihr Mädchen jederzeit bei alten Leutchen in der weiteren Nachbarschaft willkommen war, noch, dass sie in keinerlei finanziellen Schwierigkeiten steckte. Sie lebte anspruchslos, aber nicht armselig, putzte in mehreren Haushalten, reinigte abends hin und wieder Büros, auch jenes ihres Geliebten, und sie ging sorgsam mit den zusätzlichen Geldscheinen um, die er immer an ihrem Strumpfhalter befestigte, was sie anfangs belustigt hatte, allmählich aber langweilte, wie anderes auch.

Sie könne sich froh schätzen, dass man ihr noch eine Chance gäbe, so teilte die Fürsorge ihr zum Schluss eines Gesprächs mit, das mehr eine Befragung gewesen war. Konkret bedeute dies, dass sie sich sozial festigen und den Nachweis eines geregelten Verdienstes erbringen müsse. Außerdem benötige das Kleinkind *ordnungsgemäss geordnete Verhältnisse.* Eingeschüchtert unterschrieb die Mutter rasch das ihr zugeschobene Papier. Kurz darauf erhielt sie ein amtliches Schreiben: Sara würde nächstens im nahe gelegenen Armenasyl untergebracht werden.

Nur vorübergehend, hieß es am anderen Ende, als die zutiefst erschrockene Mutter von einer Telefonkabine aus bei der Fürsorge anrief, um sich näher zu erkundigen. Man habe beim Arzt nachgefragt, Sara sei leicht rachitisch. Diese Diagnose vor dem Hintergrund der bereits vorliegenden Informationen habe die Fürsorge dazu bewogen, Sara erst einmal in Obhut zu geben. Im Kinderheim sei gegenwärtig kein Platz frei, doch das Brüggli gewähre eine solide Betreuung, man würde bald weitersehen. (In diesem Zusammenhang war dem Fürsorgebeamten ein Flüchtigkeitsfehler unterlaufen: Er hatte es versäumt, die Mutter mündlich darüber aufzuklären, dass ihr das Sorgerecht entzogen würde, sobald Sara in ein Heim käme.)

Bei diesem Kind kam Schwester Lisette mit ihren erzieherischen Maßnahmen an die Grenzen. Saras energische Trotzanfälle waren besorgniserregend, fast schon beängstigend. Zum einen, weil die Dreijährige während ihrer Schreikrämpfe ununterbrochen ihren Kopf gegen den Boden schlug, zum andern, weil Sara sich nicht einmal durch den geduldig wiederholten Vers *Sei nun wieder zufrieden, meine Seele, denn der Herr tut dir Gutes* ablenken und besänftigen ließ. Erst wenn sie völlig erschöpft war und letzte Schluchzer ihren kleinen Körper schüttelten, hob Schwester Lisette Sara auf, fuhr ihr mit einem nassen Waschlappen übers Gesicht und setzte sie in ihr Gitterbett, mit dem gestrengen Hinweis, sich hinzulegen und ein wenig zu schlafen.

Gott sei Dank hatte die Oberschwester sich kürzlich damit einverstanden erklärt, Sara – wie anderen Heimbewohnern auch – Beruhigungstabletten verschreiben zu lassen, sollte sie einen nächsten Anfall haben. Selbstverständlich müssten die Machtspielchen dieses Kindes im Keim erstickt werden, hatte Schwester Ottilia angemerkt, sonst wüchse es zu einer noch größeren Zumutung heran.

Luise hielt Sara jetzt an sich gedrückt und streichelte ihr ebenso mechanisch wie unauffällig den Oberarm. Sie mochte Schwester Lisette, die Zärtlichkeiten bekanntlich schnell einmal für Verzärtelung hielt, nicht gegen sich aufbringen. Darüber hinaus kannte sie deren Überzeugung, dass Gottes unendliche Güte aus den verlorenen, im Brüggli gelandeten Menschlein mit der Zeit Geschöpfe voller Ehrfurcht und Dankbarkeit machen würde. Irgendwann, so hatte Schwester Lisette nicht nur einmal festgestellt, ginge jedes Kinderherz *wie eine Sumpfdotterblume bei Sonnenschein* auf. Luise wollte das glauben. Sie unterstützte Schwester Lisette auch darin, ihren schulpflichtigen Schützlingen das Lesen und Schreiben beizubringen, was hauptsächlich anhand von Versen und Gebeten geschah. Und mittels der täglich frisch gelegten Hühnereier lernten die Mädchen und Buben ganz nebenbei das Zählen und Rechnen.

Es wäre falsch gewesen, der strengen und zumeist unfroh wirkenden Schwester Lisette abzusprechen, dass sie nicht all ihren Kindern ausschließlich das Beste wünschte. Gerade auch Wisi. Er kam aus einem hintersten Bergtal und seine grauenhaften Familienverhältnisse waren nur durch eine Kette von Zufällen entdeckt worden.

Ja, Wisi war ein *bedauernswertes, missbrauchtes Trinkerkind*, doch das Vokabular der Amtssprache erwies sich in seinem Fall als völlig unzureichend. In anderen Kindereinrichtungen hätte man den Buben als elenden Schmutzfink bezeichnet oder auch als hinterlistigen kleinen Lümmel. Auf jeden Fall hätte man ihn erst einmal abgesondert. Nicht so im Brüggli: Schwester Lisette hatte den Ehrgeiz, in Wisi nichts als einen weiteren noch unausgereiften Menschen zu sehen, der in Gottes Gnade gedeihen durfte. Was immer er deshalb anstellte, sie war auf seiner Seite, selbst nachdem er ein zweites Mal weggelaufen, achtundvierzig Stunden später aufgegriffen und in die Armenanstalt zurückgebracht worden war. Ludmilla Henni, die bei seiner Heimkehr zufällig anwesend war, hatte Wisi geradewegs auf den Kopf zugesagt, dass sein Leben verloren sei, wenn er so weitermache, und ihm mit der Polizei gedroht. Die würde ihn dann schon an den richtigen Platz bringen, sofern er nicht ab sofort spure! Daraufhin schickte Schwester Lisette den verstockten Buben nach draußen, wo er Johann und Oski beim Holzen helfen sollte. Und sie widersprach Frau Ludmilla Henni mit angespannter Körperhaltung: Wisi brauche Zeit, mehr Zeit als andere Kinder in seinem Alter, um auf den richtigen Weg zu kommen. Keinesfalls tue ein Erziehungsheim ihm gut, er sei genug und jeweils bis aufs Blut geschlagen geworden. Außerdem singe er einmalig schön, was beweise, dass das Göttliche bereits von ihm Besitz ergriffen habe.

Schwester Lisette sang nicht. Sie konnte es einfach nicht.

An diesem Vormittag, da Elise sich mit Sämu unterhielt, stimmte Luise deshalb nach dem Schlussgebet ein Lied an. Als das Wort *eee-wiiig-lich* ausgeklungen war, wandte man sich den Eiern und dem Zählen zu und ein wenig auch dem Addieren.

Beim Reinigen der frisch gelegten Eier war an diesem Tag die Mithilfe von Müsi und Karin gefragt. Die gleichaltrigen Mädchen verstanden einander ausnehmend gut, doch ihre sich anbahnende Freundschaft wollte Schwester Lisette nicht gefallen. Nicht deshalb, weil Karin zu jenen Kindern gehörte, die aus einem schädlichen Milieu entfernt worden waren, während Müsi einen sittlich korrekten Familienhintergrund vorweisen konnte, sondern weil die Hausmutter und Oberschwester diesbezüglich klare Ordern erlassen hatte: Zwischen zwei im Armenhaus untergebrachten Kindern würde keine zu große Nähe geduldet, aus einer solchen ergäben sich nur Probleme. Statt Gefühle und Gedanken auf den Vater im Himmel zu richten, würden diese auf ein noch gänzlich unfertiges, fehlbares Wesen gelenkt, hatte Schwester Ottilia die anderen Diakonissen bei Tisch belehrt (wie in einer Gefechtsstellung hielt sie dabei Messer und Gabel mit den Fäusten umklammert in der Luft). Und wäre dies nicht schon schlimm genug, hatte sie gesagt, so würden in der Folge andere Schützlinge im Brüggli ausgegrenzt werden. Von den gesundheitsschädlichen, fatalen Berührungen, die sich ergeben könnten, wolle sie gar nicht sprechen. Alles in allem behindere eine zu enge Freundschaft auf jeden Fall die Entwicklung eines Kindes hin zu einem reinen, für die Gemeinschaft nützlichen Menschen und gehöre deshalb frühzeitig unterbunden.

Die frischen Eier hatten Wisi und Matti bereits vor dem Frühstück eingesammelt, richtig brüderlich, wie Schwester Lisette von dem fürs Hühnerhaus zuständigen Godi Thönen berichtet worden war. Sie war fast ein wenig stolz auf sich selber: Matti hatte also gestern Abend doch etwas kapiert, von wegen Gottesstrafe und Feuer und so! Sorglos würde sie nun morgen die zwei Buben dazu anhalten können, der Eierhändlerin beim Beladen ihres Wagens zu helfen.

Für den Eigenbedarf behielt das Armenasyl ein paar Dutzend Eier pro Woche zurück. Nächstens sollte es eine wie immer nicht zu üppige Flädlisuppe für die Pfleglinge geben sowie Rührei mit Speck für das Personal. Susi Steffen hatte an diesem Morgen den Auftrag, auch noch einen Gugelhopf zu backen, für Ludmilla Henni, zu ihrem Geburtstag.

Schwester Ottilia gegenüber würde die Köchin verschweigen, dass sie zusätzlich einige Plätzchen backen würde, die Marcel Zryd bekommen sollte, der ebenfalls Geburtstag hatte. Eine Gelegenheit, ihm den süßen Gruß zuzustecken, würde sich schon finden. Das Schicksal von Marcel ging Susi Steffen nämlich besonders zu Herzen; diese Geschichte einer besten Mutter und Ehefrau, die in einer Sekunde der Unaufmerksamkeit oder warum auch immer von einer Dachbodenleiter fällt.

Müsi schlug vorsichtig in die ausgestreckte Hand von Sämu ein. »Hast *du* Musik gemacht, Onkel Sämu?«, fragte sie stotternd.

»Nein, unser Köbi, oben im Aufenthaltsraum. Den kennst du nicht, hm. Er soll sich gefälligst einmal ans Fenster stellen, damit du ihn siehst und er sich vor dir verbeugen kann!«

»Und warum spielt er jetzt nicht mehr?«

Nun stand Marcel ebenfalls da. Vor wenigen Minuten hatte er Müsi wieder abholen können. Sie seien zusammen auf der Pirsch, erklärte er und hielt dabei ein Einmachglas mit etwas Erde und allerlei Blättern hoch. Er betätige sich als Diener, trage seiner Tochter die Forscherinstrumente hinterher, während sie Raupen, Schnecken und Engerlinge einsammle, um sie anderswo freizulassen –

»U-und K-k-käfer!« Müsi zog ihre linke Faust aus der Schürzentasche, öffnete sie und legte schnell die andere Hand über die Feuerwanze.

Elise lobte das Mädchen. Nichts sei so wichtig, wie den Schwächeren uneigennützig zu helfen.

Das Kind blickte zu seinem Vater auf.

Es war nicht Helens Schuld gewesen, dass sie von der Leiter fiel, dachte Marcel einmal mehr, und schon gar nicht, dass dieses unschuldige Wesen dabeistand.

Müsi hatte den Sturz zunächst für einen kleinen Spaß gehalten, wie sie es von den Eltern nur zu gut kannte. Der Vater bewegte sich gelegentlich wie Charlie Chaplin, aber er war ja gar nicht der komische Mann im Kino. Die Mutter benahm sich wie eine Dame: Sie saß mit übergeschlagenen Beinen zuvorderst auf einer Stuhlkante und trank mit abgewinkeltem kleinem Finger und gespitztem Mund. Statt eines Damenhutes trug sie ein drapiertes Küchentuch, sie schlürfte unerhört verboten, aber sie war ja gar nicht reich und eingebildet, sondern einfach nur lustig. Sie ging auch schon wiehernd auf allen vieren, ohne ein richtiges Pferd zu sein, und Müsi spielte auf der Stelle das Fohlen, und der Vater scharrte als Hengst mit den Hufen. Eigentlich immer dann, wenn Müsi es am wenigsten erwartete, versteckte die Mutter sich unter der Sitzbank oder unter dem Elternbett, im Schrank oder hinter einer Tür, und im Gegensatz zu den sieben Geißlein fing sie irgendwann zu meckern oder auch zu piepsen an.

Nun lag die Mutter da, und Müsi wartete. Ob zwei Minuten oder zwei Stunden konnte sie dem Vater später nicht sagen. Erst als Blut aus dem einen Ohr der Mutter kroch, aus ihrem Mundwinkel lief und von da ins Haar und weiter über die Holzdielen, erschrak Müsi. Ihr Erschrecken war ein riesengroßes schwarzes Ungeheuer, das sich auf einen Schlag vor ihr auftürmte und ihr vor seinem ebenso plötzlichen Verschwinden noch schnell das Stottern zwischen die Zähne stieß. Das sollte ihr bleiben.

Seither hatte Müsi es sich in den Kopf gesetzt, fliegen zu können. Vor allem um die Mutter im Himmel zu besuchen, und seit dem Umzug ins Brüggli auch deshalb, weil sie die Welt rund um das Armenhausgrundstück erkunden wollte, rund um die Fluhmatt und weiter bis an den Thunersee und am liebsten noch um die Schweiz herum. Denn Vögeli hatte wiederholt berichtet, dass man dort, wo die Leute nicht mehr Deutsch sprächen, goldene Milch trinke, um gesund zu bleiben, oder dass man auf der anderen Seite der Berner Alpen in Bäckereien hineinspazieren könne, um sich gratis mit allerlei Süßgebäck vollzustopfen. Schmetterlinge groß wie Untertassen könne man in fernen Ländern sehen, und ihr Blau sei nicht zu vergleichen mit jenem der hiesigen Bläulinge, solche habe Vögeli vor Jahren mit eigenen Augen gesehen, obwohl die Falter nicht mehr flogen, sondern hinter Glas aufgespießt waren. Und auch Obstbäume könne man jenseits der Alpen antreffen, an denen gleichzeitig saftige Birnen und Orangen wüchsen. Außerdem hatte Vögeli im Mädchenzimmer von einer unglaublich großen Schaukel geschwärmt. Sofern es einem gelinge, beim Schaukeln den höchsten Punkt zu erreichen, könne man das Glitzern der Meereswellen sehen.

Marcel ließ Müsi in dem Glauben, schließlich wurde im Brüggli für noch Unwahrscheinlicheres gebetet. Sein Kind sollte von ihm aus wünschen, was es wollte, sollte an das Unmögliche, an Wunder glauben und fliegen können.

In diesem Zusammenhang begrüßte er es, dass Schwester Lisette ihre Einwilligung dazu gegeben hatte, die vor dem Spaten des Gärtners und so manchem Mitbewohner geretteten Insekten im Wald beim Fluss wieder auszusetzen. So konnte er Müsi auch gleich noch die Weidenkätzchen zeigen und endlich wieder einmal die Geschichte von Mütterchen Erde erzählen, wie sie ihren Wurzelkindern Frühlingskleider näht und den Käfern – selbst den gefräßigen, höchst unbeliebten Maikäfern – mit Farbe und Pinsel einen neuen Glanz verpasst, und wie nun alles, was hierzulande wächst, kriecht und fliegt, aus seinem unterirdischen Versteck ins Tageslicht kommt. Dies und Ähnliches wurde als Geheimnis von Vater und Tochter gehütet, da Fabelwesen wie Mütterchen Erde laut Schwester Lisette der reinste heidnische Plunder waren. Sie ließ nicht einmal die schönen alten Märchen gelten, die Marcel Müsi aber dennoch erzählte. Weil es diese wieder und wieder hören wollte.

Müsi indes hatte etwas, das es noch mit niemandem teilte. Dieses Geheimnis streckte sich genauso in alle Richtungen wie ein Holzstapel: Auf der rechten, guten Seite des Geheimnisses war Wisi, wie er vor dem Kaninchenstall hockte und lieb mit den Tieren redete. Auf der linken Seite des Geheimnisses war ebenfalls Wisi. Diesmal schlich er sich an Matti, der sich gerade bei den Büschen in der Nähe der Schweine aufhielt, von hinten heran. Matti machte an seinem Hosenladen herum, Wisi riss ihn zu Boden, prügelte sich mit ihm, und Müsi verstand, was er von Matti wollte. Dass er nämlich endlich mit seinem Grunzen aufhören sollte. Niemand dürfe sich über die Schweine lustig machen, sie seien *seine* Freunde. Ob Matti dies denn nicht kapiere? Er würde ihn so lange verdreschen, bis er mit dem Grunzen aufhöre. Müsi war froh, als Matti wieder aufstand.

In der Mitte des Geheimnisses war ein drittes Mal Wisi. Er steckte seine Hand tief in den Futtertrog der Schweine und schleckte sie ab. Dann kam Sämu herbei, zog ihn nicht gerade sanft am Arm hoch. Wisi wischte die halbwegs abgeschleckte Hand heimlich am Hosenboden ab und nickte, nachdem die beiden kurz miteinander geredet hatten. Sämu drückte ihn schnell an sich.

15

WENN ANNLIES UND FRITZ DAS GLEICHE NÄGGI IM KOPF HABEN, DANN KÖNNEN SIE DOCH HEIRATEN?

Während Elise an diesem Donnerstagvormittag im Garten auf Sämu traf und Susi Steffen beschloss, zum Kuchen auch noch Plätzchen zu backen, und Schwester Burga jedes Mal, wenn sie mit frischem, von Lydia aus der Küche herangeschlepptem Warmwasser eilig von diesem zu jenem zu waschenden Pflegling ging, in ihre Schürzentasche griff, um sich eines gefalteten Zettels zu versichern, und bei den Männern im zweiten Stock Pesche Jaggi unablässig mit zwei Fingerkuppen an die Fensterscheibe im Korridor klopfte, was wie ein Specht in Zeitlupe klang und Fritz Tschaggeny nervte, derweil unten bei den Kindern die kleine Sara zunächst von Luise gestreichelt und dann in den Laufstall gesetzt wurde, wo sie ergeben Hansli dabei zusah, wie er sich in einem fort Tannenzapfen und Holztiere von oben in den Latz seiner Farmerhose steckte, nur um sie seitlich wieder herauszufischen, während eine Tür weiter Müsi und Karin Schulter an Schulter die frisch gelegten Eier mit einem trockenen Lappen von Strohresten und dem gröbsten Schmutz befreiten, eins aber auf den Boden kullerte und eine Sauerei veranstaltete, was Schwester Lisette überraschenderweise völlig gelassen nahm, sodass Müsi danach geradezu übermütig mit seinem Vater auf Insektensuche gehen konnte, setzte sich Stini ein weiteres Mal an einen der Frauentische im Speisesaal, ihr gegenüber Annlies Müller. Ungestört ließ sich hier mit dem praktisch stummen Mädchen reden.

Annlies hatte die ersten paar Tage nach dem vermutlich durch einen ungesicherten Gashahn verursachten Hausbrand bei Nachbarn unterkommen können. Gegen einen Aufenthalt im Spital sprach das Wunder ihrer Unversehrtheit, gegen die Einweisung in ein Kinderheim oder Waisenhaus ihr Alter. Da der ledige Bruder des Vaters eine Verantwortung für die Zukunft entschieden ablehnte und die Verwandten mütterlicherseits irgendwo im tiefen Frankreich wohnten (wohin Annlies unter keinen Umständen ziehen wollte), wurde der Vollwaisen ein Fremder als Vormund zur Seite gestellt.

Das Mädchen, so hatten die Nachbarsleute dem neuen Erziehungsberechtigten erzählt, verhalte sich grundsätzlich sehr anständig, außer Kaffee und Milch nehme es freilich keine Nahrung zu sich. Auffällig sei außerdem Annlies' irgendwie wolkiges Wesen. Man komme kaum an sie heran, auch kommuniziere sie bloß mit einem Minimum an Wörtern. Trotzdem dachte der Vormund gar nicht daran, die Siebzehnjährige in die Psychiatrische einweisen zu lassen. Weil er Annlies für ein sittsames Mädchen hielt. Zudem waren ihre Eltern der Fürsorge niemals zur Last gefallen. Und ihr einziger Bruder, der ebenfalls ums Leben gekommen war, hatte als vorbildlicher Thuner Kadett gegolten. Unbedingt war auf Annlies' vererbten, fein entwickelten Verstand zu zählen. Der Vormund machte sich nicht wenige Gedanken, denn das Leben seines Mündels ging weiter. Wie konnte er sein Schicksal günstig beeinflussen?

Zunächst galt es zu verhindern, dass die Minderjährige der Sittenlosigkeit verfiel. Doppelt setzte der Vormund deshalb auf Ersparnisse des Familienoberhauptes. Schließlich war Annlies' Vater ein tadelloser Bürger und Arbeitnehmer gewesen. Also musste er ein Bankkonto gehabt haben, zu dessen Auffindung natürlich eine gewisse Taktik erforderlich war, weil auch die Sparbüchlein dem Feuer zum Opfer gefallen waren. Und neben Taktik war Geduld gefragt. Bis das Vermögen des Büroangestellten ausfindig gemacht werden konnte, sollte Annlies deshalb bei den Diakonissen auf der Fluhmatt untergebracht werden. Dass im Asyl gerade ein Bett frei geworden war, erschien dem Vormund als erfreuliche Fügung, oder andersherum gesehen: Es zeigte sich einmal mehr, dass die überdurchschnittlich hohe Sterblichkeitsrate im Brüggli durchaus ihr Gutes haben konnte. Nun ging es nur noch darum, andere Armenhausaufnahmegesuche, von denen es nachweislich eine ganze Menge gab, hintanzustellen. Es war leicht, die Behörde von der Dringlichkeit des Falles zu überzeugen; der Vormund brauchte dem Vorsitzenden der zuständigen Behörde nur eine Flasche guten Roten zu überbringen. Wie anzunehmen gewesen war, zeigte der sich daraufhin gerne erkenntlich und informierte die Oberschwester und Hausmutter des Brüggli unverzüglich über den alsbaldigen Eintritt der *vom Schicksal schwer gezeichneten* Annlies Müller.

Schwester Burga hätte sich bei der Oberschwester beschweren können: Wieder eine Neue mit wieder neuen Bedürfnissen. Wie sollte sie kontrollieren, ob das junge Mädchen genug essen würde? Wie ihre Lage erfassen, wenn sie nicht sprach? Andere Pfleglinge im Armenasyl brauchten ebenfalls viel Aufmerksamkeit, nicht nur das blonde Mädchen mit der Schneewittchenhaut, in die der Geruch von schwarzem Rauch sich eingegraben hatte. Wohlweislich hielt Schwester Burga sich zurück, sie baute darauf, dass ihr das Wort Gottes sowie das Zwiegespräch mit dem Allmächtigen Kraft geben würden, ihre Aufgabe zu meistern. Das ging die ersten vierzehn Tage auch ganz gut. Aber dann fühlte sie sich zunehmend überfordert, etwas gegen die offensichtlich übergroße Traurigkeit des Mädchens auszurichten, und hatte Sorge, weil es immer dünner wurde. Deshalb klopfte Schwester Burga doch bei der Oberschwester an: Es fehle ihr schlicht die Zeit, sich Annlies anzunehmen, wie es notwendig wäre, log sie. Und sagte damit auch Wahres.

Gut, lenkte Schwester Ottilia ein. Es falle aber unter ihre Pflicht, genügend Fürbitten für Annlies Müller zu beten. Auch wolle sie den Herrn Pfarrer bitten, das Mädchen seelsorgerisch zu betreuen. Und außerdem könne es nicht schaden, eine Brügglerin dazu anzuhalten, sich seiner ausgiebig anzunehmen. Stini Lehner wäre wohl die Richtige dafür. Als unbestreitbar lebenserfahrene Person könne sie womöglich ihren Teil dazu beitragen, das starrköpfige junge Hühnchen wieder zum Reden und zum Essen zu bringen.

In den bisher ausnahmslos einseitigen Gesprächen hatte Stini zunächst versucht, Annlies mittels einfacher Fragen kurze Antworten zu entlocken: *Wie geht es dir heute? Bist du nicht hungrig? Wann hast du damals das Feuer bemerkt? Hat dich jemand geweckt? Hattet ihr Tiere? Was isst du am liebsten? Wer hat dich zu den Nachbarn gebracht? Erinnerst du dich denn überhaupt?* Von dieser Art waren Stinis Fragen. Annlies brachte kein Wort über die Lippen, obwohl zwischen den Fragen lange Pausen lagen.

Stini hatte keine Eile. Mal stellte sie sich mit dem Mädchen an eines der Fenster und fiel in dessen Stummheit ein, dann wieder fing sie an, die Stühle im Speisesaal unnötig ordentlich an die Tische zu rücken, den Boden zu wischen, den Aschebehälter des Kanonenofens zu leeren, wobei Annlies immer sofort mithalf, wortlos und wie hypnotisiert.

Für einen nächsten Versuch brachte Stini dann aus dem Bücherregal im Aufenthaltsraum einen schmalen Band mit irischen Segenssprüchen mit. Das Büchlein war ein Geschenk der Frau Pfarrer an das Armenasyl gewesen, sie habe es in jungen Jahren von einer Studienreise mit zurückgebracht. Irgendwann hatte Frau Pfarrer die Verse übersetzt, sodass über den irischen Sprüchen akkurat mit Bleistift beschriebene und zurechtgeschnittene Luftpostpapiere klebten. Kein Brüggler hätte die Originale lesen können, mit Ausnahme vielleicht von Melchior Rösti, dessen Fremdsprachenkenntnisse sich jedoch bereits mehrmals als Maulheldentum erwiesen hatten.

Nachdem Stini das Büchlein über den Tisch hin zu Annlies geschoben und auf eine Übersetzung gedeutet hatte, forderte sie das Mädchen zum Vorlesen auf. Aber es bewegte auch diesmal nur langsam den Kopf von links nach rechts nach links, sodass Stini den Band wieder an sich nahm und zuklappte.

Zwei weitere Versuche, die Schweigsame zum Sprechen zu bringen, scheiterten ebenfalls: Beim Kaninchenstall bedankte Annlies sich mit einem einzigen Wort, als Stini ihr ein weiches, pochendes Leben in karamellbraunem Fell in die Arme drückte, und bei den Frühbeeten grüßte sie Johann so knapp wie nur irgend möglich, obwohl da ein junger Mandelbaum (des Gärtners ganzer Stolz) seine rosa Knospen bereits ein wenig ins Freie streckte.

Heute war Stini weder zu weiteren Fragen noch zu einem Kurzausflug aufgelegt. Stattdessen drehte sie den Spieß um: Sie erzählte. Von sich als junger Frau, Unspektakuläres, nichts Aufregendes. Wie man sich kleidete, wie man tanzen ging, wie man schon damals, im letzten Jahrhundert, nach seinem Aussehen bewertet wurde – *auch auf Arbeitssuche haben die Hübscheren bessere Chancen auf eine Anstellung gehabt* – oder dass es seinerzeit noch längst keine Fahrräder gegeben habe, die den Fuhrwerk- und Fußgängerverkehr einschränkten. Und sie redete von Wünschen – *natürlich habe ich auch welche gehabt* –, beschrieb sie jedoch nicht näher. Nur dass sich manche erfüllt hätten, sagte Stini.

Annlies' Blick war immer noch geradeaus auf nichts gerichtet. Doch ihre verschärfte Aufmerksamkeit entging Stini nicht.

Nun, von einem ihrer Mitbewohner im Brüggli sei ihr bekannt, redete sie weiter, dass er sich unter keinen Umständen von seiner Sammlung alter Bahnbilletts habe trennen wollen. Ein anderer habe seine Mundharmonika hierher mitgebracht und verbreite damit hin und wieder gute Laune. Auch ein Handspiegel habe den Weg ins Brüggli gefunden und sogar ein Flachmann, obwohl man an diesem Ort selbstverständlich keinen Alkohol trinken dürfe, was seine Eigentümerin dann auch habe begreifen müssen. Nicht alle unter diesem Dach begriffen alles, auch nicht jene mit dem Regenschirm. Sie spanne ihn drinnen immer wieder auf, um mit ausholenden Bewegungen die warme Luft von der Zimmerdecke herunterzuholen. Die meisten Mitbewohner erzählten allerdings nicht, was sie horten würden. Sie könne durchaus verstehen, so Stini, dass man ein letztes Stück von seinem Hab und Gut unter keinen Umständen teilen wolle, ihr selbst sei an Gegenständen aber wenig gelegen. Aus diesem Grund habe sie bloß ihre unerfüllten Wünsche mitgebracht, als sie vor Jahren ins Brüggli eingezogen sei – nicht, dass diese noch in andere Köpfe geraten würden!

Es schien Stini, als hätte das Mädchen sein Kinn angehoben.

Vermutlich habe sie, Annlies, nichts unter ihrem Bett liegen. Vielleicht bedaure sie dies, das sei verständlich. Doch eigentlich sei nur das andere kostbar, zum Beispiel Erinnerungen. Man tue gut daran, ein unsichtbares Album schöner

Erinnerungen anzulegen und alles Betrübliche auszusortieren und zu vergessen. An dieser Betätigung könne man sich aufrichten. Und sie würde behaupten, dass man nur als freier Mensch Augen für das wirklich Schöne und Stärkende habe. Manches Mädchen und manche Frau bevorzuge denn auch die Unabhängigkeit. Zu diesen gehöre sie selbst auch. Sie müsse zugeben, dass ihr die Ungebundenheit hin und wieder schwergefallen sei. Viel schwieriger fände sie es aber, sich zu fügen.

Stini fuhr sich mit der Zunge über die eingefallenen Lippen, und weder beiläufig noch aufdringlich tastete sie das junge Mädchen mit ihren Augen ab.

Aus eigener Erfahrung könne sie Annlies versichern, dass einem hier drinnen das Herz immer tiefer sinke. Aber eines schönen Tages ziehe es einen wieder nach draußen, egal, wie viel Schreckliches man habe erleben müssen. »Und mit einem Mal geschieht es, dass du gerne wieder am Leben bist. Weil du ein Lied hörst, das du auch immer gesungen hast, oder weil ein Hund an dir hochspringt. Denn weißt du, ein wenig Glut für etwas Glück steckt in uns allen, sie verlöscht nie ganz.«

Annlies schaute weiter durch Stini hindurch. Und durch das Fenster hinter ihrem Rücken. Und durch den angeschnittenen Wald weit hinter dem Fenster. Und auch durch das Messer hindurch, das den Wald angeschnitten hatte.

In großer Entfernung schwamm etwas Licht.

16

SOLLTE DER TURM ZU BABEL HÖHER ALS DER NIESEN WERDEN?

Elise hatte keinen Hunger, sie hatte Schmerzen.

Aus der Gemüsesuppe fischte sie ein Selleriewürfelchen und ein fingerhutgroßes Stück Weißkohl und schluckte drei Löffel Brühe hinterher. Mehr brachte sie einfach nicht hinunter. Die Teigwaren sahen wie Teigwaren aus und rochen aus unerfindlichen Gründen wie feuchtwarmes Sägemehl. Rasch waren sie auf andere Teller verteilt.

Schwester Alice war bereits wieder wach und las vor: Dass tausend Jahre sich vor Gott wie ein einziger Tag ausnehmen würden. Dass diese unvorstellbare Zahl an Jahren einem dahinströmenden Fluss gleiche oder einem Schaf (warum einem Schaf?) oder einem einzelnen Gras. Noch am Morgen sei der Grashalm gewachsen, habe geblüht, bereits am selben Abend sei er welk geworden und verdorrt.

All dies, dachte Elise, meinte eigentlich nichts anderes, als Julie gesagt hatte und dem wohl so ungefähr jeder zustimmte: Das Leben nahm sich verdammt kurz aus.

Schwester Alice betonte die nachfolgenden Worte nicht, eher leierte sie sie herunter: *Das macht dein Zorn, dass wir so vergehen, und dein Grimm, dass wir so plötzlich dahin müssen.* Elise saß vor ihrem leeren Teller und kaute an diesem Satz, während die anderen Brügglerinnen Hörnli mit höchst sparsam daruntergemischtem Reibkäse in sich hineinlöffelten.

Alles hatte mit dem frühen Tod der Mutter begonnen. Als Älteste war es für sie selbstverständlich gewesen, manche Mutterpflichten für die jüngeren Geschwister zu übernehmen. Zu jener Zeit hatte sie aber auch insgeheim das Wirken des sogenannten *Allmächtigen* zu hinterfragen begonnen. Mochte er auch existieren, sie war nicht auf seiner Linie. Sein Eingreifen ebenso wie seine unterlassenen Hilfeleistungen empfand sie praktisch durchwegs als willkürlich. Im Grunde konnte sie ungefähr so sehr auf ihn zählen wie auf Schnupftabak. Kam dazu, dass ihr eine Menschwerdung Gottes immer schon abstrus vorgekommen war. Auch einen Vater, der eine Hinrichtung seines Sohnes hinnahm, wenn nicht befürwortete, obwohl er sie hätte verhindern können, fand sie ungeheuerlich. Und dann die Sache mit der Erbsünde, so etwas wollte ihr einfach nicht in den Kopf gehen. Hatte dieser Gottvater denn nie Kinder beobachtet? Ihr Lachen, ihr Leuchten nicht gesehen und ihre Fragen nicht gehört? Nun gut, er hatte lediglich zwei Erwachsene geschaffen, am vierten oder sechsten Schöpfungstag. Schwäche, Ungehorsam, Neid oder Rachsucht mochten sehr wohl in einem Menschen stecken, vor allem in einem dressierten, doch wenn man wollte, aus eigenem Antrieb wollte, dann hielt man sich an die Güte. So einfach war das.

Fast alles, was sich in ihrem nächsten Umfeld und in der Welt in den Jahren danach ereignete, bestätigte Elise in ihrer Haltung. Niemandem rieb sie unter die Nase, dass sie an Gott zweifelte, wozu auch. Beni zuliebe hatten sie kirchlich geheiratet, und Gottfried versuchte nie, sie vom Gegenteil zu überzeugen. Es genügte ihm, wenn sie sonntags zusammen zur Predigt gingen, und Elise wiederum achtete seinen Glauben und sein Bedürfnis, im Dorf nicht unangenehm aufzufallen. Kari war ein treuer Mitläufer. Das war ganz in Ordnung, nichts sprach dagegen. Wünschte er es, so begleitete sie auch ihn zur Kirche. Es bedeutete ja kein Opfer, es war eine Geste. Sie konnte dann in einer Kirchenbank sitzen und ihren eigenen Gedanken nachhängen. Bei den Liedern sang sie halbherzig mit, beim Vaterunser senkte sie den Kopf. Den Segen ließ sie über sich ergehen, wie Kinder das Schneiden der Fingernägel über sich ergehen lassen.

Doch was sie jetzt von Schwester Alice zu hören bekam, war geradezu ärgerlich. *Entweder* konnte man auf das himmlische Reich und seine verlockende Ewigkeit zählen *oder* aber es gab Gottes Zorn. Entweder *musste* man sterben oder man wurde *erlöst.* Sie war doch nicht so blöd zu bemerken, dass da ein riesiger Schwindel vorlag! Ihr surrte der Kopf. Flirrende Gedanken halfen freilich nicht. Elise nippte am Wasserbecher, dessen Rand mehrfach abgesprungen war. Selten war ein Becher unbeschädigt, auch dagegen konnte sie nichts tun.

Ob sie nochmals nach draußen gehe oder nach oben ins Zimmer? Stinis Frage schuf eine Art Ordnung, während geschäftig Stühle gerückt und gerülpst wurde.

»Lieber nach oben.«

Sie ließ sich Zeit.

Als noch mehr Bewegung in die Armenhäusler kam, durchdrangen Schwaden von altem, beißendem Schweiß die Luft. Sämu, der Elise wie ein Kapitän ohne Schiff vorkam, verabschiedete sich kumpelhaft. Aus Jux boxte jemand ihn leicht in die Seite, worauf Sämu so tat, als würde er zusammenzucken, aber sein sofort einsetzendes Gelächter verriet ihn. Balz Fischer entblößte darauf seine schiefen, ansonsten tadellosen Zähne.

Im Brüggli war bekannt, dass Balz als Knecht bei einem Bauern gedient hatte, der keinen Traktor besaß. Irgendwann begann er zu stehlen, und zwar im Haus des Meisters selber. Zur Rede gestellt, gab er alles zu und rückte das entwendete Geld mit den Worten heraus, er habe ihm doch nur dabei helfen wollen, einen Traktor kaufen zu können.

Das Leben im Brüggli war nicht ganz nach dem Gusto von Balz, zum einen, weil er hier kein weibliches Wesen fand, an dem er das Küssen und Betatschen hätte üben können, zum andern, weil ihm das ewige Drängeln zuwider war, insbesondere wenn sich Küde statt Baschi in seiner Nähe befand oder auch Greti, die in diesem Moment ihre spitzen Ellbogen einsetzte, was im allgemeinen Aufbruch natürlich unbemerkt blieb, was Balz einmal mehr ärgerte. Wenn Schwester Alice die Brüggler ermahnte, sich anständig und rücksichtsvoll zu benehmen, nützte es aber auch nichts. Dann dachte Balz an eine Fehlzündung eines Traktors. So war alles etwas leichter auszuhalten.

Elise ließ sich noch mehr Zeit. Im Überfluss war sie hier vorhanden, dehnte sich in Länge und Breite aus, so viel man auch von ihr nahm. Im Grunde benötigte Elise nur noch ein topflappengroßes Stück davon. Um dieses schmucker zu machen, hätte es rundum umhäkelt werden können, wozu buntes Garn sowie geschmeidige Finger vonnöten gewesen wären. Hatte Elise beides nicht mehr. Wenigstens sah sie immer noch gut, sah jede Bewegung der Handvoll Mitbewohner, die die Tische abräumten, sah, wie die Taube Tücher zum Abwischen verteilte. Unter ihren Achseln trug Francesca je einen dunklen, leicht gequetschten Mond.

Schließlich mühte Elise sich in die erste Etage, und sie staunte nicht schlecht, als ihr Bett besetzt war. Das Quäken von Resle schien die Frau in ihrem Bett keineswegs zu stören, völlig entspannt lag sie mit geschlossenen Augen da. Rösi, Sophie und Julie ließ das gleichgültig, sie hatten ihre Betten ja leer vorgefunden. Luise verbrachte auch die Mittagszeit unten bei den Kindern, Stini stand Schlange vor den Toiletten.

»Entschuldigung«, sagte Elise und tippte der ihr Unbekannten auf die Schulter, »eigentlich ist das mein Bett. Du hast wohl das Zimmer verwechselt?«

Die Frau schlug ihre Augen auf und schaute Elise mindestens so lange an, wie Eugen German mit seinem Zucker für eine Runde ums Haus brauchte. Die Alte blieb bei ihrem stumpfsinnigen Ausdruck und reagierte auch nicht, als Elise mit lauterer Stimme wiederholte, was sie bereits gesagt hatte. Vielleicht war sie ja schwerhörig.

Noch während Elise überlegte, was jetzt zu tun sei, war Stini zur Stelle und nahm sich als Zimmergeist der Sache an. Mili Schnyder gehöre ins Zimmer 4, erklärte Stini, und zu der Verwirrten, in langsam gesprochenen Worten: »Das ist das falsche Bett, Mili, komm, ich helfe dir in deins hinüber.« Nun stand die Frau folgsam auf. Es dauerte. Mit ratlosem Blick ließ sie sich an der Hand wegführen.

Die Beine hochzulegen, verschaffte Elise ein klein wenig Erleichterung. Der ranzige Geruch von lange nicht gewaschenem Haar lag noch auf dem Kopfkissen. Elise drehte es um, beklopfte es. Ihr war kalt, sie deckte sich zu, die Lippen fühlten sich rissig an. Auf der Seite liegend, büschelte sie Schürze und Rock und wunderte sich über ihre Müdigkeit. Schwach fühlte sie sich, uralt. Dazu ausgeliefert, den Schmerzen und der Unreinlichkeit.

Allmählich nahm die Erschöpfung überhand. Eine Weile noch vernahm sie abwechselnd das Krächzen einer Krähe und die zwischen Jammern und Murren unentschiedene Resle. Doch endlich brach eine warme Stille durch, die zu benennen Elise schon nicht mehr imstande war.

Das zweite Röseli liegt in einem fast durchsichtigen Totenhemdchen auf einer weißen Ottomane. Wände und Fußboden sind ebenfalls weiß. An eine Wand gelehnt hockt Adi, auch er verstorben, Hosenträger halten seine blaue kurze Hose. Mit einem Mal gibt er Lebenszeichen von sich: Langsam bewegt er zuerst seine Finger, danach die dünnen und gleichwohl muskulösen Arme, richtet sich etwas auf. Sein erstaunter Gesichtsausdruck. Sie kauert sich neben ihn hin. Er schnappt in Zeitlupe nach Luft. Endlich ein einziges leises Wort: *Stempel.* Elise hat keinen blassen Schimmer, was er meint. Sie streicht ihm über Stirn und Wange, wie sie das bei ihren Kindern und noch früher bei ihren jüngeren Geschwistern stets getan hat. Jetzt schlägt Adi seine Lider auf. Sie schaut ihn an, sie sehen einander an. Er hat goldene Augen. Hatte er nicht grüne Augen? Er hat goldene Augen. Seine Stimme passt, er sagt, dass Röseli seinerzeit ohne Annis Schuld verunfallt sei. Tatsächlich sei es beim Springen ganz unglücklich hingefallen. Der Boden sei vereist gewesen, sein Kopf sei auf einem losen Pflasterstein aufgeschlagen. Er selbst hingegen habe sich später absichtlich in den Bach gestürzt, um Röseli Gesellschaft zu leisten. Aber er habe das Mädchen doch gar nicht gekannt, wendet Elise im Traum ein, es sei doch Jahre vor seiner Geburt gestorben! Doch, sagt er, im Tempel des Herrn fänden alle zusammen. Man erkenne sich, niemand brauche mehr mit Worten zu reden und jeder wisse trotzdem alles. Dennoch ziehe es einen wieder in die Welt, aus dem *Tempel* hinaus. Er und Röseli seien bald so weit.

Als Elise aufwacht, hat sie den Eindruck von Samt. Oder eher von Blütenblättern. Keimende Saat kommt ihr ebenfalls in den Sinn. Was hat sie geträumt? Etwas hat ihr Seelenweh verdrängt. Sie will das Tröstende nicht gleich wieder verlieren, aber wie kann sie es möglichst lange festhalten?

Warum muss sie jetzt an Kari denken?

Wie er sie in den Armen hielt. Niemals besitzergreifend.

Sophie und Stini sind nicht mehr im Zimmer.

Wie tief muss sie geschlafen haben und wie lange?

Dass sie mit diesen Schmerzen überhaupt hat schlafen können.

Wenn einem beim Aufwachen nichts mehr wehtut, ist man tot, pflegte der Krämer von Steffisburg die von der Kundschaft vorgebrachten Gebrechen zu kommentieren. Sein Spruch war dorfbekannt, manche wollten ihn dennoch immer wieder hören, wie zur Versicherung, noch am Leben zu sein. Sie selbst hat ihre Beschwerden (das Rheuma und die offenen Beine) nie in den Krämerladen getragen. Wurde sie nach ihrem Befinden gefragt, sagte sie stets: »Danke, ich bin zufrieden.« Und das war die Wahrheit.

Jetzt will sie aufstehen, nochmals in den Garten, nochmals in die Sonne, mit diesem guten Gefühl tief in ihr drin.

Wie kann sie es halten?

Vielleicht doch eher mit Zärtlichkeit als mit Kraft.

Um sich aufzusetzen, braucht sie etwas Schwung. Erneut ist die eine Beinbinde von Wundflüssigkeit durchdrungen. Am Abend wird sie Schwester Alice darum bitten müssen, die Verbände vorzeitig zu wechseln.

Dorli liegt zur Abwechslung auf der Seite und kann auch in dieser Position schlimm husten. Weil Rösi nicht im Zimmer ist, steigt Julie widerwillig aus ihrem Bett, um sich nach dem Spucknapf für Dorli zu bücken, und meint im Vorübergehen, es sei das Letzte, so zu enden.

Betroffen schweigt Elise.

Als sie im Treppenhaus ankommt, geht im Korridor der anderen Frauenseite ein Zeter und Mordio los: Wie von der Tarantel gestochen rennt Mirla Syder in hohen Tönen schreiend und mit den Armen über dem Kopf herum: »Hilfe, Philomeeenaaaa, Hiiilfeee!« Hinter ihr Greti, mit erhobenem Holzscheit (woher sie das nur hat?): »Das wirst du mir büßen, du verfluchte Hexe, warte nur, dich erwische ich!« Eine greise Brügglerin, die unerwartet zur Zuschauerin geworden ist, johlt kräftig mit, eine weitere treibt die zwei Keifenden an, während Greti Mirla einholt, in die Enge treibt und mit dem Scheit bedroht. Und dann steht die winzige Philomena Bettler plötzlich da und macht ihrer Aufgabe als Zimmergeist von Nummer 4 alle Ehre: Fix drängt sie sich zwischen die zwei Frauen, stellt sich bolzengerade hin und gebietet laut und glaubwürdig: »Ruhe!«

Sobald Schwester Burga hinzukommt, wird Elise Zeuge davon, wie Mirla und Greti die jeweils andere beschuldigen, mit dem Streit angefangen zu haben. Klar wird, dass Mirla Greti tief in den Oberarm gebissen hat, nachdem sie bis aufs Blut geärgert worden ist. Unklar bleibt, was genau Greti gesagt hat. Doch Mirla sollte niemand zu nahe treten. Ihre mit einer beachtlichen Wehrhaftigkeit verbundene Reizbarkeit ist unter den Frauen ebenso bekannt wie ihre chronische Darmentzündung. Beides hat sie sich über die Jahre durch den Konsum von billigem Wein, später von überreichlich Schnaps eingehandelt.

Greti lacht schlussendlich wie ein gackerndes Huhn, die Bisswunde scheint vergessen, während Mirla nahe am Weinen ist, aber den herumstehenden, gaffenden Mitbewohnerinnen trotzdem noch schnell eine lange Nase dreht, worauf sich Philomena auf ihre Zehenspitzen stellt und auf Mirlas Hände schlägt – und nun plärrt die richtig los. Was offenbar ein Zeichen dafür ist, dass Schwester Burga ihre Haube festhalten und verblüfft dreinschauen muss.

Elise fühlt sich ertappt. Weil sie sich an einer Szene mit mindestens tragischem Schluss ergötzte. Nun aber weiter!

Sie hat ein wenig das Zeitgefühl verloren, Nachmittag ist es, ja, aber welcher Wochentag? Ist wohl nicht so wichtig.

Auf der Treppe nach unten kommt ihr jemand entgegen, der in seinen Nasenlöchern blutige Wattezäpfchen stecken hat. Bisher ist ihr der Mann noch nicht aufgefallen.

Fritz Tschaggeny hat sein Leben lang geschaufelt, im Winter hat er Schnee geräumt und im Sommer Dampfschiffe eingeheizt. Noch heute wirft er im Schlaf Kohle auf, stößt sie durch und räumt in der Hitze des Kesselraums Asche aus, während Fetzen aus verhakten Schneeflocken zu Boden segeln. Oder er träumt von Schneebergen, die er mit einer Schaufel abtragen soll, deren Blatt wie Glut zerbröselt.

War Fritz denn nicht immer ein richtiger Schaffer? Doch, ein unermüdlicher. Die Arbeit hat ihn sogar so sehr befriedigt, dass er nebenher nicht noch sprechen mochte. Selbst in seiner freien Zeit blieb er wortkarg. Auch im Brüggli erschöpfen sich seine Beiträge in einem *Mhm*, was ihn zu einem ebenso angenehmen wie langweiligen Mitbewohner macht. Ferner leidet er still und heimlich an einer Arterienverkalkung, die starken Schmerzen strahlen bis in die Arme aus. Zum Schaufeln ist er inzwischen zu kraftlos, aber das verlangt auch niemand mehr von ihm. Und kein Mensch im Armenasyl blickt in seinen Kopf und schon gar nicht in seine Träume.

Nach Fritz kommt Viktor Völkli. Wie ein Wiesel springt er die Treppe hoch. Er saugt an einer leeren Pfeife und stinkt. Blöd, wenn man wie Elise immer noch eine gute Nase hat. Kaum kommt der Sommer so richtig in Schuss, sammelt Völkli, wie jedermann ihn nennt, in der näheren und weiteren Umgebung Blätter von Haselnuss und Birke, Rainfarn, sogar Blüten von Rotklee und Hundsrose. Alles wird mit und ohne Vogeldreckspritzer oder Blattläuse oder Spinnweben getrocknet und zum Tabakersatz. Johann hat Völkli hierzu ein Saatgutsieb geliehen. Über die Monate hin füllt seine Sammlung schließlich einen ansehnlichen Stoffbeutel. Diesen wiederum hat Melchior Rösti eigenhändig genäht (er war ja nicht nur Wahrsager, sondern auch Schneider), und zwar aus unbrauchbar gewordenen, vielfach gestopften Geschirrtüchern, die Schwester Therese über Lotti Bischoff organisierte. Die außerordentliche Gabe musste natürlich abgesegnet werden. Schwester Ottilia tat es. Auf diese Weise ist Völkli in Besitz eines höchstpersönlichen Stoffbeutels gekommen.

Doch spätestens im Februar geht der Vorrat an Tabakersatz jeweils zur Neige, sodass ihm nur noch die leere Pfeife bleibt. Abwechselnd steckt sie in seinem Mundwinkel und unter dem mit einer Unzahl gelbbräunlicher Sabberringen markierten Kopfkissen. Wasser mag Völkli nur zum Trinken, ansonsten macht er darum einen großen Bogen. Er würde bis weiß Gott wohin rennen und dort noch eine Runde drehen, nur um einem Bad zu entkommen. Baden, so schimpft er ein ums andere Mal, wolle er keinesfalls. Muss er aber trotzdem.

Schwester Alice hat nach ständigen Kleinkämpfen eine Lösung vorgeschlagen, die Zustimmung fand: Völkli, der sein Leben lang als Auslieferer und Karrer arbeitete, darf ohne Sondergenehmigung ausreißen (weil er ohnehin nicht zu halten ist), muss sich aber im Büro abmelden (was er zumeist vergisst). Man kann sicher sein, dass er zurückkommt. Außerdem sind sämtliche Bewohner der Fluhmatt und viele Dörfler jenseits der Schlucht darüber im Bilde, was jener koboldartige Armenhäusler im Wald unter Bäumen und am Rand der Wiesen treibt. Oder sie meinen zumindest, es zu wissen.

Im Gegenzug, wenn er einfach maßlos weiter vor sich her stinken will, wird er von Schwester Therese daran erinnert, dass er als Einziger im Brüggli nach Lust und Laune aus und ein gehen darf. *Ah ja*, sagt Völkli dann, *ah ja* – und lässt sich ins Badezimmer abführen. Anderntags karrt er erneut Schweinemist oder Neuankömmlinge, Särge oder Feuerholz von da nach dort. Anstehende Transporte vergisst er nie.

Dass er früher stets ein *Hüerli* für die kurzen Freuden fand, egal, wie sie aussah und wie alt sie war, ist auf der Männeretage kein Geheimnis. Brüstet er sich wieder einmal damit, zuckt Isi mit den Schultern, während Pesche demonstrativ auf den Boden spuckt und Köbi einen seiner saftigen, im Brüggli grundsätzlich verbotenen Flüche zum Besten gibt. Nur Eugen behauptet ein ums andere Mal, draußen bestimmt mehr Frauen aufgespießt zu haben als Völkli.

Das gute Gefühl, denkt Elise jetzt, als sie mit Nachschritten vorsichtig Stufe um Stufe hinuntergeht und Völkli passiert, es darf mir nicht abhandenkommen. Die samtige Saat, das aufschimmernde Versprechen, dieses zarte Pflänzchen, ich möchte es weitertragen. Aber schon im Eingangsbereich des Brüggli bleibt sie konfus stehen. Jemand hat sämtliche Schuhe auf dem Regal durcheinandergebracht, offensichtlich mit einer gehörigen Portion Wut. (Küde Wild ist es wieder gewesen, er wird schon seine Gründe gehabt haben.)

Im Durcheinander sucht Elise nach ihren Halbschuhen. Wie die meisten Schuhpaare ist auch ihres braun, nur Formen und Größen unterscheiden sich, aber doch nicht so sehr, dass man die eigenen Schuhe mit Leichtigkeit finden könnte. Und niemand ist da, der Elise zur Hand gehen wollte. Zudem ist das Tageslicht, das kümmerlich durch ein kleines Oberfenster ins Treppenhaus fällt, wenig hilfreich. Der

Gebrauch von elektrischem Licht gilt tagsüber als verpönt oder verboten, was ziemlich aufs Gleiche hinausläuft. Also bleiben am Ende nur Bücken und Geduld.

Nachdem sie ihr Paar Schuhe endlich gefunden und angezogen hat, fühlt Elise sich derart erschöpft, dass sie sich draußen auf der erstbesten Sitzgelegenheit niederlässt. Die Sonne langt nicht hierher, aber die gute Luft ist eine Wohltat. Kein Verkehr auf der Straße, überhaupt ist es auffallend ruhig. Über das Ausbleiben von störenden Geräuschen kann man ebenfalls dankbar sein.

Dankbar sein. Auch über den Anblick des kleinen blonden Mädchens – wie heißt es schon wieder? –, das jetzt ernst und in sich gekehrt an ihr vorübereilt. Nach ihm kommt Frieda Wäber geschlarpt, steht kurz still, deutet auf sich, sagt *Wäber Frieda vo Rüteni* und zieht sogleich weiter, wohin, das weiß sie selber noch nicht. Nur dass sie das Rad der Zeit zurückdrehen und wieder tagein, tagaus mit ihrem Bruder ihren kleinen Hof bewirtschaften und zwei Kühe, drei Schafe und ein paar eigene Hühner haben möchte, daran muss sie fast ununterbrochen denken.

Elise droht das kostbare Gefühl nun doch zu entgleiten, dieses seiden- oder samtartige Gefühl, schade, nein, sehr bedauerlich. Sie müsste es halten können, feine Stoffe sind ihr doch nicht fremd. Vielleicht gibt es einen Trick, um es zu halten. Wenn sie sich zum Beispiel in Erinnerung ruft, dass das Mieder der Bernertracht aus schwarzem Samt genäht wird, dass ihre Trachtenschürze aus Seide gefertigt war, rot mit eingewobenen Rosen. Ein Stück mit einem wunderbaren Glanz. Diese Herrlichkeit hat nichts gemein mit Vornehmheit, sondern mit Zugehörigkeit. Gottfried schenkte ihr die neue Schürze, nachdem das Erlenhaus verkauft worden war. So etwas vergisst sich nicht.

Auch von Anna hat sie einmal etwas Seidenes bekommen. Ihr Liebhaber, angeblich der reichste Mann von Steffisburg (zweifelsfrei aber ein großzügiger Schreinermeister mit gutem Geschmack) hatte genug von Annas Eskapaden und gab ihr den Laufpass. Sie wiederum wollte danach seine Gaben – also auch jenes Seidentuch – nicht mehr vor Augen haben. Eines Tages warf sie es verächtlich auf ihren Korbsessel, mit einer Bemerkung, der Elise nicht nachhängen mochte. In Lavendelwasser hat sie das schöne Tuch eingelegt und es nach dem Auswaschen sorgfältig gebügelt. Jahrelang schmückte es ihre Kommode, und selten, wenn Nachmittagslicht darauf fiel, wirkte es wie die Sonne selbst.

Irgendwann in den letzten Jahren hat sie das Seidentuch veräußert, so wie sie die Bernertracht, Gottfrieds Ehering, das Silberbesteck der Linderin und die noch aus der Mitgift von Emmi stammenden Kristallgläser und anderes mehr weggegeben hat. Allein von Gottfrieds Ring konnten Kari und sie sich einige Wochen lang ernähren. Trotz ihrer Sparsamkeit wurde es mit dem Geld eben immer schwieriger, zumal die Milch- und Kartoffelpreise stetig nach oben kletterten. Also trennte sie sich von den Sachen, nachdem sie mit fast achtzig Jahren ihre Wäscherei endgültig aufgegeben hatte und Kari mal für kürzere, mal für längere Zeit nicht mehr hausieren gehen konnte. Natürlich hätte er sich zusammengerissen und wäre Morgen für Morgen mit dem Rucksack losgezogen, doch sie befahl ihm Ruhe. Sie sah, dass ihm der stechende Schmerz in der Brust Schweißperlen auf die Stirn trieb, sie hörte seinen Atem. Wie eine Dampfmaschine. Eine, die repariert werden müsste. Kari gehorchte und blieb also zu Hause, um sich zu schonen. Noch verfügten sie über eine eiserne Reserve, doch die galt als heilig, weil dieses Geld Kari gehörte und für sein Alter vorgesehen war. Darauf legte sie Wert.

Ordnungsgemäß war der Erlös aus dem Verkauf des Erlenhauses nach Gottfrieds Tod als Erbe aufgeteilt worden. Anna war beleidigt, da sie leer ausging, monatelang kreuzte sie nicht bei Elise auf. Idi hatte schnell konkrete Pläne, was sie von der ihr zustehenden Erbschaft alles kaufen würde, wollte aber als Erstes ihre Schulden zurückzahlen, die sich mit der stattlichen Einrichtung der ehelichen Wohnung praktisch von selbst ergeben hatten. Emmeli und Karolina sollten in Amerika ausfindig gemacht werden, aber niemand nahm das in die Hand. Eine Suche in Chicago wäre vermutlich auch erfolglos geblieben. Wobei nicht einmal klar war, ob Mutter und Tochter sich überhaupt noch dort aufhielten, wo es dem Vernehmen nach von Gangstern nur so wimmelte.

Was sich nach Gottfrieds Tod als Haufen Geld ausgenommen hatte, bestand nach der Erbteilung aus vier überschaubaren Summen. Legte man zwei Erbteile zusammen, war deutlich mehr übrig. Darauf war Kari wenige Jahre später gekommen, als er anstelle des Phonographen bereits ein Grammophon besaß und immer fast in den Trichter schlüpfte, wenn Enrico Caruso sang. Und wenn er, Kari, bei ihr ins dritte Zimmer einziehen würde, als *Zimmerherr*, könnte sie immer für ihn kochen, hatte Elise damals laut überlegt, von Käseauflauf über Schweineschwänzchen bis Milchreis, alles. Auch Doppelschnitten für unterwegs würde sie ihm täglich bereitlegen. Die Kosten für Kohlebriketts und Strom könnten sie sich teilen, hatte Kari weitergedacht, und er zahle garantiert auch einen Teil der Miete. Aber die Leute würden reden, hatte Elise zu bedenken gegeben. *Was denn? Ich bin dein Zimmerherr, und fertig!*

Erinnerungen tauchen auf wie verlegte Dinge an einem vergessenen Ort, in einem unerwarteten Moment. Elise hat nie herausgefunden, woher Vergangenes zum Vorschein kommt und wie es in den Kopf gelangt. Und was macht es mit einem? Als sie Kari eben sprechen hörte, hat sich da das nachmittägliche Gefühl von jenem Aufkeimenden, überaus Zarten nicht noch weiter verflüchtigt? Ja, es ist nun fast weg. Noch ein Fetzchen, ein Farbschimmer, goldgrünlich. Zuletzt gräulich wie die Kiesel zu ihren Füßen. Und fort.

17

GÄHNT WISI, SO MUSS ICH AUCH GÄHNEN, ABER WENN ER SEUFZT, MUSS ICH NICHT SEUFZEN – IST DAS NICHT KURIOS?

Ein Wind ist aufgekommen, er schiebt ein paar Wolken vor sich her. Und außerdem drei Armenhäuslerinnen, die vom Dorf zurückkehren. Vorneweg stapft Odette Treyer, ihr folgen Käthle Fähnrich und Annlies Müller, die eine leicht hinkend, die andere schwebt mehr, als dass sie die Füße aufsetzt.

In Körben und Hutten tragen sie die üblichen zwölf Vierpfünder. Der Wind leckt an den Broten, er zupft an zu weiten Ärmeln und lässt Mantelschöße flattern. Er möchte auch unter Röcke greifen und in das leichte, flaumige Haar von Annlies, denkt Wisi, der sich in einer Nische zwischen Handwagen und an der Hauswand lehnenden Zaunpfählen versteckt, und Käthles Haarknopf versucht der Wind zu lösen, doch vergeblich, mit Haarspangen und -nadeln, Zöpfen und Kopftüchern kommt er nicht gut klar. Der Wind ist forsch, ein Abenteurer ist er, mal da und mal dort versucht er sein Glück, selbst mit den an der Wäscheleine trocknenden, mächtig großen Unterhosen von Schwester Ottilia, die in vierfacher Ausführung schräg über Wisis Kopf hängen, spielt er. Man kann ihm nichts befehlen und nichts verbieten, und natürlich gefallen ihm die Segel der Schiffe, die nach Amerika fahren, voll beladen mit Leuten, die der Schweiz für immer den Rücken kehren. Ade, Heimat, anderswo kriegen wir genug zu essen!

Wisi hat sich gedacht, dass es einen Hafen mit solchen Schiffen auch am Thunersee geben müsste, deshalb ist er ein erstes Mal vom Brüggli weggelaufen. Also eigentlich hat er sich davongemacht, weil seine Kaninchen getötet wurden. Er wollte kein Daheim, wo das Liebste ihm genommen wird. Das zweite Mal ist er abgehauen, nachdem einer der Brüggler ihn urplötzlich am Arm gepackt hatte, glücklicherweise konnte er sich herauswinden und lief davon. Was wäre passiert? Wisi will nie mehr an so etwas denken. Sobald er außer Sichtweite war, rannte er um sein Leben, und erst, als er gehörig Seitenstechen bekam, ging er im Stechschritt weiter.

Militär will er werden. Als Militär kann ihm niemand mehr etwas anhaben. In der schnittigen Uniform wird er sich zu wehren wissen, immer wird er der Stärkere sein. Dann trägt er nämlich auch stets ein Gewehr und ein Sackmesser mit sich. Fasst ihn jemand einfach so an, schießt er ihn ab – *peng, peng, peng!* Und noch besser: Wann immer ihm danach ist, kann er eine Bäckerei betreten und ein ganzes Brot verlangen, für sich allein! Und danach wird er gleich noch in eine Metzgerei stürmen und *zweihundert Aufschnitt und zwei Cervelats* verlangen, *aber ein bisschen zackig!* Bis dahin dauert es aber. Vielleicht kann er einmal mit den Frauen zum Bäcker gehen? Wie kann er das anstellen? Was wird von ihm erwartet, damit er mitgehen darf?

Brot holen ist auch unter den Frauen eine begehrte Aufgabe. Nicht einmal Greti ist sich zu schade, den Weg ins Dorf und zurück unter die Füße zu nehmen. Vor aller Augen tragen die Armenhäuslerinnen je vier Laibe durch die Gegend, und nett, wie sie ist, schenkt die Bäckersfrau ihnen jedes Mal einige wenige Gebäckreste. Auch Annlies, an diesem Nachmittag erstmals auf Brottour, hat heute eine Ecke von einer Studentenschnitte gegessen, Odette und Käthle haben dies mit vor Staunen offenem Mund quittiert.

Unterwegs werden die Brügglerinnen nicht selten von der Dorfjugend gehänselt, nur hin und wieder kreuzt und grüßt sie jemand. Weil es besser ist, einen Bogen um die mit Elend Behafteten zu machen, wie man in Eschis meint. Denn Armut hat den nicht zu tilgenden Ruf, ansteckend zu sein.

Die Vierpfünder bleiben immer für mindestens zwei Tage in der Speisekammer liegen, weil frisches Brot dazu verleitet, mehr zu essen, als der Gesundheit förderlich ist. Das war schon während des Krieges so, als ofenfrisches Brot gar nicht erst gekauft werden konnte. Seither hält man sich im Brüggli an diese praktische Weisheit. Wenn aber Susi Steffen alle paar Wochen aus hartem Brot und Zwiebeln eine Suppe kocht und diese mit etwas Rahm und geräucherten Wurststückchen abschmeckt, fühlt sich das von der Nase über den Mund bis hinunter in den Bauch sehr sonntäglich an. Über die Seltenheit dieser Suppe könnte man verzweifeln. Ist sie vertilgt, so möchte manch einer unverzüglich hinunter in die Küche stürzen, um Susi Steffen zum Dank zu umarmen und Lotti Bischoff gleich dazu, wobei es nicht die kleinste Rolle spielt, dass Schwester Ottilia für den Speiseplan verantwortlich ist. Die Hausmutter an sich drücken zu wollen, käme auch niemandem außer Völkli in den Sinn, der bei seinen *Zuständen*, die ihn zumeist in die Wälder springen lassen, selbst Schwester Ottilia nicht verschmähen und sie auf der Stelle mit allem Drum und Dran *nehmen* würde. (Darf er aber nicht, weiß er ja.)

Der Mensch lebt nämlich nicht vom Brot allein, wie selbst Wisi bekannt ist, Schwester Lisette bräuchte das gar nicht so oft zu betonen. Aber dass auch jedes Wort aus Gottes Mund satt mache, versteht Wisi nicht. Zwischen den Mahlzeiten kann Schwester Lisette noch so oft Bibelworte vorlesen oder Lilian noch so viele Verse auswendig herunterhaspeln, der Hunger plagt ihn ständig und immerfort. Leider bekommt er von Bärlauch oder von den aus den Beeten stibitzten Kohlblättern Bauchweh. Doch bald kann er sich über erste Gänseblümchen und sprießenden Geißfuß hermachen, was ehrlich gesagt besser schmeckt, als was er den Schweinen abluchst. Einmal hat der Habegger Sämu ihn dabei erwischt.

Drinnen hält Isi Tscharner gerade nach Miggu Güller Ausschau. Er findet ihn im Aufenthaltsraum, wo Miggu einmal mehr mit ausgestreckten Beinen und Armen, mit nach hinten gefallenem Kopf und aufgesperrtem Mund in einem Stuhl hängt. So wie niemand im Brüggli derart gut tanzen kann wie die Taube, so kann niemand dermaßen laut schnarchen wie Miggu. Mehrmals rüttelt Isi ihn an der Schulter und fordert ihn auf, seinen Hintern zu heben, weil es Zeit für die Kaninchen sei.

Draußen gräbt Matti zeitgleich an einem Loch, abseits und nicht im Verborgenen. Man hat inzwischen Verständnis für seine Passion. Manchmal ist der Aushub dem Gärtner sogar willkommen. Matti schwitzt bei diesen ersten paar Zentimetern des neuen Loches am Rande des Brüggligeländes, sein Spaten stößt immer wieder auf Schiefer und Backsteintrümmer. Doch er gibt nicht auf, nicht bei den einmal angefangenen Löchern, von denen bisher jedes so tief geworden ist wie sein ausgestreckter Arm.

Bei den Gemüsebeeten wühlt Sevi in seinen Hosentaschen. Weil es so schön knistert. Weil es eine Art Musik ist, die er mit den von Spaziergängern erbettelten Sugus-Papieren mit seinen Fingern machen kann. *Schugusch-Muschig* ist eines von rund zwanzig Wörtern, die Sevi benutzt. Ausschließlich aus Doppelwörtern besteht sein Wortschatz. Wer

Sevi verstehen will, muss ihn schon etwas länger kennen. Viele kennen ihn schon lange.

»Schluss mit lustig«, sagt der Gärtner nun leicht genervt und deutet auf das Beet. Da kniet Sevi sich folgsam hin und liest noch weitere Steine aus der Erde. Jeden Stein, den der Winter im Laufe der Monate nach oben befördert hat, lässt er andächtig in die Schubkarre plumpsen. Nur widerwillig hilft Sevi bei Gartenarbeiten mit.

An diesem Tag sollen noch Zwiebeln und Karotten gesät werden. Feine, krümelige Erde braucht es hierfür. Karotten sind nicht gut Freund mit den Steinen, betont Johann, genau wie *er* kein Freund von Bohnen sei. (Partout will Sevi keine Bohnen essen, weder als Salat noch in Mehlschwitze oder gedörrt. Wie ein Hund jault er, wenn sie auf seinem Teller zu liegen kommen, anstatt, wie in anderen Zusammenhängen auch, *schüsch-chotsche* zu sagen – sonst kotze ich.)

Wisi hat Schläge erwartet, als Sämu ihn einmal erwischte. Er duckte sich sicherheitshalber gleich weg, aber dann hat er nur etwas versprechen müssen. *Versprich mir, Wisi, dass du dich wie ein Mensch aufführen willst.* Noch gelingt es ihm nicht ganz. Obwohl er inzwischen so ungefähr weiß, was ein Mensch sein soll. Wenn er sich über eine ganze Woche lang wie ein solcher benimmt, bekommt er von Sämu einen Apfel und ein Stück Räucherspeck. Beides zusammen, einfach so. Großartig. Menschseinüben lohnt sich. Und baff war er, weil Sämu nicht zugeschlagen hat. Als er ihn dann aber an sich drückte, wurde ihm auf einmal mies. Nur ganz schnell, nur bis er von seinem *unkomplizierten Zugang zur Speisekammer* sprach. Was da wohl alles drin ist?

Doch nun sucht Miggu nach ihm – *Wiiisiii, Wiiisiii!* Aha, es ist Zeit, die Kaninchenställe auszumisten. Ist ihm auch recht. Immer näher kommt Miggu seinem Versteck.

Nächstens will er ihn fragen, warum die Kaninchen manchmal ihre eigenen Köttel fressen. Sie knabbern sie weg wie getrocknete Weinbeeren. Er muss sie auch mal probieren, *Probieren geht über studieren*, hat Sämu schon des Öfteren gesagt. Und in dem Moment, wo Wisi sich vornimmt, Kaninchenköttel zu kosten, schreit er Miggu entgegen: »Jaaa, da bin ich, ich komme!« Weil er nämlich mit Leichtigkeit zwei Dinge auf einmal tun kann, also denken und rufen oder auch scheißen und essen. Und schon sprintet er in Richtung Kaninchenställe davon.

Aber mit der Katze vom benachbarten Hof hat Wisi nicht gerechnet. Sie stäubt ebenfalls aus ihrem Versteck, als er seine Antwort gegen den Wind ruft, gerät ihm kurz darauf zwischen die Beine und miaut langgezogen, als er bäuchlings auf dem Kies landet, direkt vor den Füßen von Elise. Und der fällt beim besten Willen nichts anderes ein als zu lachen, sodass Wisi sich aufrappelt, schnell ein schiefes Grinsen aufsetzt und schnurstracks weiterrennt.

18

MÜSSTE DIE KÖCHIN NICHT JEDEN TAG OMELETTEN FÜR UNS ALLE MACHEN, WEIL WIR GÄSTE AUF ERDEN SIND?

Seit Wisi der Länge nach hingefallen ist, geht ihr Kari, als er noch Karli war, nicht mehr aus dem Kopf. Die Anzahl Bauchlandungen des Buben konnte keiner überbieten. Bei ihrer Heirat mit Gottfried war er sechs und von einer beeindruckenden Anzahl Narben und frischen Schrammen gezeichnet. Man hätte meinen können, er prügle sich entweder andauernd oder werde täglich aufs Übelste geschlagen. Doch er fiel nur ständig hin.

Fiel hin, wenn er Emmeli folgte, fiel hin, wenn er Idi zu entkommen versuchte, weil er bei *Müeterlis* weder als Hund noch als Vater mitmachen wollte, stattdessen auf der Stelle nach Kameraden Ausschau hielt, um mit ihnen *Räuberlis* zu spielen. Er fiel hin, wenn er mit ausgebreiteten Armen auf Adi, den Kleinsten, zulief, um ihm sein fröhliches Gurgeln zu entlocken. Karli war imstande, einmal im Jahr vom Karussell herunterzufallen, nachdem er heil vom hölzernen Pferd gestiegen war. Beim Ballspiel kamen ihm sowohl der Ball als auch die Mitspielenden in die Quere, und Treppen waren in beide Richtungen eine Herausforderung. Durfte er mit Onkel Edi am Thunersee fischen gehen, stolperte er über die Rute, nachdem er einen Köder am Haken befestigt hatte. Vom Krämer kam er selten ohne eine neue Schramme zurück, und war er ausgelassen, so stürzte er noch häufiger als ohnehin schon.

Auf dem Grund des Brunnentrogs lag ein handlicher, glatt geschliffener Stein parat, den Elise ihm immer auf die neuen Blessuren drückte, damit sie zu bluten aufhörten. Weder der eiskalte Stein noch das Blut oder seine Tollpatschigkeit machten Karli etwas aus. Zweimal musste er aber dann doch genäht werden, und einmal schlug er sich fast einen Schneidezahn aus. Da war es vorbei mit seinem Heldenmut. Der Zahn war tot, aber nicht verloren, er wurde einfach dunkel, was zu Karlis ständig schwarzen Fingernägeln passte. Sonst war er hart im Nehmen: Indem er die Lippen aufeinanderpresste und kugelrunde Augen machte, stand er nach seinen Stürzen auf. Er klopfte sich Staub und Dreck vom Hemd, blies gleichzeitig seine Wangen auf und begann zu lachen. Deshalb konnte Elise vorhin auch nicht an sich halten, als der Brügglibub hingefallen ist. Karli stand mit einem Mal so unsäglich vertraut in ihrer Erinnerung – wie er sich aufrafft und losprustet.

Später rannte er einfach weniger. Er nahm lange Schritte, die gut zu seiner Übergröße und seiner schrankähnlichen Gestalt passten. Kleine Kinder schraken öfters vor ihm zurück, schon etwas ältere signalisierten Respekt vor dem ihnen nicht ganz geheuren Burschen. Und Gleichaltrige kannten Kari als harmlosen, zuverlässigen Kameraden.

Gottfried hatte sein zweitgeborenes Kind ganz besonders ins Herz geschlossen. Weil er Kari für jemanden hielt, der viel Zuspruch und Verständnis brauchte, damit er nicht irgendwann im Laufe seines Lebens unterging. Die etwas Ungeschickten und die Langsamen, hatte Gottfried gemeint, wären in der Welt der Arbeitswut nicht unbedingt gefragt, sie seien stets zu ersetzen, durch schnellere Arbeiter, durch Angeber oder durch Maschinen.

Deshalb war es gut, dass Kari sich früh entschieden hatte, hausieren zu gehen, sein eigenes Ding durchzuziehen. Er brauchte niemandem etwas vorzuspielen, er wusste, was ihm und den Menschen, die ihn umgaben, Freude bereitete, und er hatte nie hochmütige Pläne. So ganz anders als Anna war er gewesen, ihr Stiefsohn, ihr Zimmerherr und auch ihr Gefährte der letzten Jahrzehnte.

Die Glocke läutet zum Abendessen.

Bald bricht die Nacht an.

Der Schmerz der Löcher in ihren Beinen hat sich praktisch auf den gesamten Körper ausgebreitet, auf die Knochen ebenso wie auf die Weichteile. Zwischen den Schläfen spannt sich eine Saite, an der es stechend zupft. Alles in allem ist sie gerade eine sehr alte Frau. Selbst das Aufstehen von einer Bank bereitet ihr enorme Mühe. Sie könnte einfach sitzen bleiben. Lächerlich. Trotz Wind sind die Temperaturen verhältnismäßig milde, und natürlich würden sowohl die Taube als auch Schwester Burga oder Stini ihre Abwesenheit bemerken. Sie müsste sich schon etwas weiter davonstehlen, sicherheitshalber eine Schere, eine Scherbe mitnehmen. Doch woher nehmen?

Und wohin gehen?

Am Bauernhof vorüber und ein paar Kurven weiter, dort landeinwärts. Sich ins Gebüsch an der aufragenden Felswand legen. Oder hinunter zum Fluss, über die Brücke und noch ein Stück am Wasser entlang. Unmöglich, das schafft sie keinesfalls mehr. Und am Ende? Was wäre gewonnen?

Nun steht sie doch. Eine Weile hält Elise sich noch an der Armlehne der Bank fest, steht breitbeinig da, bis sie sich sicher genug fühlen wird, die paar Meter über den Kies zur Eingangstür zurückzulegen. Ein Stock wäre jetzt hilfreich.

Autos fahren vorüber, ein türkisfarbenes mit hellem Dach und ein schwarzes. Die Landstraße soll noch vor wenigen Jahren nicht geteert gewesen sein. Wie lästig muss der

Staub für all die Lungenkranken gewesen sein. Doch wurde der Straßenbelag gewiss nicht den Brügglibewohnern zuliebe angebracht. Warum organisieren die Armen sich eigentlich nicht? Viele sind ungebildet, manchmal haben sie nur Stroh im Kopf. Das kann kein Grund sein. Wohlhabende sind auch nicht klüger, selbst wenn sie es meinen. Ein graues Auto aus der anderen Richtung. Der Fahrer wendet den Kopf. Auch das, was Radio Beromünster verkündete, empfand sie bisweilen als dumm. Vielleicht war es gescheit, aber es fehlte an Menschlichem, besonders während der Kriegszeit. All diese herzlosen Übersichten und Vorträge zur Weltlage verwirrten einen höchstens. Es war ihr klar, dass das Unsinnige und Fürchterliche die Schweiz jederzeit hätte erfassen können, weshalb sie hin und wieder gehörig den Bammel hatte. Zum Beispiel nach den Bombenabwürfen. Jene über diversen Schweizerischen Grenzorten waren in der Folge allesamt als Irrtümer und Notabwürfe abgetan worden. Das konnte man glauben. Aber was war mit Riggisberg? Das lag ganz und gar nicht an der Landesgrenze, sondern wenige Dörfer von Steffisburg entfernt, und auf einen Schlag zweihundert Brandbomben, mehrere Phosphorbomben und weiß der Teufel was sonst waren wirklich keine Bagatelle. Trotzdem nahmen die Sterne am Himmel, der Mond, die Sonne ihren Lauf, und die Kühe blieben Wiederkäuer. Diese leicht zu erschreckenden Tiere gaben weiterhin gute fette Milch, und aus ihren Hintern platschten die Fladen, die seit Ewigkeiten für fruchtbaren Boden sorgten. Es gab also allezeit verlässlich Gutes, Gefahr hin oder her. Als sie und Kari sich vom Radiogerät trennten, war das nicht weiter schlimm. Schade war es zwar um die Unterhaltungskonzerte und Mundarthörspiele, die sie verpassten, doch besuchten sie nun ihre Schwester Marie einfach noch öfters, zur Erlengasse ist es ja nur ein Katzensprung. Außerdem besaß Kari nach wie vor das Grammophon und dazu etliche Schallplatten. Und mit seiner tiefen, sicheren Stimme sang er sogar auf Italienisch, obwohl er nicht verstand, was er sang. Genauso wenig wie sie. Immer ging es nur um die Freude, auch dann, wenn sie beide zusammen gesungen haben, alles, was ihnen gerade in den Sinn kam. Es mag schief, leicht falsch geklungen haben, ihretwegen natürlich. Ein kleines Auto tuckert noch vorüber, rot wie eine reife Tomate. Die Freude ist eine Kraft. Man muss sie hätscheln und darf sie keinesfalls entschlüpfen lassen. Viele Leute, und auch die Zeitungen, verbreiten vor allem schlechte Nachrichten. Lässt man sich davon anstecken, kann man ununterbrochen ein Entsetzen nach dem anderen durch den Tag stemmen. Da hat sie nie mitmachen wollen. Echte Angst kam und kommt ganz von selbst. Auch was Anni angeht. Vielleicht würde sie ihr als Mutter bald schon nicht mehr gewachsen sein? Das hatte sie seinerzeit befürchtet. Die Ungewissheit, was sie mit zwölf, fünfzehn Jahren und nach ihrer Volljährigkeit anstellen würde, ihre Unverschämtheit war wirklich beängstigend. Vielleicht würde sie gar auf die schiefe Bahn geraten. Gottfried mischte sich selten ein. Nur gut, dass Anni das Lernen leichtfiel und nach der Schulzeit willens war, bei Gottfrieds lediger Schwester in Neuenburg Coiffeuse zu lernen. Anni hielt durch, die Schwägerin ebenfalls. Danach ließ sie sich in Interlaken nieder, wo sie in mondänen Hotels die Damen von Welt frisierte. Damit hatte sie jedenfalls angegeben. In Interlaken hatte sie sich dann Anton geangelt. Nachdem sie Mutter geworden war, zogen die drei nach Steffisburg. Hier betrieb Anni ihren *Salon* und setzte Trudchen oft bei ihr ab. Und sie, Elise, hatte ihre Enkelin nur zu gerne um sich. Dass Anton ins Deutsche Heer einberufen werden würde, damit mussten sie rechnen, und doch hat er Elise leidgetan. Er war ja keine Kämpfernatur. Wunderbarerweise überstand er die Trommelfeuer. Trotzdem ist es nicht schön, fast taub zu sein, und was Anton als Soldat an den Fronten im Nordosten und im Westen miterlebt hatte, schlug ihm schwer auf den Magen. Immerhin war diesem in seinem Wesen vergnügten und friedlichen Menschen in den Schützengräben klar geworden, dass er, sollte er überleben, nicht mehr zu Anna zurückkehren wollte. Noch bevor sein Regiment ins Elsass verlegt wurde, hatte er Elise eine Karte aus Königsberg geschrieben: *Leider lebe ich noch. Aber nach St. komme ich nie wieder. Etwas Schönes muss auch mir noch vergönnt sein.* Sie hat ihren Schwiegersohn verstanden. Nach Ende des Ersten Kriegs versuchte er, das Band zwischen ihm und seinem Kind nicht abreißen zu lassen. Trudchen hat ihm dies stets hoch angerechnet. Zumal Anton in Deutschland erneut heiratete und eine weitere Tochter bekam. Bessere, frohe Jahre sind das hoffentlich für ihn gewesen, auch wenn sich der Krebs da schon anbahnte.

Jetzt weiß Elise gar nicht mehr, warum ihr Anton in den Sinn gekommen ist. Sie sollte sich beeilen, das Abendessen ist vielleicht schon in vollem Gang. Was andererseits schnurz ist. Einen Moment noch hört sie den Vögeln zu, die aus den Bäumen ihre silbernen Aufforderungen und Antworten zwitschern. Und es ruft ein Waldkauz. Kann ja nicht sein. Doch, da ruft er. Nochmals!

Gerade rechtzeitig ist sie zum Haferbrei gekommen. Zu ihrer Überraschung hat die Köchin den Hafer in Milchwasser gekocht und Zimt und Zucker untergerührt. Drei eingemachte Zwetschgenhälften bekommt jeder Brüggler obenauf. Wenn Elise eine ihrer Lieblingsspeisen aber nicht mehr einfach wohlig in sich hineinlöffeln kann, dann ist das fürs Gemüt blöder als für den Magen. Trotzdem nimmt sie noch einen Löffel, doch der Brei bleibt ihr im Hals stecken, und als sie husten muss, treffen sie die Blicke von Greti und Fränzle (die eine ist genervt, weil so gut wie alles sie nervt, die andere kann es nicht leiden, wenn sie einen Teil der Bibellesung verpasst). Erst als Stini Elise nicht gerade zimperlich auf den Rücken klopft, kommt sie wieder zu Atem. Mit Mittel- und Zeigefinger wischt sie sich die Augen trocken.

Schwester Burga hat sich nicht ablenken lassen, ihre Glockenstimme läuft als einschläfernde Hintergrundmusik einfach weiter. Der Lesung mag Elise nicht folgen, lieber konzentriert sie sich auf den Zimtgeruch und auf die Wärme des Tellers, den sie mit beiden Händen umfasst hält. Derweilen zieht Rösi unter dem Tisch ihre wollenen Socken aus und platziert sie neben dem Teller. (Haferbrei mache Schwitzfüße, wird sie später sagen, als sie von Schwester Burga zur Rede gestellt werden wird.) Ausschließlich dunkelgrüne und rosafarbene Socken trägt Rösi. Heute sind es rosarote. Odette wischt die von Dreck verfärbten Socken erbost vom Tisch, was Rösi einerlei ist. Doch weil Greti den kleinen Vorfall mitten in die Lesung hinein mit *Hoppla, Schorsch!* kommentiert, lacht sie laut auf.

Von Elise aus gesehen ganz hinten im Speisesaal sitzt jener Mann, der ihr heute (oder gestern?) auf der Treppe entgegenkam und sie freundlich grüßte. Wie wenn sie einander längst kennen würden. Essen scheint im Brüggli die innigste Beschäftigung mit sich selbst zu sein. Gerade deshalb kann Elise den Mann mit dem zerzausten Haar verstohlen betrachten.

Dabei geschieht etwas höchst Eigenartiges: Mit einem Mal weiß sie Dinge über ihn. Einzelne Bilder werden ihr hinter die Augen geschoben, als ob sie ein Projektor wäre, der mit Diapositiven gefüttert wird. Ohne Chronologie, der Ablauf der Zeit ist nur eine Neckerei. Die Zahl Dreiunddreißig. Daneben das Asyl, darüber eine von Kinderhand gemalte Sonne. Das Haus kommt leicht in Bewegung, verneigt sich gar – dieser Mann dient dem Brüggli, nicht umgekehrt, er füllt es mit seinen guten Taten aus. Dann Finger, die sich geschickt auch mit Kleinstem beschäftigen. Uhrenmacher hätte er werden können. Sofern der Vater kein Knecht, die Mutter nicht Melkerin gewesen wäre. Und außerdem war er lange krank, litt an Kinderlähmung. Trotzdem konnte er die Schule besuchen. Warum? Weil Hof und Schulhaus in unmittelbarer Nähe lagen und weil der Bauer zwischen Tieren und Menschen unterschied.

Die aufgeschlagene Bibel ist seine Arche.

Er will sich nützlich machen, wo immer er kann. Er kann zerfledderte Bücher flicken und verstopfte Abflüsse. Kann Knöpfe annähen. Macht Botengänge für die Schwestern. Am Postschalter kennt man ihn. Trägt er einen Zettel mit einer Bestellung zum Dorfladen, wird er dort nach seinem Befinden gefragt, ein jedes Mal. Selbst die Leute auf der Straße lassen sich auf einen Schwatz mit ihm ein. Der Armenhäusler ist ihm trotz seiner verwickelten Gangart nicht anzusehen, doch weiß jeder Dörfler, woher er kommt.

Bei einem mit zwei Füßen versehenen Kreuz vor hügeliger Landschaft stockt Elises Apparat. Sie kann dieses Bild nicht einordnen. Zuletzt schaut sie dem ihr nun nicht mehr ganz so fremden Mann beim Schreiben von Briefen über die Schulter. Schwarze Tinte, ein heller Federhalter. Seine Buchstaben hängen lose aneinander. Die Abstriche sind schattiert. Leicht offene Kreislein schweben über jedem kleinen u – *dů tůst deine Hand aůf ůnd …*

»Stini«, fragt Elise möglichst diskret, nachdem Schwester Burga zu Ende gelesen hat, »wer ist das am hinteren Männertisch? Der mit dem gesprenkelten Überzieher?«

»David Schärz ist das. Ja, gell, er sticht hervor, unscheinbar, wie er ist. *Es geht ein stiller Segen von ihm aus, ohne dass er Bekehrungsversuche macht.* So ähnlich hat Schwester Alice ihn einmal beschrieben. Sie hat recht, glaube ich.«

»Kann sein.« Elise nimmt ihren Mut zusammen: »Sag, hat er etwas mit einem Kreuz zu tun?«

»Mit einem Kreuz? Wie kommst du darauf?«

»Ich weiß nicht –«

»Nun ja, einige Jahre lang hat er in mehreren Gemeinden hier im Tal die Beiträge für den oberländischen Hilfsverein des Blauen Kreuzes eingezogen, freiwillig. David will sich überall nützlich machen, zum einen, weil das grundsätzlich seine Art ist, zum andern, weil er Gegenleistungen erbringen will. Es plagt ihn nämlich, dass die Heimatgemeinde für seinen Aufenthalt hier aufkommen muss.«

»Ah.« Elises Mund zuckt. Was passiert da? Es muss an den im ganzen Körper verteilten Brennen und Reißen und Hämmern liegen. Oder an der unsäglichen Müdigkeit. Mit Schwester Burgas eintönigem Lesen kann es zusammenhängen, hingegen kaum mit den mühevoll hinuntergeschluckten Löffeln Haferbrei, an dem es nichts zu mäkeln gibt.

In ihr geht etwas auf.

Etwas Klares.

Steine auf dem Grund eines eiskalten Baches, eines sauberen Sees. Die Steine driften unerklärlicherweise nach oben.

Ein kleines Wunder.

Man darf es nicht weitererzählen.

Ihr zweites Röseli konnte schwimmen, und zwar wie ein

Fisch mit dem Kopf unter Wasser, manchmal so lange, bis es Elise, während sie die Augen vor der untergehenden Sonne abschirmte, angst und bange wurde. Ein gutes Stück weiter schoss das Kind dann mit einem Mal auf. Eine kleine Fontäne. Danach schüttelte es sich das Haar aus dem Gesicht, und Elise sah seine Mäusezähne aufblitzen.

Kari konnte auch schwimmen, sie nie.

Dass sie im Mantel am Tisch sitzt, bemerkt Elise erst jetzt. Das Umschlagtuch ist ihr von den Schultern gerutscht. Als abgeräumt wird, möchte sie gleich noch einmal an die frische Luft. Es drängt sie, das Verschwinden sämtlicher Dinge in der einfallenden Nacht zu betrachten. Auch das der mächtigen Felswand.

»Kommst du mit, Stini?«

»Warum nicht.«

»Ich bräuchte aber einen Stock.«

»In der Ecke zwischen Haustür und Schuhgestell steht ein alter Kübel. Da sind Stöcke drin.«

Elise sieht Kari gehen. Ohne Stock, mit Rucksack. Lange, gemächliche Schritte nimmt er. Trägt einen Kittel und gefettete Nagelschuhe. Bei Regen und Schneefall setzt er seinen Hut auf den Hinterkopf und drückt das Kinn gegen die Brust. Ist es warm, trägt er ihn wie eine Krone. Ein Hut mit einer breiten Krempe und saubere Schuhe mussten sein, sie machten bei der Kundschaft einen soliden Eindruck, das war Karis Motto.

Wie er loszieht, hat Elise jetzt vor Augen, während sie stumm neben Stini auf der Bank sitzt und ringsum die Dunkelheit sich sämtliche Dinge eins ums andere einverleibt. Wie Kari Morgen für Morgen nach einigen Schritten stehen bleibt und die Hand hebt. Sie winkt am Küchenfenster, vom Korbsessel aus, zurück. Der Rucksack ist vollbepackt mit

Zündhölzern. An einem der beiden Außenfächer baumelt eine Ziegenglocke, deren helles Bimmeln Karis Kennzeichen ist. Im Fach mit der Glocke steckt eine Doppelschnitte, im anderen der lederne Geldbeutel, aus dem seine Finger das Wechselgeld klauben. Das Hausiererpatent liegt griffbereit in der Innentasche des Kittels.

Ohne Ziegenglocke hätte Kari immer wieder das falsche Fach geöffnet, rechts und links auseinanderzuhalten, überforderte ihn, und dass man den Rucksack auch drehen und andersherum öffnen konnte, machte die Sache für ihn vollends schwierig. Anna fand die Ziegenglocke *idiotisch*, Kari, so meinte sie, könnte sich doch auch tastend zurechtfinden. Sie war sich aber zu fein, den Rucksack anzufassen. Sonst hätte sie begriffen, dass der Stoff von fester, unverwüstlicher Qualität war. Im Übrigen hatten natürlich auch die Doppelschnitten nicht immer dieselbe Form und Größe.

Bei ihrem rechten und linken Bein hingegen war Kari sich sicher, er wusste genau, wo sich die tiefste Wunde befand. Bis zu seinem plötzlichen Tod wechselte er jeden zweiten Abend konzentriert ihre Verbände, immer zuerst am linken Bein, das damals noch mehr schmerzte. Dort hatte der Blumentopf sie einst getroffen, als sie Kari morgens zum Abschied winkte und sich dabei zu weit nach vorne beugte.

19

WARUM LACHEN FRAU PFARRER UND FRAU HENNI NIE? HABEN SIE VIELLEICHT NOCH KEINE GNADE BEKOMMEN?

Die Felswand könnte im allerletzten Licht auch eine Art Vorhang sein, mit unzüchtig aufspringenden Falten, weich und groß. Oder eine Luftfläche aus sehr dunklen Grautönen. Vielleicht ragt hier tatsächlich nichts Bedrohliches mehr vor ihr auf?

»Je dunkler, desto weniger unheimlich«, sagt Elise.

»Ziemlich kühle Luft«, entgegnet Stini, »zu kalt für mich.«

»Nur noch ein paar letzte Minuten.«

»Also gut, nachher sind wir sowieso wieder viel zu lange in dieser halb toten Atmosphäre.«

»Halb lebendig«, sagt Elise, als spräche sie zu sich selbst. Dann, deutlicher: »Komm, lass uns noch ein wenig übers Leben reden. Sag, wo warst du denn früher zu Hause?«

»Oh, da und dort. Aufgewachsen bin ich hier im Tal. Mein Vater war Bergarbeiter, als Ganghauer beschäftigt. Ich war noch keine zehn, als er einfuhr und nie mehr ans Licht kam. Bald musste ich in die Fabrik, ich war froh. Zu Hause haben die Mutter und die jüngeren Geschwister mich von da an nicht mehr gesehen. Allzu lange bin ich an keinem Ort geblieben, ich habe mich immer schnell gelangweilt, egal, bei welcher Arbeit. Genug ist irgendwann genug, dann ist es Zeit, weiterzuziehen.«

»Hast du denn keine eigene Familie gehabt?«

»Nein, ich hatte nicht den Mut, meiner Kindheit etwas entgegenzusetzen.«

»Hast du auch die Männer gemieden?«

»Nein! Heute ist es kaum vorstellbar, aber ich bin mal hübsch gewesen. Das haben sie wenigstens gesagt. Und ich wurde begehrt.«

»Ich glaube das gern.«

»Begehren ist das eine, das andere sind die Schwangerschaften.«

Ohne sich etwas anmerken zu lassen, stimmt Elise zu.

»Weißt du, als junge Frau habe ich zweimal ein Kind zur Welt gebracht. Auf ihre Erzeuger konnte ich nicht bauen. Sie bekamen von mir nicht einmal zu hören, dass ich in anderen Umständen war. Das Leben ging weiter, und ich wurde darin bestätigt, dass auf die Männer kein Verlass ist. Mit einer Ausnahme.«

Stini hält kurz inne.

»Als ich um die fünfzig war, fand der Landesstreik statt, weißt du ja. Mir hat das imponiert, ich habe mich den Streikenden voller Elan angeschlossen. Ich war ja zum einen eine Arbeiterin mit einer 59-Stunden-Woche und zum andern eine Schweizer Bürgerin ohne Rechte. Drei Tage lang empfand ich ein Gefühl der Erhabenheit. Ich meine mich zu erinnern, dass es vonseiten der Bürgerlichen hieß, der Streik verhöhne die Schweizer Verfassung und verletze die demokratische Gesinnung. Was wir wiederum für abschätzig hielten. In einem freiheitlichen Land darf jeder sagen, was er will, und fordern, was er einfordern muss.«

Elise hört zu. Natürlich hat sie alles miterlebt, wenn auch nur am Rande. Sie hat ihre Wäsche gehabt, die sicheren Aufträge und außerdem Gottfried, der im November 1918 seine Arme ebenfalls verschränkte. *Ehrensache*, so etwas Ähnliches wird er gesagt haben.

»Damals gab es in der Schweiz genauso viele weibliche wie männliche Arbeiter, würde ich sagen. Eine Mehrheit der

Frauen zog auch noch Kinder auf und erledigte den Haushalt. Während der Kriegsjahre, als die in den Aktivdienst eingezogenen Männer für einen läppischen Sold an der Grenze standen, wurde die Situation der Frauen und Mütter besonders prekär.«

Wegen seines Alters war Gottfried nicht aufgeboten worden. Sie hatten Schwein gehabt.

»Ich selbst habe mich vergleichsweise gut durchgebracht, es war mir aber nicht möglich, durch Erspartes meine alten Tage abzusichern. Ich war enttäuscht, als der Landesstreik weder das Frauenstimmrecht noch eine Altersvorsorge erwirkte. Das war dem Männervolk zuzuschreiben! Immerhin: Dank unserer Proteste mussten wir bald einmal nur noch 48 Stunden pro Woche arbeiten.«

Elise hat ihre wöchentlichen Arbeitsstunden nie zusammengezählt.

»Wir wären heute nicht im Armenhaus, wenn es seinerzeit anders gelaufen wäre.«

»Du hast wohl recht, Stini. Aber was ist mit deinen Kindern geschehen?«

»Zum Vergnügen mochte ich die Männer schon. Sie mich ja auch. Wie gesagt, auf den Richtigen bin ich damals nicht gestoßen, und ich fühlte mich auch nicht in der Lage, ein Kind allein aufzuziehen.«

Stini scharrt mit den Füßen im Kies. Elise wartet.

»Eines habe ich in einer warmen Sommernacht auf eine Hofschwelle gelegt. Weiß Gott, das Hergeben ist mir nicht leichtgefallen. Und auf den Tag zwei Jahre später, wiederum an Johanni, vergrub ich ein Totgeborenes mit bloßen Händen in einem Wald.«

Elise langt wortlos nach Stinis Hand. Sie ist knochig und ebenso kalt wie die eigene.

»Danach habe ich mich vorgesehen. Ich glaube, damals war das alles richtig. Trotzdem kann ichs mir bis heute nicht verzeihen.«

»Wir machen Fehler«, meint Elise nach einer Weile, »das ist nicht zu vermeiden.« Sie überlegt. »Weißt du, mir kommen Flecken in den Sinn, zum Beispiel von Brombeeren. Es ist nicht einfach, sie zu entfernen. Die verfärbten Hemdchen haben keine Schuld, die Kinder, die sich mit den Brombeeren die Mäuler vollgestopft haben, auch nicht, schließlich ist ein Sommer ohne Umherstreunen nichts wert. Von einer Wäscherin wird viel verlangt, wenn sie an solche Flecken gerät, sie hat zwar ihre Hausmittelchen, aber sie kann nicht zaubern. Doch wer hat die Brombeeren überhaupt wachsen lassen?«

»Der Liebe Gott hat's wohl so gerichtet.«

»Siehst du.«

Die erleuchteten Fenster des Armenasyls werfen ihr in die Länge gezogenes Abbild auf den Boden vor ihnen: lichte Pflanzbeete auf dunkler Erde.

»Dein Kind hat es bestimmt gut getroffen«, fährt Elise fort.

»Lange habe ich das auch gehofft. Seit ich hier im Brüggli nach und nach etwas von den Geschichten der anderen erfahren habe, bezweifle ich es aber. Güte ist rar, hier und überall, muss ich dir ja nicht sagen. Jetzt, im Alter, wüsste ich, wie man sich das Leben etwas leichter macht. Probieren und nochmals probieren. Und Zuversicht. Klappt natürlich längst nicht immer. Mit meinem Kind hätte ich es aber einfach versuchen sollen. Doch ich war mir im Weg.«

»Ohne Egoismus wären wir verloren, da bin ich mir sicher.«

»Ich weiß nicht, Elise. Übrigens ist meine Tochter nun

auch nicht mehr die Jüngste. Möchte ich sie jetzt noch kennenlernen? Mir gar ihre Vorwürfe anhören? Eher nicht.«

»Lass uns trotz allem annehmen, dass sie Glück gehabt hat.«

Stini räuspert sich – und sagt nichts.

»Wärst du bei mir zu Hause, würde ich mit dir nun jedenfalls auf deine Tochter anstoßen. Zum Beispiel mit einem Schluck Roten.«

Da bewegt Stini ihre Faust wie ein Glas in Richtung Elise: »Prost, mit oder ohne Wein.«

Ein Becher Wasser steht auf Elises Ablagebrettchen, das an die Bettstatt angebracht wurde, als es für Stühle zwischen den einzelnen Betten zu eng geworden war.

Elise möchte jetzt leicht sein, dann wären auch die Schmerzen leichter zu ertragen.

Schwester Alice hat nochmals neue Verbände angelegt, wobei Elise in ihrem Gesicht gelesen hat, dass ihr die Wunden ebenfalls Sorgen bereiten. Morgen früh, meinte die Nachtschwester nur, solle sie sich das Fieberthermometer geben lassen.

Sie fühlt sich wirklich etwas fiebrig.

Dieses Verlangen nach Wasser. Auf der Zunge und um den ganzen Körper herum.

Umgeben von Wasser.

Sie kann nicht schwimmen. Das hat nie eine Rolle gespielt.

Schwester Burga in der blaugrünschwarzen Nacht. Sie umarmt jemanden.

Es gibt keinen Himmel, aber Wasser.

Es gibt einen Horizont, und dort in der Ferne bewegt sich ganz klein ein großes Schiff. Wenn Elise möchte, könnte sie es zwischen Daumen und Zeigefinger zerdrücken oder aber an Land ziehen.

Kähne und Boote.

Ein Kriegsschiff oder ein Raddampfer?

Aufsteigende Steine.

Gischt legt sich, Wellen verebben.

Hinter einem Schwimmer bilden sich Luftbläschen, eine Spur entsteht. Nicht für lange.

Kein Gewässer erinnert sich daran, wer je in ihm schwamm, und niemals ist es derselbe Körper in demselben Wasser, da kann man so viel schwimmen, wie man will.

Wasser ist uneigennützig. Schafft Leben. Hat keinen Humor. Wenn wir uns aus Übermut nass spritzen, ist es ihm egal. Wenn wir untergehen, ebenfalls.

Sie wollte Stini noch wegen der *Ausnahme* fragen. Morgen wird sie es tun.

Jetzt mit Wasser den Mund befeuchten. Schlucken geht fast nicht mehr.

Es muss ein Raddampfer sein. Womöglich die *Blüemlisalp*. Unter dem Dampfer ein schmales, von unten beleuchtetes Band.

Da, wo sie steht, ist das Wasser weich. Und angenehm warm.

Das zärtliche Fächeln um ihre nackten Knöchel.

Sie watet weiter. Mit Rock natürlich. Das Wasser reicht ihr bis zu den Oberschenkeln, bis zur Scham.

Die Hüfte schafft sie auch noch.

Nun ist genug.

Sandiger Untergrund.

Was hat Stini heute gesagt? Wenn es genug ist, ist es Zeit aufzubrechen.

Ihr Rock schwimmt Blau in Blau.

Die Arme bewegen die Luft.
Um das Gleichgewicht zu halten.
Oder weil es so schön ist.
Wie früher riecht es nach See. Nach trägem Fluss oder Teich.
Nein, nach Gewitterregen.

20

WARUM FÜRCHTEN SICH KATZEN VOR DEM WASSER UND TRINKEN ES DOCH?

»Schwester Alice?«

Die Nachtschwester hat ihre Runde abgeschlossen und sitzt am Rapportbuch, in nächster Nähe schlafen die Kinder. So leise wie möglich schließt Schwester Burga hinter sich die Tür. Zwar teilen die beiden eine Schlafkammer unter dem Dach, doch dort bekommen sie einander so gut wie nie zu Gesicht.

»Ja?«

Eigentlich müsste sie sich direkt an die Oberschwester richten, sollte ihren Seelenunfrieden vor Pfarrer Bärtschi ausbreiten. Nur kann Schwester Burga sich unmöglich daran halten, viel zu beklemmend und persönlich ist die Sache.

»Setz dich«, sagt Schwester Alice, nachdem sie einen zweiten Stuhl unter dem Tisch hervorgezogen hat. »Und jetzt erzähl. Es bleibt unter uns, das verspreche ich dir.«

Sie könne nicht bei einem bestimmten Ereignis beginnen, so simpel sei das nicht, sagt Schwester Burga mit gesenktem Kopf. Zunächst hätten der öde Alltag der Pfleglinge und die eigene Zeitnot sie immer mehr gequält. Dann sei ihr der Verdacht gekommen, dass hier etwas falsch laufe. So sehr sie sich auch ins Zeug lege, sie könne nie alles erledigen. Einige Frauen begehrten ständig auf oder suchten untereinander Streit, und die Kranken vermöge sie auch nur selten zu trösten.

»Verständlich.«

»Aber wie soll man ihnen helfen? Sie lehnen Gottes Wort

ab, *und* es gibt fast keine Tabletten und Salben. Das Geld für Medikamente fehlt. Für Wickel und Auflagen mangelt es sogar an Kartoffeln oder Apfelessig. Zwiebeln sind doch kein Allheilmittel!«

»Für Kreislauf und Herz kenne ich kaum etwas Besseres, und gegen verschiedene Entzündungen helfen Zwiebeln ganz gut«, sagt Schwester Alice in einem Ton, der Schwester Burga nicht widerspricht.

»Wenn aber Medikamente besser wirken würden? Oder wenn wir wenigstens mehr Personal hätten?«

»Ja, die Arbeit wächst uns manchmal über den Kopf.«

Schwester Burga zieht sich mit den Zähnen Hautfetzen von den Lippen.

»Weiter, ich höre dir zu.«

»Ich fühle mich einfach abgekämpft. In der Ausbildung habe ich gelernt, dass wir unsere Kräfte schonen sollen. Wie nur? Achtundzwanzig Frauen! Jede mit besonderen Bedürfnissen. Ich bin doch auch nur ein Mensch.«

»Du willst es allen recht machen.«

»Auch mir selbst.«

»Und das hat zu Jonathan Willen geführt?«

Schuldbewusst nickt Schwester Burga.

»Wie ihr zwei euch gefunden habt, das soll unter euch bleiben, das geht mich wirklich nichts an. Doch denk daran: Vertraulichkeit zwischen dir und mir wird schnell einmal als zu enge Freundschaft ausgelegt. Sie wird nicht geduldet, weil sie vom selbstlosen Dienst an den Pfleglingen ablenken und die Treue gegenüber dem Mutterhaus schwächen könnte, darüber bist du im bilde. Wir müssten mit Konsequenzen rechnen. Das wollen wir beide nicht. Wenn wir uns hier also austauschen, dann reden wir nicht über dich, sondern über – sagen wir – *Das Hohe Lied Salomos.* Geheimnisvoll ist es, du wolltest mit mir darüber sprechen. Deshalb bist du zu dieser Stunde hier.«

»Darin habe ich tatsächlich schon lange nicht mehr gelesen.«

»Dann tu es heute vor dem Schlafengehen«, sagt Schwester Alice, während sie nach Tassen und einem Krug mit Tee langt. »Was deine Arbeitssituation betrifft, so könntest du dem Mutterhaus einen ehrlichen Brief schreiben. Man wird dir einen Stellenwechsel kaum vorenthalten. Dein anderes Thema scheint mir allerdings ungleich wichtiger zu sein.«

»Ich habe mich immer danach gesehnt, eine aufrichtige Dienerin des Herrn zu werden. Aber dieses neue Verlangen. Ich weiß gar nicht. Ich habe Gottes Gericht über mein sündhaftes Wesen zu erwarten. Das weiß ich. Und auch die Härte in Schwester Ottilias Augen sehe ich bereits vor mir.«

»Die wirst du aushalten müssen.«

»Wir sind schon mittendrin.«

»Mittendrin?«

»Wir können nicht mehr zurück, hat Jonathan gesagt.«

Schwester Alice sucht nach noch nie ausgesprochenen Worten: »Dann würde ich mich dieser Liebe stellen.«

Aus Schwester Burgas gesenktem Gesicht tropft es.

»Bist du darüber informiert, dass das Mutterhaus dich in diesem Fall als *Irrende* aus der Gemeinschaft ausschließen wird?«

»Ja.«

»Und dass du dich von uns Mitschwestern nicht verabschieden darfst?«

Davon hat sie noch nicht gehört. Schwester Burga versteht diese Bestrafung. Jonathan und sie werden heimlich weggehen müssen.

Auf die Moralpredigt der Oberschwester wird sie verzichten wollen.

Schwester Ottilia würde in ermüdender Ausführlichkeit darlegen, wie noch vor nicht allzu langer Zeit da und dort Betteljagden durchgeführt worden seien. Ganz offiziell hätten Füsiliere die Armen – *das Gesindel* – ins Visier genommen, im gnädigsten Fall habe man sie eingeschüchtert und an die Grenze gebracht, damit sie sich davonmachten. Und jetzt, da der unendlich gütige Gott für die Mittellosen endlich Sicherheit, ein Dach über dem Kopf, ein Bett und regelmäßige Kost erwirkt habe, verhöhne sie, eine junge, unerfahrene Schwester, diesen göttlichen Segen, indem sie sich einem einzigen Bedürftigen an den Hals werfe. Eine große Sünde sei das!

Nein, Schwester Burga wird sich derartige Vorhaltungen nicht anhören. Vielmehr baut sie darauf, Arbeit in einem Spital zu finden, am liebsten in einer größeren Stadt, Pflegekräfte sind immer gefragt. Statt eines Taschengeldes wird sie einen richtigen Lohn beziehen, von dem sie und Jonathan vielleicht knapp, vielleicht auch ganz gut werden leben können. Sie beide haben ja keine Ansprüche. Jonathans Schwermut und ihre eigene Mattigkeit werden stetig schwinden, während das gemeinsame Glück wachsen wird. Und für sie spielt es überhaupt keine Rolle, dass er seinen rechten Arm nicht mehr bewegen kann und sein Bein noch etwas nachzieht, und auch nicht, dass er schon Vater eines unehelichen Kindes ist, dessen Mutter sich wegen des Schlaganfalls von ihm abgewendet hat. Nein, irgendwann wird es Jonathan sogar möglich sein, sein Kind zu besuchen. Das Geld für ein Bahnbillett nach Chur und zurück werden sie zusammensparen können, auch wenn er nicht mehr als gelernter Holzschneider arbeiten kann, ein Beruf, der ohnehin nicht mehr sehr gefragt sei, wie er ihr erklärt hat. Aber er strotzt vor Ideen und will zunächst einmal Museumsaufseher oder etwas Ähnliches werden. Nebenbei möchte er sich das Zeichnen mit der linken Hand aneignen und es in naher Zukunft als Künstler oder Illustrator zu etwas bringen. Oder, noch besser, soll ihm die Erfindung eines Xylographenapparates gelingen, durch dessen Patentierung er sein Scherflein zum gesicherten Unterhalt der Familie wird beitragen können. Denn mindestens zwei Kinder wünschen sie sich. Bis dann mag der Herrgott ihr hoffentlich verziehen haben.

Dass Jonathan, nachdem die bisherige Gefährtin ihn loswerden wollte und er seine Stelle verlor, sich dem Glücksspiel zugewandt hat, wovon er sich etwas versprach – Glück und Geld nämlich –, dass er also wegen seines verflixten Hirnschlags und der sich daran anschließenden Erholungszeit einen Berg von Schulden auf sich geladen hat, weswegen die Fürsorge ihm eine Rückführung vom Kanton Graubünden in den Heimatort androhte, die er geradezu erleichtert befürwortet hat, weil er dadurch auf einen Schlag aus allem *fein raus* war, davon soll seine zweite große Liebe schon noch erfahren, sagt Jonathan sich, nur nicht gerade in diesen Tagen. Es wäre zu viel für Burga.

21

GIBT ES JEMANDEN IN DER SCHWEIZ, DER LÄNGER UND KLÜGER IST ALS MORITZ LONTSCHI?

Es geht nicht. Trotz Schwester Burgas Hilfe schafft Elise es nicht. Für kurze Zeit kann sie sich auf dem Bettrand sitzend aufrecht halten, muss sich jedoch bald wieder ins Kissen zurückfallen lassen, Schwäche und Schwindel sind stärker. Mühsam ist das. Und überall Schmerzen.

Wie ist sie gestern Abend eigentlich zurück ins Bett gekommen? Keine Erinnerung daran.

Aber davor, von der Bank aus, wo sie mit Stini saß, hat sie zwei Menschen in einer Umarmung gesehen, einen Steinwurf entfernt, gerade noch preisgegeben von der Dunkelheit der anbrechenden Nacht. Die weiße Diakonissenhaube war nicht zu übersehen. Eindeutig gehörte sie zu Schwester Burga.

Die reicht ihr jetzt Wasser und lächelt. Elise bittet um einen Schluck kalte Milch. Leider gebe es nur lauwarme, sagt Schwester Burga, als sie sich bereits über ihre Beine beugt. Sie vernimmt Elises *Nein danke.* Weiterhin lächelnd wickelt die Schwester beide Verbände ab und legt sie eilends wieder an. Danach befühlt sie Elises Puls, fragt nach Kopfschmerzen.

»Ja«, sagt Elise, »Kopfweh vom kleinen Zeh bis zum Scheitel.«

Die Aufregung der Verpflanzung habe wohl die Infektion der Beine leicht verstärkt, meint Schwester Burga, eine normale Reaktion sei das. Gott sei Dank bekämpfe das Fieber die Entzündung, was man für ein gutes Zeichen halten dürfe.

Gestern hat Elise einen Moment geglaubt, jener Mann, der mit Schwester Burga draußen in der Märznacht stand, sei Moritz Lontschi. Warum, das weiß sie gar nicht mehr. Dabei war das ganz und gar unmöglich: Erstens wegen seiner überragenden Größe, zweitens geht er an Krücken und drittens leidet er, wie Stini erzählt hat, immer noch darunter, dass er seine langjährige, in Mailand ansässige Freundin nach Kriegsende nicht mehr wiederfand. Jener Giuseppa wolle er auf ewig treu sein.

Gut, diesbezüglich kann man seine Meinung auch ändern. Trotzdem wird es nicht Moritz Lontschi gewesen sein.

Und wenn? Seine Wege sind nicht deine Wege!

Annas Stimme in ihrem Ohr. In Elises Familie war dieser Satz ein geflügeltes Wort, bierernst oder mit einem Lachen geäußert. Annas Ton ist vorwurfsvoll, ihre Stimme eine Spur zu hoch. Eigentlich mag Elise jetzt nicht an ihre Erstgeborene denken. Weil sie gleichzeitig daran erinnert wird, wie sie ihre Einweisung ins Brüggli veranlasst hat.

Elise hätte Fragen. Zu spät. Aufrichtige Antworten kann sie sich in den Kamin schreiben. Abgesehen davon, dass keine Antwort sie von hier wegbringen würde.

Was geschehen ist, ist geschehen.

Sie darf aber nicht vergessen, dass sie Stini später noch wegen der *Ausnahme* fragen will. Sobald sie beide alleine sind und wenn sie nicht so erschöpft ist, wie sie es schon wieder ist.

Gottlob bestärkt Schwester Burga sie darin, erst einmal liegen zu bleiben. Und wenigstens etwas Wasser zu trinken. Oder mit Wasser den Mund zu spülen. Mittags werde ihr dann Milchsuppe gebracht.

»Was?«, kreischt Resle, »die Neue bekommt nun auch schon Milchsuppe!?«

»Milchsuppe stärkt. Und sie belastet die Verdauung nicht«, sagt Schwester Burga ruhig zu Elise, nicht zu Resle. Im Übrigen mache der Doktor heute seine Runde, es sei ja bereits wieder Freitag. Er würde dann entscheiden, was zu tun sei, damit es mit ihr wieder aufwärtsgehe.

»Beten«, wirft Luise trocken ein, »ich bete für dich.«

Nichts, denkt Elise im selben Moment, ich brauche nichts. Am ehesten meine Wohnung. Ruhe wäre schön, und Alleinsein noch schöner.

Sophie verabschiedet sich. Als würde sie verreisen und nicht einfach nur zur Arbeit in die rund hundert Meter entfernte Zündholzfabrik gehen. Von Sophie weiß Elise so gut wie nichts, nicht einmal, ob sie je sehen konnte. Sie kommt ihr wie ein Mensch vor. Damit wäre alles gesagt.

Gestern wollte Sophie den Duft von gebranntem Zucker erkennen, unten in der Küche werde bestimmt gebacken, erklärte sie. Elise fand das erstaunlich, da der Gestank nach Hühnermist und toten Mäusen im Zimmer allgegenwärtig ist. (In der einen Wand hat der üble Geruch sich eingenistet, er hängt unschuldig darin wie ein rotbackiger Apfel am Weihnachtsbaum.) Sophie könne außerdem von Weitem, um zwei Kurven herum die ersten Maiglöckchen riechen, wusste Stini, oder aber den Namen der Frau nennen, die vor ihr das Klo benutzt habe. Auch sei sie eine Anhängerin von Pfarrer Bärtschi und freue sich stets auf die Sonntage, weil es da zum Frühstück Kakao und etwas Butter und Konfitüre gibt.

Elise kann ans Essen denken, es wird ihr dabei nicht schlecht, aber sie mag nichts, kann ja kaum mehr schlucken. Den Wetterbericht von Rösi hat sie bereits wieder vergessen. Dorli liegt mucksmäuschenstill, nicht einmal ihr Atem ist zu hören. Luise zieht ihr Kopftuch an und nutzt das Fensterglas als Spiegel. Resle quäkt in einem fort, während sie sich erhebt. Kaum steht sie zwischen den Betten, furzt sie die ganze Länge des Zimmers lang. Bis ins Berner Münster donnere das, kommentiert Rösi fröhlich. Stini hingegen schlägt (vielleicht nur für Elise) einen anderen Ton an: »Wo ist eigentlich dein letztes bisschen Anstand geblieben!?« Resle stellt sich taub und ist schon fast zur Tür hinaus.

Da erzählt Julie, wie sie freitags gerne als Saaltochter gearbeitet habe: »Abends gab es meistens Tanz. Zwar war die Schicht dann noch länger, das war mir aber gleich. Mein Mann hatte zwei linke Beine, aber just an einem Freitag kam er angetanzt. Nur auf ein Bier. Er hat sich in mich verguckt, so war das. Es ist schade um ihn. Um mich vielleicht weniger. Aber ab heute will ich keine tägliche Aufgabe mehr, ich bin krank genug.«

»Ist recht. Ich verstehe das«, sagt Schwester Burga.

Vieles ist recht.

Einiges ist unrecht.

Anna und Idi. Sie haben es ihr heimgezahlt.

Sie hat ihnen nicht genug Fleisch und Wurst auf den Teller gelegt, als sie Kinder waren.

An Brot und Kartoffeln hat es nie gefehlt.

Kari hat mehr bekommen.

Kari hat mehr gebraucht.

Bis zuletzt hat er tüchtig zugelangt.

Noch am letzten Abend.

Sein Herz.

Das stand immer offen wie ein Heubodentor.

Ein Herz sei aber nicht mehr als ein Muskel.

Wer's glaubt.

Es kann wehtun, so viel ist klar.

Auch Sonnenuntergänge zerreißen einen mitunter.

Oft kann man sie gar nicht sehen.

Im Gegenlicht.

Wer steht im Gegenlicht?

Mit einem Mal spürt Elise eine Hand auf ihrer Stirn, sodass sie die Augen aufschlägt.

»Du hast Fieber«, sagt Stini.

»Ich weiß.«

»Wadenwickel kann ich dir keine machen, der Platz ist ja schon vergeben. Wie wäre es mit Fußwickeln?«

»Schon gut. Frische Luft, das wäre grandios.«

»Bald, Elise. Wenn es mit dem Frühstück losgeht. Aber einen nassen Waschlappen hole ich dir jetzt, für auf die Stirn.«

Erneut wacht sie auf, nass vom eigenen Schweiß. Es können nur Minuten verstrichen sein. Mit dem Schwindel ist es besser. Stini ist nicht nach unten gegangen, sitzt stattdessen an ihrem Bett.

Es klopft, und der Doktor tritt ein. Erst wirft er einen Blick auf Dorli, dann kommt er zu Elise und stellt sich vor: »Zigerli.«

Ziger gilt als Armeleuteessen. Sie hat ein Leben lang viel Ziger gegessen. Einfach weil er ihr geschmeckt hat.

Nein, Elise will keine Auskunft geben, es strengt sie zu sehr an. Schwester Burga hat bestimmt schon alles gesagt, was zu sagen ist. Dann rauft sie sich doch zusammen: »Keine Spritze, Herr Doktor.« (Schnaps könnte ein wenig helfen, denkt sie kurz, Gottfried brannte selber.) »Schaut zu Luise Schöni. Und zu Julie Teuscher. Die brauchen Euch dringender als ich.«

Doktor Zigerli benötigt keine weiteren Informationen. Er lässt die Schlösser seines Arztköfferchens aufschnappen, zählt ein paar Tabletten in ein Papier, das er zuvor von einem kleinen Block abgerissen und gefaltet hat. Auf Elise deutend, drückt er es Stini in die Hand. »Im Fall der Fälle«, sagt er kaum vernehmlich und verabschiedet sich.

Ihre Ohren sind immer noch ziemlich gut.

Die Fenster stehen offen.

Wer hat sie geöffnet?

Hauptsache offen.

Manchmal sind ihm die Türen vor der Nase zugeschlagen worden. Kari hat das hingenommen, viele Hausierer zögen eben durch die Gegend. Es lohne sich nicht, sich aufzuregen. Wenn die einen nicht kaufen würden, dann kauften die Nächsten oder Übernächsten, und wenn niemand seine Zündhölzer wolle, habe er sich auch umsonst aufgeregt. Er hatte recht. Es ist besser, Unbequemes hinzunehmen, man soll das Beste daraus machen. Gerade das hat sie ihre Kinder von früh auf gelehrt.

Deshalb und sowieso ist es Kari und ihr im letzten Krieg nicht schwergefallen, sich einzuschränken. Hunger brauchten sie nie zu leiden. Nach wie vor half man sich im Dorf gegenseitig aus. Äpfel und Kartoffeln waren nicht rationiert. Mit etwas Umsicht und Fantasie hatte sie irgendwann genug Butter und Eier vorrätig. Wenn dann ein Berg Omeletten mit Apfelstücken auf dem Tisch stand, machte Kari große Augen, bestand aber darauf, dass sie auch tüchtig zugriff. Mit dem Fleisch war es nicht ganz so einfach. Manchmal hatten sich darin bereits Maden eingenistet. Die klaubte sie dann halt heraus.

Kari war ein großer Fleischesser.

Fleisch und Süßes. Hintereinander und auch durcheinander.

Mehr Fleisch als seine Geschwister bekam er nur deshalb, weil sie Gottfrieds Rat befolgte, diesem Kind besondere Aufmerksamkeit zu schenken. Was notwendig war und auch ihrem eigenen Gefühl entsprach. Selbst wenn man alle seine Kinder gleich lieb hat, kann man zu einem eine besondere Verbindung haben. Darauf hat sie in den vielen Jahren mit Kari gebaut.

Anna und Idi haben das nicht goutiert.

Möglich, dass sie sich einfach an die eiserne Reserve heranmachen wollte, die als Karis Altersvorsorge unangetastet auf ihrem gemeinsamen Konto liegt. Anna ist aufs Geld aus, nicht erst seit Neuestem. Dazu passt, was Marie über ihre Nichte erzählt hat. Elise glaubt ihr aufs Wort.

Bei Karis Beerdigung hat Marie es direkt aus dem Mund von Idi erfahren: Anna habe sie dazu ermuntert, ein Gesuch zu stellen, um an Emmelis Erbteil zu kommen. Seit dreißig Jahren liege das Geld ja auf der Sparkasse. Dadurch, dass man nie wieder etwas von Emmeli (oder von ihrer Karolina) im fernen Amerika gehört habe, gelte sie entweder als verstorben oder verschollen, was aufs Gleiche hinauslaufe. Die Erbschaft gehöre demnach in Idis Hände, habe Anna gesagt. Was Idi einleuchtete. Daraufhin hätte Anna zwei Briefe aufgesetzt. Einen sollte die Stiefschwester abschreiben und einreichen, im anderen habe Anna sich von Idi die Zinsen und Zinseszinsen der zu erwartenden Auflösung des Kontos ausbedungen. Idi tat auf der Stelle, wozu ihr geraten worden war, und setzte ihre Unterschrift auf beide Papiere. Anna ist raffiniert. Etwas von ihrem Erzeuger wirkt in ihrem Wesen weiter. Doch sie selbst, Elise, hat Anna großgezogen. Sie hat zweifellos Fehler gemacht. Zum Beispiel hat sie ihre Älteste merken lassen, ein Leben lang merken lassen, dass ihr Benehmen oft unangebracht war. Obendrein hat Elise die Buben nicht selten vor den Mädchen in Schutz genommen.

Warum? Adi war der Jüngste, Karli der Unbeholfenste. Darum. Aber gab es je eine Situation, in der Anni ihre vorbehaltlose Unterstützung bekam? Wann hätte sie denn überhaupt ihre Unterstützung benötigt?

»Schläfst du?«, flüstert Stini.

»Nein, ich denke. Das lenkt mich von den Schmerzen ab.«

»Nimm eine Tablette. Doktor Zigerli hat welche hiergelassen.«

»Ja. Danke. Hoffentlich kann ich sie schlucken.«

Währenddessen geht Marcel rund ums Haus. Gartenseitig betritt er den Holzkeller, durch den die Küche ebenfalls zu erreichen ist. Kurz bleibt er stehen, um die Augen an die Dunkelheit zu gewöhnen, in der Hand das Einmachglas, das heißt die Scherben davon. Denn gestern, als er mit Müsi zurück vom Wald kam, wo sie die Raupen und Käfer ausgesetzt haben, ist er gestolpert und der Länge nach hingefallen, nur wenige Schritte vom Gartentor entfernt. Müsi schrie vor Schreck laut auf. »Was denn? Scherben bringen Glück!«, sagte Sämu. Der war am Zaun gestanden und hatte sich gleich auch nach den Glassplittern gebückt. Um dem Glück auf die Sprünge zu helfen, müsste er einen Gläserturm in der Höhe des Asyls zu Fall bringen, entgegnete Marcel vielleicht eine Spur zu wirsch und drückte Müsi an sich.

Nun trägt er die Scherben auf zwei zurechtgeschnittenen Blättern Zeitungspapier, die er in einem der an das Brüggli angebauten Plumpshäuschen geholt hat. In der Küche nimmt Lotti ihm die Glasscherben ab und meint dazu *halb so schlimm*, was Marcel weitaus besser gefällt als Sämus Spruch. Unaufgefordert packt er in der Küche mit an, stellt Teller, Löffel, Becher und einen der bereitstehenden, dampfenden Töpfe in den Speiseaufzug. (Restensuppe wird es zum Mittagessen geben, Saucenkartoffeln und Sauerrüben.)

Als Lotti nach oben in den Speisesaal eilt, um die erste Ladung in Empfang zu nehmen, streckt Susi Marcel die Hand entgegen: »Alles Gute zum Geburtstag!« Noch bevor er seinem Erstaunen Ausdruck geben kann, überreicht die Köchin ihm die mehr oder weniger heimlich gebackenen Plätzchen. »Das Rezept«, fügt Susi rasch hinzu, »habe ich von meiner Großmutter, eine Deutsche ist sie, eine Anti-Nazi, die nicht nur ausgezeichnet backen kann, sondern auch fremde Leute, so diese denn bedrängt werden, das heißt in Not geraten und gar um ihr Leben fürchten müssen, außer Landes bringt. Damit sie andernorts in Sicherheit sind, also im Krieg. Hat sie getan, meine heldenhafte Oma. Wenn auch nicht ganz allein. Ein Dutzend Menschen gerettet. Darf man heute ja erzählen. Aber das nur so nebenbei. Und nun auf Wiedersehen, auf bald hoffentlich, grüß mir Müsi, oben wird gleich angerichtet.«

So bleibt Marcel nur, die heiße Hand der Köchin zu drücken. Und das tut er lange und ohne viel Worte.

Elise bekommt derweil von Francesca Milchsuppe vorgesetzt, die sie aber nicht will. Lieber hätte sie einen Schluck Wasser, doch sie könne nicht nach ihrem Becher langen, das Verrenken falle ihr gerade schwer.

»Warte kurz«, sagt Francesca gut gelaunt, geht und teilt die übrigen Milchsuppenschalen auf der ersten Etage aus. Wenig später kommt sie mit einer Schüssel Wasser und einem frischen Waffeltuch zurück. Sie hält Elise mit viel Geduld den Becher an den Mund, Elise nippt ein paarmal, Francesca nimmt ihr den inzwischen längst warmen Waschlappen von der Stirn, wäscht ihr geradezu zärtlich das Gesicht, tupft es trocken, holt aus ihrer Schürzentasche eine

Dose Nivea, streicht Elise sachte die spröden Lippen ein und die Wangen gleich auch noch, und ordnet ihr, so gut es geht, die Haare. Zum Schluss deckt sie die schwache Armenhäuslerin gewissenhaft zu.

Danach richtet Francesca Dorli etwas auf, steckt ihr eine schon häufig gebrauchte Serviette unters Kinn und flößt ihr ohne Hast Suppe ein, einen Löffel nach dem andern. Dorli hat immer noch Appetit.

22

HAT HUREREI ETWAS MIT EINEM EI ZU TUN?

Marcel sitzt exakt hinter Müsi, er gehört zu denen, die heute ein Bad nehmen konnten.

Ginge es nach Schwester Ottilia, sollte es im Speisesaal weitaus stiller sein. Leider vermag das Blockflötenspiel von Frau Pfarrer längst nicht alle Geräusche der Pfleglinge zu übertönen. Blockflöte statt Hausorgel oder Klavier. Umso mehr muss man ihnen gegenüber immer wieder aufs Neue die Uneigennützigkeit der Frau Pfarrer betonen. Dass sie mit ihrem innigen Spiel den Gottesdienst bereichert! Keiner der Brüggler ist Musikant genug, um an ihrer Stelle zu spielen, bedauert die Oberschwester.

In jungen Jahren spielte Ludi Ludi meisterlich Schwyzerörgeli, doch seit seinem Arbeitsunfall, der ihn vier Finger an der rechten Hand kostete, ist es damit vorbei. Isi Tscharner hatte im Laufe seines Lebens hin und wieder Gelegenheit, einem Alphorn einige Töne zu entlocken, für die Schweizer Hymne hätte es nicht mehr viel gebraucht. Als Kind bekam Ursle Kallen Klavierunterricht. Den »Türkischen Marsch« von Mozart hat sie immer noch im Ohr, ihre Finger fänden die Tasten aber nicht mehr. Köbi Hafen und seine Maulorgel können die Männeretage bekanntlich nicht verlassen, nur zum Jahresfest, zum Erntedank sowie zur Weihnachtsfeier *im heimeligen Kreis der Asylfamilie* tragen Johann Kempf und Oski Hürner ihn und andere ans erste oder zweite Stockwerk Gefesselte die steilen Treppen nach unten und wieder zurück. Die Behauptung von Melchior Rösti, Hackbrett spielen zu können, bleibt mangels Hackbrett eine Behauptung. Unter den Männern gilt sie entweder als Wichtigtuerei oder als glatte Lüge. Und Maria Rubins größter und unerfüllter Kindheitswunsch war ein Spinett gewesen, was auch nicht ausreicht, um den Gottesdienst zu begleiten.

So hören denn die Anwesenden dem Blockflötenspiel zu. Mehr oder weniger. Nicht zum ersten Mal wundert Lilian sich, dass Frau Pfarrer dabei mit ihrem Oberkörper hin und her schwankt, obwohl sie keine zerebrale Lähmung hat wie sie selbst. Warum nur? Etwas in ihr sagt der Zehnjährigen, dass sie diese Frage niemandem stellen darf. Gleich wird sie dafür freudig an den Lippen von Pfarrer Bärtschi hängen, egal, was da herauskommt, ob sie es versteht oder nicht. Doch noch hüpft eine Haarsträhne vor dem Gesicht von Frau Pfarrer hin und her, *störend*, denkt Schwester Ottilia. Dass die Flöte die hohen Töne nicht ganz trifft, scheint hingegen niemanden zu stören, schon gar nicht die Schwerhörigen.

Allein Charlotte Nussbaum hätten die unreinen Töne gewaltig missfallen, war ihr Vater doch ein erfolgreicher Opernsänger. Als Kind ist sie mit ihm von Gastspielhaus zu Gastspielhaus gezogen, wo sie sich von Orchestern und Gesängen, Schauspiel und Tanz betören ließ. Deshalb wollte sie auch Tänzerin werden. An den Gottesdiensten im Brüggli mag die danach am Veitstanz Erkrankte nicht teilnehmen. So charmant, wie sie nur kann, hat sie Schwester Burga gegenüber Gründe dafür aufgezählt. Das Flötenspiel von Frau Pfarrer bleibt ihr dadurch erspart.

Selbstverständlich ist der Gottesdienst ein freiwilliges Angebot für alle erwachsenen Pfleglinge. Gleichzeitig sollen sie sich bewusst sein, dass das Brüggli ein *Haus der Liebestätigkeit und der segensreichen Ordnung* ist. Den noch mobilen, aber störrischen Asylbewohnern muss darum ins Gewissen geredet werden, und zwar lieber öfters als zu selten. Darauf hält die Oberschwester ihren Zeigefinger. Deshalb traut sich kaum jemand, dem Gottesdienst fernzubleiben.

Nach dem Abendessen werden die abgeräumten Tische zusammengeschoben und die Stühle in Halbkreisen aufgestellt, was jedes Mal zu einem kleineren Chaos führt. Auch wenn einige Bewohner sich in das Treppenhaus zurückziehen, bleiben immer noch genug Brüggler im Speisesaal, um gestikulierend und palavernd im Weg zu stehen. Die wenigsten helfen beim Verrücken der Tische und Stühle, und manche von ihnen schieben in ihrem Tatendrang auch die bereits richtig platzierten Holzstühle erneut quer durch den Raum.

Hat der Tumult sich etwas gelegt, dirigiert Schwester Ottilia die Armenhäusler zur üblichen Sitzordnung: vorne die Kinder, dahinter die frisch Gebadeten, dann die Frauen, zuletzt die Männer. Die Schwestern stehen ganz hinten an der Wand, damit sie sämtliche Schützlinge im Blick haben.

Die Bettlägerigen sind in dieser Stunde auf sich selbst gestellt, Vögeli hütet heute die Kleinsten. Vom Personal befinden sich noch Susi Steffen und Lotti Bischoff im Haus. Wie jeden Freitagabend hilft ihnen Christine Weschi, die sich immer dann von ihrer Familie losmacht und aus dem Dorf herüberkommt, wenn man sie eben braucht. Das sei sie ihrem Bruder, Johann Kempf, schuldig. Mehr ist nicht bekannt. Hauptsache, sie arbeitet für Gotteslohn.

Fränzle Schmelzer, David Schärz und weiteren Armenhäuslern bedeutet der Gottesdienst unendlich viel, andere wie Eugen German oder Edith Boler erhoffen sich durch beständige Anwesenheit irgendwann kleine Vorteile, und wieder andere suchen bloß etwas Abwechslung oder fügen sich den Ermahnungen von Schwester Ottilia.

Wisi gefällt das gemeinsame Singen. Ausnahmsweise ist er wohlig satt, und das ist ein gutes Gefühl. Vor dem Pfarrer hat er keine Angst, auch ein gutes Gefühl. Zwei an einem einzigen Abend sind schon eine ganze Menge. Neben ihm langweilt sich Matti, er kramt in seinen Jackentaschen, befühlt die Eierschalen (von den heimlich geköpften und ausgetrunkenen Eiern, die Wisi heute hat räubern können, als sie der Händlerin beim Verladen halfen), einen Knopf, einen echten Tassenhenkel, einen Zigarettenstummel und ein Stück Schnur (alles ehrliche Funde). Die Eierschalen zerdrückt er in seiner Faust. Wisi stößt ihn zweimal mit dem Ellbogen an: *Hände falten!, beten!* Das versteht Matti.

Ludi Ludi merkt, dass sein Gebiss nicht richtig sitzt, was er den holzigen Sauerrüben zuschreibt, die zum Abendessen nochmals aufgetischt wurden. Er merkt auch, dass jetzt nicht der richtige Zeitpunkt ist, die falschen Zähne aus dem Mund zu nehmen, und lacht in sich hinein, weil er sich vorstellt, was geschähe, wenn er sie jetzt zum Beispiel der vor ihm sitzenden Agnes Marmet auf den Kopf legen würde.

Frieda Wäber sitzt da wie bestellt und nicht abgeholt. Schwerhörigkeit und beginnende Demenz sind im Brüggli Fluch und Segen zugleich.

Edith Boler kratzt sich in den Haaren, es juckt sie am ganzen Schädel. Wahrscheinlich hat sie sich wieder einige der im Armenasyl nicht auszurottenden Läuse eingefangen. Beim ersten Mal war sie sehr jung gewesen und mit ihrem Neugeborenen in ein Mädchenheim geschickt worden, wo sie als Amme tätig war. Sechzehn, *sechzehn* Monate lang konnte sie jeden Tag *zweieinhalb bis drei Liter* Milch an andere Säuglinge abgeben. Das ist noch gar nicht so lange her, aber andererseits schon, und in jener Anstalt waren Läuse und ihr unendlicher Nachwuchs ebenfalls heimisch, also nichts Neues auf dem Planeten. Außer dass sie Charlotte jetzt auch Läuse an den Kopf wünscht, damit die sich erst einmal ausgiebig mit dem Ungeziefer abgeben muss, bevor sie diesem blöden Jonathan Willen weiter nachstellt!

Ihr Lieben, lasset uns untereinander lieb haben, denn die Liebe ist von Gott und so weiter. Bei den vom Pfarrer vorgelesenen Versen denkt Ruedi Schranz, dass all seine Liebe seit geraumer Zeit nur noch einem Schuhkarton und der darin aufgehobenen Bahnbillettsammlung gehört. Doch dann kommt ihm prompt wieder einmal Paula Schneiter in den Sinn und was sie beide im Namen der Liebe miteinander angestellt haben, vor rund, ungefähr, ja, zwanzig Jahre muss das her sein. Und es gab kein Kind daraus, auch wenn er sonst schnell Vater wurde, immer viel schneller, als ihm lieb war. Elf Kinder von drei Frauen ist mächtig viel. Und er hätte gar keines gebraucht. Diese Weiber passten aber auch nicht auf! Keines seiner Kinder hat ihn hier je besucht, wobei vermutlich nur drei von ihnen überhaupt von seinem Aufenthalt im Armenhaus Kenntnis haben, und eben auch Paula, die verheiratet blieb und regelmäßig an ihn denkt. Denn nur deshalb schickt sie ihm jedes Jahr zu Weihnachten ein Paket mit Fressalien. Es enthält stets dasselbe: mehrere Militärkonserven und ein Birnbrot, alles hübsch verpackt. Eine Karte legt sie aber nie bei. Auch die Absenderadresse fehlt. Nur *P. S.* steht da, Jahr für Jahr, P wie *Paula*, S wie *Schneiter*. Die Vorschrift, den Inhalt des Pakets unter Aufsicht von Schwester Therese im Aufenthaltsraum mit seinen Zimmergenossen zu teilen, findet Ruedi nicht in Ordnung. Doch auch das muss er hinnehmen. Hausregeln schütten sich wie dröhnende Glockenschläge über einem aus. Es nützt nichts, die Arme hochzureißen, den Mund aufzureißen, die Vorschriften erschlagen einen nicht, aber sie halten einen klein und ohnmächtig. Das Abnicken mag für manchen schwierig sein, für ihn ist es Gewohnheit. Dass es beim Nicken zwischen den Halswirbeln knirscht, ist der Beweis, dass man noch am Leben ist, und darauf kommt es an. Andererseits ist er, der mit Befehlen alt und arm gewordene Ruedi Schranz, einer der wenigen, die von draußen ein Paket bekommen, und das sogar regelmäßig. Plötzlich durchzuckt es ihn. Was ist das denn? Donner und Doria! *Peter* heißt doch sein Bub von der Frau, mit der er eine Zeit lang eine Ehe, eine miserable Ehe, geführt hat. Also könnte das Kürzel *P. S.* ja auch – das verdirbt ihm nun aber gewaltig die Laune!

Unterdessen nestelt Müsi in einem fort an ihrer Schürze. Sie hat sich am Nachmittag mit einem Stift die Nägel der linken Hand angemalt, worauf Schwester Lisette ihr eine Ohrfeige gab. Was ist falsch gewesen? Ihre Mutter hat die Nägel sogar rot angemalt, und dies mit echtem Lack, nicht nur mit Bleistift. Dem Vater gefiel es, er gab ihr Handküsse, wenn sie die Nägel frisch gemacht hatte, und sagte lustige Sachen. Waren ihre Nägel nicht angemalt, hat er der Mutter trotzdem Handküsse gegeben. Und richtige Küsse auch. *Wer küsst, macht nichts Dümmeres,* hat er wiederholt gesagt. *Wer küsst, der liebt*, hat die Mutter jeweils ergänzt, und auch sie, ihr einziges Kind, abgeschmatzt. Warum spricht der Herr Pfarrer nicht übers Küssen, nachdem er etwas über die Liebe vorgelesen hat? Oder hat sie nicht richtig aufgepasst? Hat Schwester Lisette womöglich recht? Sie sollte vielleicht wirklich besser aufpassen. Aber schwierig ist das, sehr schwierig.

Marcel geht derweil die Köchin nicht aus dem Kopf. Besser gesagt das, was Susi Steffen in Zusammenhang mit den ihm überreichten Plätzchen wie aus der Pistole geschossen berichtete. Sie sagte etwas von *heimlich außer Landes bringen*. Und *vereinzelte Menschen retten*. Gut, sie hat von Deutschland und den verfolgten Juden gesprochen – und nicht von Armenhäuslern in der Schweiz, die in eine Sackgasse geraten sind. Nicht von ihm also. Und doch. Sie hat für ihn gebacken, hat an seinen Geburtstag gedacht. Sogar Grüße für Müsi hat sie mitgegeben, obwohl sie es tagtäglich sehen kann. Vielleicht denkt sie noch weiter? Wie kann er das erfahren?

Auch Völkli hat den Satz über die Liebe und das Liebhaben mitbekommen. Da läuten bei ihm auf einen Schlag sämtliche Alarmglocken. Ihm wird ganz anders zumute, er muss abhauen, sitzt Gott sei Dank am Rand der Stuhlreihe. Er muss in den Wald! Dunkel ist es noch nicht, dunkel genug aber schon. Ach was, es braucht gar nicht dunkel zu sein! Er macht sich klein, der von Natur aus schon kleine Völkli, und schleicht ab. Alle Brüggler drehen die Köpfe nach ihm, fast alle. Und sobald er seine Schuhe montiert hat und zur Haustür hinaus ist, rennt er in einem Affenzahn davon. Das wäre nicht nötig, da er ja jederzeit ohne Sondergenehmigung abschwirren darf, aber, oh doch, Eile *ist nötig*, er muss schnellstens beim Moos sein. Also die Landstraße hinuntergaloppieren, Kurven schneiden, den inneren Motor noch etwas aufdrehen, nächstens links abstechen und dann ab die Post den Abhang hinauf! Von da weg muss er sich weder an den Bäumen noch an den Zwischenräumen orientieren, im Zickzack wird er ganz von allein dahin geführt, wo verschwiegen viel Moos zwei aneinanderliegende Baumstümpfe dicht und weich und rund überwächst und wo er jetzt mit einem Stöckchen, wo immer er Lust hat, ein Loch bohren kann, um danach mit eilends geöffnetem Hosenladen sein eigenes Stöckchen hineinzustecken.

Ernsthaft, das *Möösleni*, wie Völkli es in Gedanken nennt (und er kommt sich immer wieder schlau vor, dieses Wort erfunden zu haben), steht seinen früheren Dirnenbesuchen in nichts nach, auch wenn er das Kneten von Arschbacken und das Saugen an üppigen oder bereits welken Brüsten doch zeitweise vermisst. Manchmal denkt er auch, dass er mit all seinem Saft schon Hunderte von Kinder gemacht haben könnte und dass seine Nachkommenschaft mittlerweile ganze Wirtshäuser und Nähstuben, Marktplätze ebenso wie Bahnhofshallen füllen würde. Ach, hätte Völkli sich doch vor Jahren mit Käthle zusammengetan! Da hätten sich zwei gefunden. Das ahnt Völkli aber nicht.

Käthle Fähnrich hockt nämlich auf ihrem Maul. Niemand im Brüggli braucht zu wissen, dass sie erst spät, im Grunde nur aus Torschlusspanik heiratete. Das ließe sich zwar noch erzählen, nicht aber die Folgen davon. Leider erst nach und nach begriff sie, an einen Mann geraten zu sein, der, statt zu arbeiten, bei allen möglichen Behörden verworrene Pläne über eine neue politische und wirtschaftliche Ordnung einreichte. Er versprach sich davon nichts weniger als den Nobelpreis. Käthles sehnlicher Kinderwunsch erfüllte sich nicht. Von ihrem Mann äußerst vernachlässigt, von ihrem Frauenarzt hingegen euphorisch zum Muttersein ermuntert (so jedenfalls empfand sie das), gelangte sie zusehends zur Überzeugung, in sich Mann und Frau zu vereinigen und als Allmutter in kürzester Zeit *tausend* Kinder zu gebären, die sie dann anderen Frauen der Erziehung übergeben würde. Diese schizophrenen Schübe hörten auf, als ihr arg verschuldeter Ehemann sich das Leben nahm. Obwohl er bei allen Amtsstellen queruliert hatte, war der erwartete Nobelpreis ausgeblieben.

»No-bel-preis«, murmelt Elise benommen und zwingt sich dazu, die Augen aufzumachen. Was für ein Wort? Woher kommt es, was will es? Und die Frau an ihrem Bett hat sie auch noch nie gesehen.

»Frau Pfarrer Bärtschi«, stellt die sich vor und streckt Elise drei Zweiglein Weidenkätzchen entgegen. »Wie geht es Euch, Frau Linder?«

23

SAG, WER HAT IM GARTEN EDEN GEJÄTET?

Wieder hat sie jenes Schiff vor Augen. Es fährt nicht mehr auf dem schmalen, geisterhaft beleuchteten Streifen Horizont hin und her, sondern steuert direkt auf sie zu. Und es handelt sich offensichtlich doch nicht um die *Blüemlisalp*, schade. Dieses Schiff ist wesentlich kürzer, seine Form unschön gestaucht. Möwen stoßen ihre gehässigen Schreie aus. Mit einem Mal ist der eigenartige Kahn so nahe, dass sie aufspringen könnte. Sie wagt es nicht. Nicht mit diesen Beinen. Allem Anschein nach würde ihr der Zutritt ohnehin verwehrt werden, denn steif und borniert steht da einer mit verschränkten Armen an der Reling. In Militäruniform. Drei goldene Streifen auf den Patten, Tauben auf den Kragenspiegeln.

Als sie über die Schulter blickt, sieht sie das Dorf, ihr Dorf. Und lauter Lichter in den Fenstern. Niemals kann man sich sattsehen, nirgends. Wieder schaut sie in Richtung See. Keiner mehr an Bord. Eine vermutlich an der Reling befestigte Funzel flackert noch einige Male auf. Wellen platschen an den Rumpf, fast schwarz ist das Wasser jetzt. Mit einem Mal begreift sie: Das Schiff gibt nur vor herumzufahren. Es kann aber trotzdem zu spät kommen, wie eben. Oder auch zu früh.

Elise kämpft sich aus den Bildern.

Und sieht die Zimmerdecke.

Mit dem Schwarzschimmel hat sie nichts mehr zu tun.

Seltsam erfrischt fühlt sie sich plötzlich.

Erstaunlicherweise sind alle schon in ihren Betten, abgesehen von Luise, die eben das Zimmer betritt. Ihr verquollenes Gesicht ist nicht zu übersehen. Sie wehrt Stini ab, überhört deren Frage, was sich denn zugetragen habe, und legt sich samt Kopftuch und Kleidern hin, die von den Fenstersprossen zerschnittene Nacht vor Augen. (Nie schließt jemand die Fensterläden. Demokratisch haben die Frauen in Zimmer 3 vor Monaten beschlossen, dass die Vorhänge nur beim An- und Auskleiden zugezogen werden. Gegenstimmen: Resle und Dorli.)

»Ich weiß ja nicht, was ihr morgen vorhabt«, sagt Rösi jetzt, »aber das Wetter bleibt beständig, sodass ich wohl einen Ausflug auf den Niesen mache. Ich muss endlich Petrus wiedersehen. Und bei der Gelegenheit werde ich auf euch alle hinunterblicken. Übrigens soll man neuerdings auf dem Niesen Souvenirs kaufen können. Wem kann ich etwas mitbringen? Dir vielleicht, Julie?«

»Ach, mach mich nicht noch verrückter, als ich es ohnehin in eurer Gesellschaft schon bin!«

»Waaas?«, krächzt Resle.

»Wenn es denn so wäre«, meint Julie seufzend, »dass du irgendwo etwas für mich besorgen könntest, so würde ich mir ein ganz kaltes Bier wünschen.«

»Ja, jemand muss dir diesen Wunsch endlich erfüllen«, mischt Stini sich ein. »Ich frage bei Gelegenheit den Gärtner. Bestimmt kippt er hin und wieder ein Bier. Vielleicht bringt er mal unauffällig eines für dich mit.«

»Verboten, das ist verboten!«, ruft Resle entrüstet.

»Klar, Resle, ich werde es schon so einrichten, dass du davon nicht belästigt wirst. Du nimmst auf uns ja auch immerzu Rücksicht.«

Von niemandem bemerkt, verzieht Sophie ihr Gesicht zu

dem ihr eigenen schiefen Lächeln, während Resle zufrieden grunzt. Julie schenkt Stini einen dankbaren Blick, und Rösi ist mit ihren Gedanken schon wieder ganz woanders.

Mit leicht erhobenem Kopf blinzelt Dorli nun in die Runde und haucht: »Schlaft wohl, ihr Lieben.« Jedes Mal aufs Neue überrascht die Schwerkranke ihre Mitbewohnerinnen. Sie scheint es mit dem Sterben doch nicht so eilig zu haben.

Immer wieder schnieft Luise, ihr Schluchzen kann sie zuletzt trotzdem nicht mehr zurückhalten. Stini schlägt ihr vor, doch wenigstens Tuch, Schürze und Rock abzulegen, doch Luise verkriecht sich in ihre Federdecke und zieht sie weit über den Kopf. Von einem gräulichen Schneehaufen ist sie nun kaum mehr zu unterscheiden.

Während es im Zimmer allmählich ruhig wird, sieht Elise ein weiteres Mal Kari vor sich: Kari an ihrem letzten gemeinsamen Abend, seine Ellbogen auf dem Küchentisch, die Hände gefaltet – sein Zeichen, dass er satt ist. Und dann diese für ihn ganz und gar ungewöhnliche Frage (weil er sonst nie in Vergangenem herumgestochert hat): Ob es an seiner richtigen Mutter eigentlich etwas Besonderes gegeben habe. Er wisse ja nicht einmal mehr, wie sie ausgesehen habe, könne sich an gar nichts erinnern. Dass sie musikalisch gewesen sei und sich ebenfalls gut mit dem Vater verstanden habe, sei etwa das Einzige, wovon manchmal die Rede gewesen sei.

Wie er bloß dazu komme, jetzt plötzlich nach Emmi zu fragen, hat sie erwidert, um etwas Zeit zu schinden.

Heute auf der Stör im Lerchenfeld sei ihm eine Frau begegnet, also, sie habe ihm Zündhölzer abgekauft. Während er an ihrer Tür darauf gewartet habe, dass sie mit dem Geld zurückkäme, sei ihm ganz komisch zumute geworden. Er habe sich am Türrahmen festhalten müssen, so eigenartig klein und hilflos habe er sich mit einem Mal gefühlt. Als wäre die Welt um ihn herum eine ganz andere. Und als fehlten ihm beide Beine. Darum.

»Emmi war ja meine Freundin seit Schulzeiten, das weißt du«, hat sie nach einigem Überlegen gesagt. »Bereits in jungen Jahren konnte sie aufmerksam zuhören. Sie war furchtlos, Angst war ihr fremd. Und ja, musikalisch war sie auch. Das Singen hast du bestimmt von ihr, die Geduld ebenfalls. Dann konnte sie auch geschickt über Zäune und auf Bäume klettern, obwohl sich das für Mädchen nicht gehörte. *Diese* Begabung ist ganz offensichtlich auf Emmeli und Adi übergegangen.«

»Schon recht«, sagte Kari.

»Stets war Emmi zuversichtlich. Weil das Leben so einfacher geht, hat sie gelegentlich erklärt. Das habe ich mir gemerkt. Sie nahm sich Zeit, für alle und immer, obwohl sie bis obenauf beschäftigt war mit euch Kindern. Dass Gottfried gerne mal fünf gerade sein ließ, war auch hilfreich.«

Kari stimmte zu, er wusste, was gemeint war.

»Das Ungewöhnliche an deiner Mutter war, dass sie so gut roch, schon als junges Mädchen. Nach Herdfeuer und Kuhmilch vor allem, ein wenig auch nach Vanille.«

»Nach Herdfeuer und Vanille«, wiederholte Kari. »Vielleicht ist es das. Vielleicht hat es aus der Wohnung der Frau heute ganz genau danach gerochen.«

»Meinst du?«

»Vielleicht ist halt vielleicht. Aber du, du riechst schon lange nicht mehr nach Mutter«, fügte er rasch hinzu, den Blick nach wie vor auf seinen leeren Teller gerichtet.

Es war alles andere als ein Vorwurf. Im Lichtkegel der Lampe sah Elise in die Untiefe seiner grünen Augen. Sie fuhr mit ihren geschwollenen Fingern über seine rot geäderten Wangen und die Bartstoppeln. Endlich drehte er den Kopf zu ihr hin, verzog zufrieden seinen Mund. Den wurzeltoten Schneidezahn hatte er irgendwann eingebüßt. Bestimmt hat sie sein Lächeln erwidert.

Am nächsten Morgen ist er nicht mehr aufgestanden. Sie konnte ihm nur noch die Hände falten.

Es ist jetzt still in Zimmer 3. Mit viel Mühe dreht Elise sich etwas auf die rechte Seite und flüstert Stinis Namen.

»Ja?«

»Kann ich dich noch etwas fragen?«

»Natürlich.«

Elise spricht langsam, mit vielen Unterbrechungen: »Du hast gestern Abend, als wir uns draußen unterhielten, von einer *Ausnahme* gesprochen. Du hättest nie auf die Männer zählen können. Sagtest du. Mit einer Ausnahme.«

»Ach so. Mein leidiges Kapitel. Und zugleich mein schönstes. Nun gut. Erinnerst du dich daran, als die Internierten damals nach Thun kamen?«

»Mehr schlecht als recht.«

»Also, du und ich, wir zwei sind beim Deutsch-Französischen Krieg kleine Kinder gewesen, sehr kleine sogar. Später habe ich mir sagen lassen, dass damals viele Tausend französische Soldaten und Offiziere über die Grenze in die Schweiz kamen und hier bis Kriegsende aufgepäppelt, aber auch bewacht wurden. Seither galt die Schweiz als das Sanatorium Europas. Deshalb hat man seine Tore im Ersten Krieg wieder weit aufgemacht, für Kriegsgefangene aus Frankreich, Belgien, England und auch aus Deutschland. Man hat sich aber vorgesehen und längst nicht alle Verletzten und Kranken aufgenommen. Die vom Krieg Gezeichneten wurden gründlich vorsortiert. Das dauerte. Die Aufnahme von Soldaten, die sich mit Alkohol betäubt hatten und dadurch zu Trinkern oder aufgrund der Kriegshandlungen irre geworden waren, hat die Schweiz abgelehnt. Eine Schande war das. Finde ich. Johnny war ein englischer Soldat. Wegen seiner komplizierten Lungenverletzung konnte er länger als andere in der Verwaltungseinheit Thun bleiben. Viele Internierte waren wie er in Hotels untergebracht. Selbstverständlich waren sie keine Feriengäste, sondern Kriegsgefangene, sie wurden aber ordentlich verpflegt und medizinisch betreut. Auch Freizeit gehörte zum Erholungsprogramm. Die Unterbringungskosten mussten die Heimatländer übernehmen, was der Hotellerie sehr gelegen kam. Erfreulicherweise profitierte auch die Industrie von den arbeitsfähigen Internierten.«

»Das glaube ich.«

»Johnny war in Oberhofen einquartiert. Seinerzeit habe ich eine Stelle in Thun gehabt. Der Zufall hat uns zusammengeführt. Bald haben wir gemeinsame Spaziergänge unternommen, er immer in Uniform, was Vorschrift war. Englisch konnte ich nicht, Johnny hingegen sprach einige Brocken Deutsch und lernte täglich mehr hinzu. Klug war er, sympathisch, auch gut aussehend. Er las, was ihm in die Hände fiel. Nach einem Jahr sprach er fast schon fließend Deutsch.«

»Also hast du erst dann richtig mit ihm reden können?«

»Ja. Doch von Anfang an haben wir uns auch so verstanden. Obwohl sein Deutsch natürlich ein Gewinn für mich war, weil er mir vieles erklären konnte. Er war etwas jünger als ich und viel gebildeter. Ich habe mir eine Zukunft mit ihm ausgemalt. Es gab Ehen zwischen Internierten und hiesigen Frauen, wenn auch nur vereinzelt.«

»Und dann?«

»Im Sommer 1919 verließen die letzten Kriegsgefangenen den Raum Thun. Als Transportfähiger sollte Johnny schon vorher repatriiert werden, bald nach Kriegsende. Er rang lange mit sich und kam zum Schluss, dass er zurück zu seiner Familie müsste. Seine Frau und seine Kinder würden auf ihn warten.«

»Hm.«

»Ja, es war ein Schlag für mich. Doch er hatte sich noch nicht entschieden. Wir redeten und redeten. Schließlich kamen wir auf die Lösung, dass er erst einmal zurück nach England fahren und vor Ort seine Situation bedenken sollte. Das tat er. Eines Tages schrieb er mir, er komme wieder in die Schweiz. Seine Gefühle seien eindeutig. Die Verhältnisse hätten sich geändert, der Krieg habe tiefe Spuren hinterlassen, welche, davon wolle er mit mir von Angesicht zu Angesicht sprechen.«

Elise liegt ganz still.

»Auf dem langen Weg durch halb England ist Johnny dann tödlich verunglückt. Es dauerte eine ganze Weile, bis ich es erfahren habe. Zweieinhalb Jahre Gemeinschaft mögen nicht als besonders lang erscheinen, das sind sie auch nicht, aber sie haben mir für mein anschließendes Leben alles gegeben. Doch war es mir unmöglich, weiterhin hier wohnen zu bleiben. So bin ich in die Ostschweiz gezogen, zunächst ins schöne Tösstal.«

»Weit weg.«

»Du sagst es.«

»Ich glaube, ich brauche nochmals eine Tablette.«

»Sie liegen unter deinem Kissen. Warte, ich helfe dir.«

Erst nach mehreren Anläufen gelingt das Schlucken.

»Du brauchst nun sowieso Ruhe.«

»Ich höre dir aber gerne noch ein wenig zu.«

»Also gut. Im Tösstal bin ich recht lange geblieben, für meine Verhältnisse. Die Arbeit in einer Zuckerwarenfabrik war nicht schlecht. Eintönig natürlich, aber stell dir den Duft vor, der einen da tagtäglich umgibt.«

»Oh ja.«

»Auch so gefiel es mir. Und vor allem habe ich eine Freundin gefunden. Durch Zufall arbeiteten wir beim Verpacken der Süßwaren Schulter an Schulter. Woanders hätte ich ihre Bekanntschaft nicht gemacht, glaube ich. Sie lebte ziemlich zurückgezogen, zusammen mit ihrem Mann und zwei älteren Kindern. Für mich hat es nie ein aufrichtigeres Paar gegeben. Flora und Fritz. Die beiden hätten dir gefallen, Elise.«

»Ich habe auch einmal eine Freundin namens Flora gehabt. Ist sehr lange her. Ein Mädchen, das ich in Zürich kennenlernte. Im letzten Jahrhundert. Ich machte dort, wir beide machten die Straße. Nicht lange. Aber doch.«

Stini hat sich nicht mehr hingelegt, nachdem sie Elise die Tablette gegeben und ihr den Becher an den Mund geführt hat. Auf dem Bettrand sitzend fixiert sie Elise. Ihr Kopf ist dunkel auf dem helleren Kissen auszumachen: »Und hat deine Flora einen Fritz geheiratet?«

»Weiß ich nicht. Ich habe sie aus den Augen verloren.«

Stini muss die Ohren spitzen, wenn Elise spricht.

»Die Polizei war hinter ihr her. Da ist sie weg. Nicht mit dem Schiff. Sie hat mir nie geschrieben. Weil sie nicht lesen und schreiben konnte. Vielleicht ist sie irgendwann zurück nach Deutschland. Wo sie herkam. Gehbehindert und schönes Haar. Aber das Wasser. Es ist unwahrscheinlich.«

»Elise, sie hat Fritz Koller geheiratet! Wir sprechen von derselben Flora!«

»Was?«

»Ich kenne Floras Geschichte. Flora Bergmüller, nicht wahr?«

»Bergmüller, ja.« Elise hebt beide Arme und lässt sie wieder auf die Bettdecke sinken: »Flora. Du und sie. Und einen lieben Mann. Mit Wellen, tiefblau, nach alledem. Auch Kinder. Die Lichter. Die Tauben auf dem Wasser –«

Und während Elise vor Erleichterung und Erschütterung still vor sich hin weint, erzählt Stini weiter von Flora, alles, was ihr gerade in den Sinn kommt, weil es auch ihr guttut, die einstige Freundin wieder einmal aus der Erinnerung zu holen. Ohne zu bemerken, dass Elise irgendwann, als das Morphin wirkt, einschläft.

24

IM KOPF KANN ICH GENAU SO GUT TANZEN WIE FRANCESCA!

Draußen auf einer Bank klaubt Sevi ein Sugus-Papierchen nach dem anderen aus dem Hosensack, faltet jedes auf und streicht es über dem Knie glatt. Mit der glänzenden Seite nach oben legt er sie aufeinander, richtet sie sorgfältig aus. Ein zuvor an der Hose gesäuberter Stein beschwert den langsam anwachsenden Stapel.

»Schugusch-fische«, murmelt Sevi immer wieder, während er hingebungsvoll plättet und ordnet. Als er fertig ist, schaut er sich den Stapel von allen Seiten her gründlich an und ist begeistert: »Schugusch-fische!« Dann stopft er alle Papierchen zurück in den Hosensack, bis auf ein rotes und ein blaues, die er an Zweige steckt und als Flaggen über den Zaun hält.

Meistens zahlt Sevis Geduld sich aus, schließlich ist er dorfbekannt. Auch die Bäuerin von gegenüber kommt jetzt vorbei und gibt ihm weitere Sugus, nicht ohne ihn zu ermahnen, die Kaubonbons mit Matti zu teilen. Der hält sich immer schon in der Nähe auf, greift sofort danach, muss aber seine Papiere unverzüglich Sevi abliefern.

Im selben Moment zwitschert drinnen im ersten Stock Bärbi von ihrem angestammten Hocker aus etwas in die Korridorluft. Was meint sie? Aha, dass sie doch lieber Alwina geheißen hätte. Worauf Greti sich zu ihr hinunterbückt und mit der Hand vor ihrer Nase wedelt: »In dem Fall wünsche ich dir einen guten Tag, Alwina!« In einem derart freundlichen Ton spricht Greti, dass Maria und Ursle ihr

Gespräch unterbrechen und einander erstaunt anschauen, während im westlichen Gang der Männeretage Francesca gerade ein Lied anstimmt.

Wer noch gehen kann, tritt aus dem Zimmer, stützt sich wenn nötig irgendwo ab oder bleibt mit verschränkten Armen stehen, setzt eine Kennermiene auf oder lässt, wie Oski, zuerst einmal den Kiefer fallen. Hauptsache zusehen. Oder wenigstens zuhören. Dazu stehen alle Türen offen. Schwester Therese hat das veranlasst und wird es am Abend als *gute Tat* in ihrem persönlichen Heft vermerken.

Leider führt Eugen sich auf, als sänge die Taube nur für ihn. Er schiebt, um sich vorzudrängeln, ausgerechnet Köbi unsanft beiseite, der erwartungsgemäß seine Maulorgel zückt und sich gerade noch auffangen kann. Man lauscht begeistert, fordert eine Zugabe. Francesca ziert sich; das gehört zur Darbietung. Als sie wieder zu singen beginnt und Köbi sie erneut begleitet, fällt einer nach dem andern in den Refrain ein. Immer wieder *tralalala, lalalala* und nochmals *lalalalalala*, und sobald die Maccheroni im Lied auftauchen, geben die Männer noch eins drauf, auch in der Hoffnung, man würde damit die Taube zum Tanzen bringen, was sie ansatzweise bereits tut.

Nur Moritz verärgert das Getue einmal mehr. Die Leute hier haben keine Ahnung von der italienischen Sprache, begreifen nicht, dass dies ein Lied gegen den Krieg und für die Genügsamkeit ist. Und trotzdem singt Francesca hinreißend, das muss er zugeben. Zum Schluss bekommt sie einmal mehr Applaus, auch wenn sie nicht richtig getanzt hat. Und während die Männer noch klatschen (Eugen übertrieben laut, Pesche anerkennend und unauffällig), rufen Edith, Philomena und Rösi im Chor nach der Taube: »Bei-uns-auch! Bei-uns-auch! Sin-gen! Sin-gen!«

Die Oberschwester sitzt unterdessen an ihrem Sekretär und nimmt den Telefonhörer ab. Mehrmals sagt sie Ja und Nein und auch Dinge, die Wisi nicht einmal zur Hälfte versteht. Das Läuten des Telefons hat ihn magnetisch angezogen. Er drückt sein Ohr an die Tür, niemand sonst hält sich im Treppenhaus auf. Passt eben gerade prima, da die Erwachsenen in den Stockwerken über ihm irgendein Käferfest veranstalten. So laut sind sie, wie es Schwester Lisette den Kindern nie erlauben würde. Deshalb ist es auch so schwierig, eigentlich unmöglich, den Aussagen von Schwester Ottilia zu folgen.

Dann eine längere Pause. Oben ist es ruhiger.

Doch, das ließe sich machen, sagt die Oberschwester nun deutlich. Man bahre sie im Holzkeller auf. Der Leichnam müsse allerdings spätestens am Montagabend abgeholt werden.

Wie uninteressant. Ist eben wieder jemand gestorben.

Enttäuscht nimmt Wisi seine Schuhe vom Gestell und geht nach draußen, wo er schon längst sein müsste. Die Kaninchen hätten Hunger, hat Schwester Lisette ihn ermahnt. Ja, *er auch*.

Während Wisi auf dem Weg zum Stall mit seinen klaffenden Schuhspitzen Kiesel springen lässt, bis er Sevi mit vollen Backen sieht, hängt Marie in Steffisburg den Hörer ein. Danach rutscht sie die Tapete entlang auf den Schemel unter dem Wandtelefon. Um sie herum ist nur blendende Leere. Die flache Morgensonne scheint umsonst tief ins Zimmer hinein.

Zu spät hat Marie Elises Fernbleiben bemerkt. Zu spät hat sie ihre Nichte Anna aufgesucht und zur Rede gestellt. Zu spät hat sie ein Zetermordio angestimmt, als diese erklärte, Elises frevelhafte Beziehung mit Kari müsse doch gesühnt werden. »Die eigene Mutter unter Verdacht zu stellen! Und wenn's wahr wäre, hättest du immer noch kein Recht, dich so aufzuspielen!« Zu spät hat sie folglich im Brüggli angerufen, und weil dort niemand abnahm, sich zum örtlichen Pfarrer durchgewählt, gestern Abend war das, zu spät schon. Die Frau Pfarrer war am Apparat; sie kennt sie ebenso wenig wie den Pfarrer selbst, der *leider Gottes* nicht zu sprechen sei. Als hätte es sich um eine Kleinigkeit gehandelt! Maries Nerven lagen blank, sie sagte, beteuerte, dass sie am Sonntag ins Brüggli kommen wolle, um ihre Schwester, Frau Elise Linder-Brand, herauszuholen, früher sei es ihr nicht möglich, da sie ihren Sohn aufbieten müsse, den Sohn mit seinem Auto. Selbstverständlich könne die Schwester auch bei ihr wohnen, man sei keineswegs arm, weder sie noch Elise. Und auch nicht ihre Tochter und Stieftochter, die sie ohne ihr Wissen ins Armenasyl gebracht hätten.

Die Frau Pfarrer gab ihr den Rat, am nächsten Morgen direkt im Brüggli anzurufen und alles in Ruhe zu klären. In Maries Namen könne sie aber schon einmal bei Frau Linder vorbeischauen. Ihr Mann und sie gingen ja gleich ins Asyl hinüber, um den wöchentlichen Gottesdienst zu feiern. Doch verbiete es sich, der Oberschwester zuvorzukommen, was bedeute, dass sie Frau Linder eigenmächtig nicht über den *Irrtum* aufklären dürfe. Mit Sicherheit würde die Hausmutter dies aber anderntags gleich erledigen.

Zu spät. Immer nur das: *zu spät, zu spät.*

Aber wenigstens etwas hat sie erwirken können, und das wird sie mit allen Mitteln und koste es, was es wolle, bei Anni durchsetzen: Eine Beisetzung auf dem Armenfriedhof kommt auf keinen Fall, nie und nimmer und überhaupt gar nicht in Frage! Elise soll nach Steffisburg gebracht und neben ihrem Kari zu liegen kommen. Punkt.

Marie rafft sich auf, zieht Schuhe und Mantel an und setzt sich wieder einmal den schwarzen Hut auf. Noch ist es Zeit, auf den Samstagsmarkt nach Thun zu gehen. Einen ganzen Korb Tulpen will sie dort kaufen, rote und weiße, für Elise.

Und während Marie von Trauer gebückt in die Straße einbiegt, singt die Taube tatsächlich ein weiteres Mal. Und dann tanzt sie dazu auch noch. Vor den Frauen ist das etwas anderes, etwas völlig anderes. Es sind kleine, entschlossene und gleichwohl leichte Schritte, die noch besser zur Geltung kommen, wenn Francesca ihren Rock mit spitzen Fingern etwas anhebt. Sie hat die Haare gelöst, auch das, Takt und Grazie dirigieren Hüfte und Schultern, sie dreht sich um sich selbst, ihren nackten Füßen kann man mit den Augen kaum folgen.

Schwester Burga hat den Arm um Mili gelegt, aus ihrem Gesicht blitzt die Lust, mittanzen zu wollen.

Sie darf nicht, denkt Francesca, ich tanze deshalb auch für Burga. Für sie und alle anderen, die nicht mittanzen können. Selbst für die Signora Elise tanze ich, der ich gestern noch die Sandkörner aus den Augen gewaschen und den Mund weich gemacht habe und die ich nachher schön herrichten werde. Schade, dass sie nur so kurz bei uns gewesen ist. Und, *tralalala*, auch für das Kindchen in meinem Bauch tanze ich, das ich bald herumzeigen kann, im Sommer, wenn es hier ebenso warm ist wie in Padua, und den Frauen und Männern hier im Brüggli werde ich es in die Arme legen, *lalalalalala*, dieses frische Leben.

BEWOHNER UND BETREUER IM BRÜGGLI

[Die Angaben in den eckigen Klammern verweisen auf die Zimmernummern bzw. den Kinderbereich.]

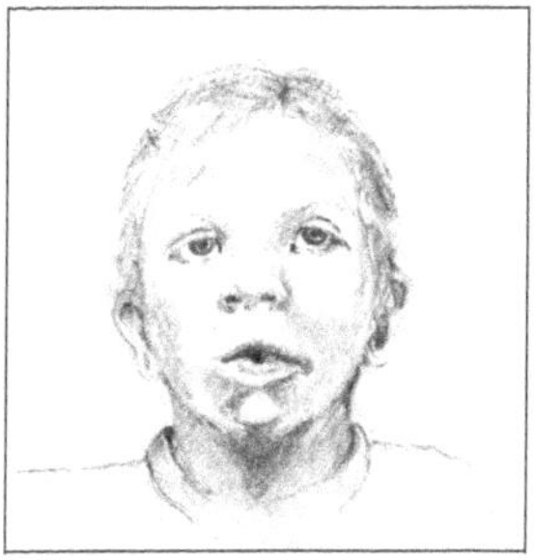

ALLENBACH MATTI [K]
Seit Jahren im Armenhaus untergebracht. Kann nicht sprechen, scheint aber alles zu verstehen. Wird offiziell als *debil* bezeichnet. Ist weitgehend selbstständig. Im Garten gräbt er tiefe Löcher.

ANNELER MAGDA [4]
Magengeschwür. Auf einem Auge blind. *Frühe Heirat. Die ersten Jahre waren recht, aber danach begann das Elend, weil das Geld nicht langen wollte. Ich hatte nur ein Kind, es starb nach der Geburt. Die Ehe wäre besser gewesen, hätten wir Kinder gehabt.* Wunsch: *Ein Schälchen Walderdbeeren.*

AST GRETI [1]
Von Kindheit an auf sich gestellt. Eingesessen wegen Diebstahls. Arbeitserziehungsanstalt. Später als mutmaßliche Gehilfin einer Heiratsschwindlerin in den Heimatkanton abgeschoben. Ihre Bevormundung endete, als sie einen Pferdewärter ehelichte. Scheidung. Wunsch: *Einen Haarföhn, einen Nerzmantel, eine Reise nach Indien, einen Glücksritter oder etwas ähnlich Verrücktes? Ich nehm den Mantel!*

BACHER HEDLE [2]
Von ihren Eltern in die Irrenanstalt gebracht. Einer der Ärzte kannte sich aus und stellte die Diagnose *Tourettesyndrom*. Danach lebte sie bei der Großmutter. Nach deren Tod Einweisung ins Brüggli. Sie stickt Wandbehänge für den Dorfbasar und hat während der Handarbeit kaum Ticks. Wunsch: *Dass meine Eltern sich bei mir entschuldigen würden.*

BÄRTSCHI BERNHARD
Herr Pfarrer. Nichtraucher (ein Glück für Fränzle Schmelzer). Auch Präsident der *Armenasyldirektion*, die ausschließlich aus Männern besteht.

BÄRTSCHI SOLANGE
Frau Pfarrer.

BECK SARA [K]
Sie wurde ihrer Mutter weggenommen, die der Nachbarin zufolge eine *triebhafte und geistesschwache Person* sei. Die Fürsorge schloss sich nach kurzem Augenschein dieser Meinung an. Für Saras O-Beine ist nicht etwa ein Vitamin-D- oder Calciummangel verantwortlich, sondern sie sind ganz einfach erblich bedingt.

BERGER HANS [8]
Aufgrund *skandalöser Familienverhältnisse* drängte die Fürsorgebehörde auf eine Unterbindung von Hans' Ehefrau. Nach vergeblichen Mahnungen zur Besserung wurden die vier Kinder fremdplatziert und die Heimschaffung der Eltern verordnet, worauf Hans' Frau zu ihren Eltern in einen anderen Kanton zog. Wunsch: *Lotti von hinten und Annlies von vorne nehmen. So oft ich will.*

BETTLER PHILOMENA [1]
Zimmergeist. Gerne hätte sie in einem Laden gearbeitet, fand aber keine Stelle, da sie nur 132 cm groß ist. Also betätigte sie sich als Weißwarenschneiderin in Heimarbeit und pflegte ihre Mutter. Männer, die sich für sie interessierten, seien nur neugierig auf ihr Mädchenhaftes gewesen, sagt sie. Bluthochdruck, *herzkrank.* Wunsch: *Eine Zickzack-Freiarmnähmaschine fürs Brüggli.*

BISCHOFF LOTTI
Küchenhilfe im Brüggli.

BOLER EDITH [2]
Hat Knochentuberkulose. Ist nicht wehleidig, neigt zu Eifersucht. Kann ohne Interpunktion reden und schreiben. *Ich habe an sehr vielen Stellen gearbeitet und sehr große Freude an der Arbeit in der Landwirtschaft gehabt. Ich habe sehr viel gelernt, aber am Ende hat es nichts genützt und vieles war auch sehr schön.* Wunsch: *Noch einmal beim Heuen und Emden mitmachen.*

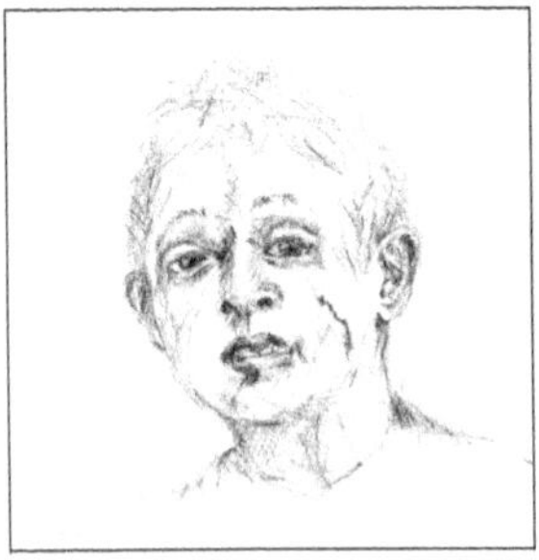

DÄPP WISI [K]
Hat keine Geburtsurkunde. Ist mit Würgemalen und Narben am ganzen Körper ins Brüggli gekommen. Seine erwachsene Schwester meldete den desolaten Zustand der Familie endlich bei der Fürsorge. Schwester Lisettes Gebet für Wisi: *Der Herr behüte dich, wenn du fortgehst und wiederkommst, von nun an bis in Ewigkeit. Amen.* Wunsch: *Ich will Militär werden.*

EGGER OTTI [6]
Mongoloid bzw. Downsyndrom. Sein Vater war Störmetzger, der sich durch einen Messerstich am Oberschenkel verletzte und verblutete. Auch seine Mutter ist verstorben. Otti ist anhänglich, manchmal wütend, auch auf sich selbst. Bekommt hin und wieder einen Brief von seiner Tante. Er kann aber nicht lesen, weil er nicht eingeschult wurde. Wunsch: *Baustelle! Ich bin der Kran!*

FÄHNRICH KÄTHLE [4]
Wuchs ab dem sechsten Lebensjahr bei fremden Leuten auf. Schwere Differenzen mit der Pflegemutter. Nach deren Tod Pflege des Ziehvaters, *was meine schönsten vier Jahre gewesen sind.* Nur weil es ihr schwerfiel, sich als alleinstehende Frau durchzusetzen, heiratete sie einen viel älteren Witwer. Wunsch: *Eine neue langärmlige Bluse.*

FISCHER BALZ [6]
Ist *geistig nicht ganz normal.* In der Zündholzfabrik kann man ihn gut brauchen. Hatte nie einen Freund oder eine Freundin. Tut sich gern mit Baschi Senften zusammen. Bekommt gelegentlich Besuch von Angehörigen. Wunsch: *Sag ich nicht. Sonst werde ich wieder bestraft.*

FRYDIG LYDIA
Hausangestellte im Brüggli.

FUHRER BERTA
Wäscherin im Brüggli.

GEMPELER RESLE [3]
Ich bin von Beruf Privatiere gewesen! Näheres ist höchstens der Oberschwester bekannt. Resle leidet an Gicht. An manchen Tagen ist sie kaum oder gar nicht aus dem Bett zu bringen. Sie will ihrer Katze das Sprechen beigebracht haben. Wunsch: *Mit Bärbi Zysatt ab sofort ein Zimmer teilen!*

GERMAN EUGEN [Aufenthaltsraum]
Nach heftigem Streit mit seiner Frau verließ er seine Arbeitsstelle und reiste mit dem gemeinsamen Sparheft planlos in der ganzen Schweiz herum. Mittellos von der Polizei aufgegriffen, dann ein Jahr Arbeitserziehungsanstalt *wegen unstetem Leben und Vagabundieren.* Diabetes und *Schaufensterkrankheit.* Wunsch: *Ein Toupet! Dann würden die Weiber auf mich fliegen wie auf Gregory Peck.*

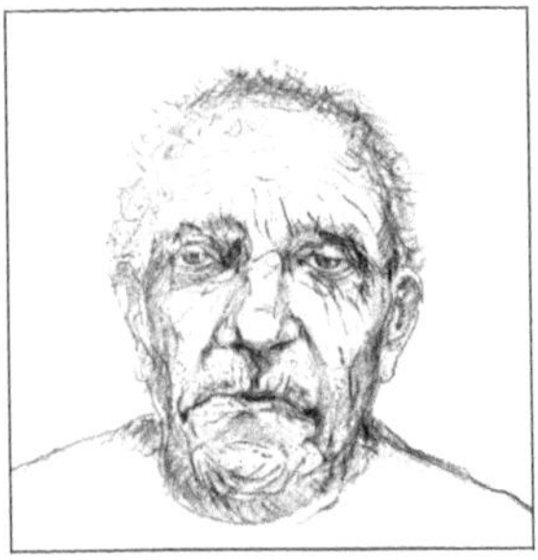

GÜLLER MIGGU [5]
Schon mit sieben Jahren Fabriklerkind in der Ostschweiz. Später verübte er als Magaziner mehrere Diebstähle (v.a. Bier und Fischkonserven). Kam ins Gefängnis, dann in die Arbeitserziehungsanstalt, wo er als *guter Arbeiter und falscher Mensch* entlassen wurde. Danach Hilfsarbeiter in einer Kesselschmiede. Mag Männer lieber als Frauen. Wunsch: *Mehr Mut.*

HABEGGER SÄMU [6]
Zimmergeist. War Bahnwärter. Nach der Trennung von der Ehefrau bewohnte er möblierte Zimmer, galt als solider und ruhiger Mieter. Schwere Arthrose. Wunsch: *Ich bin mit einem blauen Auge davongekommen, und das bräuchte nun eine Brille, wenn Ihr versteht, was ich meine.*

HAFEN KÖBI [7]
Meister der Flüche und Schimpfwörter. Hatte nie eine Familie, aber hin und wieder eine Liebschaft, die immer an ihm selbst gescheitert sei. War als Holzbearbeiter in einer Schreinerei tätig. Besitzt eine Mundharmonika. Wunsch: *Dem Knuchel Leni noch sagen, dass ich mich damals getäuscht habe.*

HARTSCHI RÖSI [3]
Arbeitete unter anderem als Eieraufschlägerin in einer Teigwarenfabrik. Ist gewitzt und lacht gern. Als Alkoholgeschädigte vergisst sie so manches, hat zudem *ungefährliche Wahnvorstellungen.* Ihre noch intakten Erinnerungen an Kindheit und Jugend bringt sie ungefragt an jeden Mitbewohner. Wunsch: *Petrus soll mich ja nicht hocken lassen!*

HENNI LUDMILLA
Präsidentin des zehnköpfigen Frauenkomitees. Verheiratet mit einem Bankdirektor. Ihre gemeinsame Tochter wuchs in einem Mädchenpensionat auf.

HOPF BETHLI [1]
Kam als uneheliches Kind einer Magd zur Welt. Arbeitete selber als Magd bei immer derselben Bauernfamilie und wurde von ihren Meistersleuten über Generationen hin geschätzt und gut behandelt. Gläubig. Haut- und Knochenkrebs. Wunsch: *Ein Canärli. Alles andere wäre undankbar.*

HÜRNER OSKI [8]
Sogenannt *debil.* Oski ist ungewöhnlich stark! Er hilft beim Karren, Holzspalten, Umgraben oder dem täglichen Transport der vollen Milchkanne vom Bauernhof zum Brüggli. Sein Ein und Alles ist ein fast kahler, aus Kaninchenfell gefertigter Bär, den er seit seiner frühen Kindheit besitzt. Wunsch: *Ich will Weltmeister bleiben!*

IMMER SEPP [5]
War Stucker. Einst vor Gericht, weil er seine Frau sowie einen Arbeitskollegen *verbal lebensgefährlich bedroht* hatte, da er sich hintergangen fühlte (zu Recht, wie sich viel später herausstellte). Wegen *Verfolgungswahn* ins Irrenhaus eingeliefert, wo er nach einem Jahr entlassen wurde. Wunsch: *Im Schloss Spiez statt in diesem Gefängnis wohnen.*

JAGGI PESCHE [6]
Schon eine Ewigkeit im Brüggli. Pesche war Tagelöhner und oft obdachlos. Hat seit Geburt *Klumpfüße*, ist inkontinent, was im Brüggli als *unreinlich* bezeichnet wird. Ist launisch und dankbar für jedes gute Wort. Wird hin und wieder von einer viel jüngeren Schwester besucht. Wunsch: *Ein Platzkonzert mit Marschmusik.*

KALLEN URSLE [2]
Zimmergeist. Tochter wohlhabender Eltern. Ihr Verlobter fiel 1915 in Belgien. Insolvenz des väterlichen Geschäfts (Chemiebranche) nach dem Krieg. *Ich ließ mich damals zu schnellem Geld verleiten, wurde von der Polizei aufgegriffen und bevormundet. Die amtliche Anzeige beschämt mich bis heute.* Später Telefonistin. Morbus Basedow. Wunsch: *Einen Bruder, der mir mit Rat und Tat zur Seite stehen würde.*

KEMPF JOHANN
Gärtner im Brüggli und Mann für alles. Bruder der Weschi Christine.

KLOPFENSTEIN EVA [2]
Geisteskrank. Die Diagnose *traumatisiert und hirnverletzt* beschreibt es genauer, da Eva von ihrem Ehemann fast zu Tode geprügelt wurde. Nach einem Spitalaufenthalt kam sie ins Brüggli. Die beiden Kinder wurden bei Verwandten untergebracht und sind inzwischen fast volljährig. Sie haben ihre Mutter noch nie im Armenhaus besucht. Wunsch: *Unter einen Wasserfall stehen.*

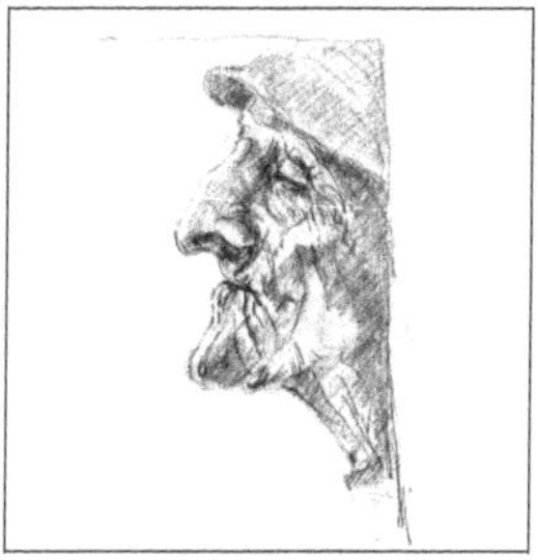

LAUFER ALFRED [7]
Korber und *Vagant.* Seine Familie gilt als *moralisch auf niederer Stufe.* Erzwungene Aufenthalte in der Arbeitserziehungs- und Trinkerheilanstalt. Allmähliche Erblindung. *Als ich zufällig jemanden anpumpte, haben sie mich hierhergebracht.* Wunsch: *Einmal die Woche Krapfen, wie die Frauen sie bei uns machen. Und jeden Tag einen Schnaps zur Verdauung.*

LEHNER STINI [3]
Zimmergeist. Als Fabriklerin ist sie in der ganzen Schweiz herumgekommen. *Wer armengenössig ist, gehört nicht mehr zur Gesellschaft,* weiß sie. Und manch anderes auch, denn sie ist klug und vielseitig interessiert. Im Brüggli, wo sie schon lange ist, wird sie sehr geachtet. Wunsch: *Ein Fläschchen 4711.*

LINDER ELISE [3]
Mit achtzehn hat sie die uneheliche Anni geboren. Zwei weitere Töchter aus der Ehe mit dem Tagelöhner Beni wurden *Röseli* genannt und starben beide früh. Scheidung. Heirat mit dem Witwer Gottfried, dessen vier Kinder sie zusammen mit ihrer Anni aufzog. [Mehr über Elise in: *Unter offenem Himmel,* erschienen 2020 bei Jung und Jung].

LOHNER LILIAN [K]
Eins von sechs Kindern. Spastikerin. Vater: Molkereiangestellter. Mutter: Hausfrau, bleichsüchtig, zumeist bettlägerig. Die Familie entspricht dem sozialen Standard. Lesen und Schreiben hat Lilian von der älteren Schwester gelernt. Dank ihrer Tante, Lydia Frydig, hält Lilian sich manchmal im Brüggli auf, wo sie sich wohlfühlt. Wunsch: *Ein Buch mit so vielen Erklärungen, wie eine Birke Blätter trägt.*

LONTSCHI MORITZ [8]
Hat Krebs, arbeitete als Gasstandabnehmer. Spricht auch Italienisch. Leistete Militärdienst im Tessin. Sein einziger Bruder war in der Fremdenlegion, *legal*, wie Moritz betont. Obwohl erst seit einem Jahr im Asyl, ist ihm wegen seiner Hilfsbereitschaft die Aufgabe des *Zimmergeistes* zugefallen. Wunsch: *Dass Giuseppina an die Tür des Brüggli klopft.*

LUCHS VRENELI [2]
Vor sechszehn Jahren als FünfJährige ins Armenhaus gebracht. Über die Eltern schweigt man sich im Brüggli aus. Vreneli ist gelähmt und taubstumm.

LUDI LUDI [6]
Holzhacker, danach Postpacker. War sieben Jahre verheiratet. Keine Kinder. *Meine Alte hat mehr gesoffen als ich.* Er und seine Frau kamen in die Trinkerheilanstalt. Die Frau wurde rückfällig und starb an einer Alkoholvergiftung. Ludi Ludi investierte das Erbe seiner ledigen Schwester in falsche Zähne. Wunsch: *Alles abfackeln, hahaha…*

MARMET AGNES [2]
Sie war das späte Glück ihrer Eltern. Seit Langem Waise. Das Leben im Brüggli findet sie ganz in Ordnung. Arbeitet in der Zündholzfabrik. Freut sich stets auf die halbjährlichen Besuche ihres Vormunds bzw. auf sein Mitbringsel, einen Berner Lebkuchen, der zum Teilen zu klein ist. Spielt gerne mit den Kindern. Mag die Fragen der Lohner Lilian nicht. Wunsch: *Nur noch schöne Sachen träumen.*

MATTER HANSLI [K]
Sein Vater wurde vom Blitz erschlagen, als er einem Nachbarn dabei half, ein verirrtes Rind zu retten. In ihrer Not ließ die junge, gottesfürchtige Witwe sich von ihrem Bruder dazu überreden, Hansli vorläufig ins Brüggli zu geben. Um dem Heimweh entgegenzuwirken, darf sie ihn nur einmal im Monat sehen.

MÜLLER ANNLIES [2]
Arbeitete nach Ende der Schulzeit als Zuschneiderin im Zeughaus. Bei einem Hausbrand im Nachbardorf verlor sie ihre Familie. Vorübergehend im Brüggli.

MUNK MARIA / MITZI [K]
Im Zuge des von der Schweizerischen Stiftung *Pro Juventute* initiierten *Hilfswerks für die Kinder der Landstrasse* wurde Maria einer jenischen Familie weggenommen. Durch eine angeborene Fehlbildung hat die Fünfjährige keine Unterarme.

NUSSBAUM CHARLOTTE [2]
Ihre Mutter starb am *Veitstanz* (Chorea Huntington). Bis zum Tod des Vaters, eines Opernsängers, zog Charlotte mit ihm durch halb Europa. Später kleine Engagements als Tänzerin. Bei der Polizei wegen *Körperverletzung*, d.h. Syphilis, angezeigt. Nach Ausbruch der von der Mutter vererbten Krankheit heimgeschafft und ins Brüggli eingewiesen. Wunsch: *Ich möchte Susanna in Hochzeit des Figaro spielen.*

PIEREN STEFAN [K]
Der jetzt Zweinhalbjährige kann noch nicht gehen, da er Tag und Nacht im Bett angebunden war. Mutter: Saaltochter, *klatschsüchtig.* Vater: Gepäckträger, *ein gewalttätiger Mensch, dessen Betragen im Zustande der Betrunkenheit zu größten Bedenken Anlass gibt.* Erst bei der Scheidung der Eltern schritt die Fürsorge ein.

RÖSTI MELCHIOR [5]
Schneider, Provisionsreisender (*Vertrieb eines Doktorbuches*), Bügler, Wahrsager, Autohändler. Ein Jahr Gefängnis wegen *wiederholtem Betrug und Fälschung einer Bundesakte.* Die nach der Haft betriebene *Kleiderklinik* brachte nur Schulden. Heimschaffung und Einreiseverbot für den Kanton Zürich. Flickt im Brüggli die Wäsche der Männer. Wunsch: *In Paris flanieren.*

RUBI KARIN [K]
Die ledige Mutter war Kulissenmalerin. Wegen einer Unterleibsoperation und nachfolgender Komplikationen verlor sie die Stelle am Theater. Die Fürsorge übernahm die Behandlungskosten und mischte sich ins Leben der kleinen Familie ein. Für Karins Zwillingsbruder Koni wurde bereits eine Pflegefamilie gefunden. Wunsch: *Wieder jede Nacht mit Mama und Koni in einem Bett schlafen.*

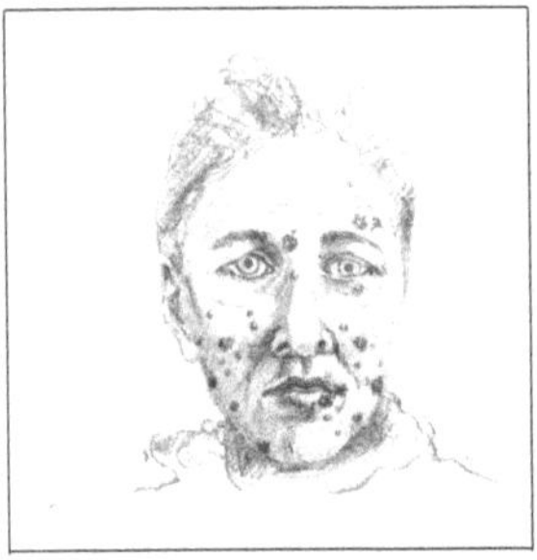

RUBIN MARIA [4]
Arbeitete in einer *Volksheilstätte für Tuberkulosekranke,* wo sie auch Liegen in Ställen umliegender Bauern bereitstellte (das Ammoniak der Kuhfürze sollte Gesundung bringen) und eine Freundin fand. Vormund: Wenn Maria Zeit für Freundschaften habe, so arbeite sie nicht genug. Er sorgte für eine neue Stelle an einem anderen Ort. Bald erkrankte sie an Morbus Crohn. Wunsch: *Ein Wunder.*

SCHÄRZ DAVID [7]
Zimmergeist. Durch Kinderlähmung gehbehindert. *Edler, tiefgründiger Christ.* Findet Freude bei der Lektüre *wertvoller Bücher.* Er kümmert sich um Alfred Laufer und Godi Thönen. Seine Augen werden immer schlechter. Besitzer einer Lupe. Wunsch: *Was mir fehlt, weiß ich nicht, und was ich brauche, weiß allein Gott.*

SCHMELZER FRÄNZI [1]
War Seidenwinderin. Ist fromm. Kann Zigaretten- und Stumpenrauch nicht leiden, auch rauchende Pfarrer nicht. Spricht wenig, und wenn, dann hält sie zumeist Standpauken. Starke Arthrose. Wunsch: *Ich freue mich, heimzugehen und das nächste große Fest, Ostern oder Weihnachten, im Himmel zu feiern. Wie wird das schön werden!*

SCHMOCKER SOPHIE [3]
Seit Geburt blind. Sie konnte lange im Haushalt einer Schwester leben und dort mithelfen. Als diese starb, wurde Sophie ins Brüggli gebracht. Wunsch: *Wieder einmal von einem gebratenen Poulet essen oder zumindest die knusprige Haut davon.*

SCHNYDER MILI [4]
Beginnende Demenz. Lernte Zettlerin in der Weberei eines Verwandten. Ihre Heirat mit einem Dreher brachte eine *kummervolle, schwere Zeit.* Sie hatte etliche Fehlgeburten, blieb kinderlos. Zeitlebens sehr gläubig. Ihr tägliches Gebet und zugleich ihr Wunsch: *Wenn ich auch gleich nichts fühle von deiner Macht, du führst mich doch zum Ziele, auch durch die Nacht. Amen.*

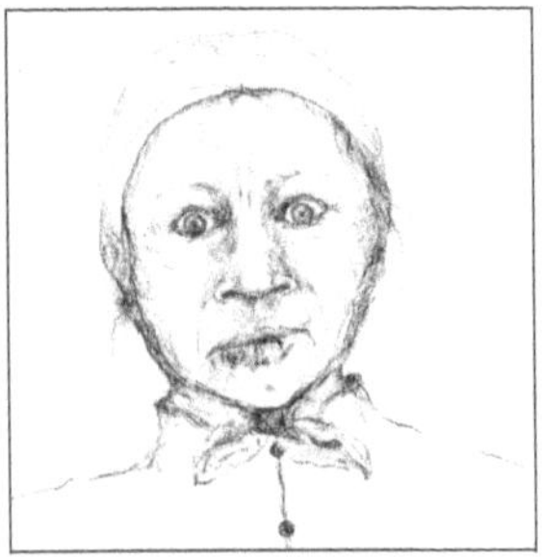

SCHÖNI LUISE [3]
Strebt nach einem tiefen christlichen Glauben. Wurde als *Nervenleidende* im Brüggli aufgenommen. Gegen die *Schüttellähmung* (Parkinson) hat ihr der Armenhausarzt Niklaus Zigerli Belladonna verschrieben. Luise ist mit Stöffu verheiratet, der sie jede Woche besucht. Wunsch: *Als Erstes, dass das grundlose Weinen aufhört.*

SCHRANZ RUEDI [8]
War Handlanger. Hat einen Haufen Kinder von drei verschiedenen Frauen (mit einer war er auch verheiratet), lebt aber ohne Kontakt zu ihnen allen. Hat immer noch sämtliche Fahrpläne des Kantons Bern im Kopf. Wunsch: *Nochmals mit der Zahnradbahn auf die Schynige Platte fahren.*

SCHWESTER ALICE ULRICH
Langjährige Nachtschwester im Brüggli.

SCHWESTER BURGA HALLER
Für die Frauen im ersten Stock zuständig.

SCHWESTER LISETTE SURY
Für die Kinder im Erdgeschoss zuständig.

SCHWESTER OTTILIA NELL
Seit Langem Hausmutter und Oberschwester.

SCHWESTER THERESE RIS
Für die Männer im zweiten Stock zuständig.

SENFTEN BASCHI [8]
Goldenhar-Syndrom, was in der ländlichen Umgebung von Thun noch unbekannt ist. Baschi hat Hörprobleme und Sprachschwierigkeiten, selten auch Atemnot. Er ist geistig zurückgeblieben, eigenwillig, kräftig und tut sich gerne mit Balz Fischer zusammen. Wunsch: *Sepp soll nicht frech sein.*

STEFFEN SUSI
Köchin im Brüggli.

STETTLER DORLI [3]
Lungenkrank. Hat keine Angehörigen mehr und nie eine eigene Familie gehabt. Fühlt sich nicht erst im Armenhaus von aller Welt verlassen. Wunsch: *Möge Schwester Burga mir beim Sterben helfen.*

STUDER SEVI [6]
Geistig abnormal. Im Winter schaufelt er geradezu leidenschaftlich Schnee, auch beim benachbarten Bauernhof. Hat große Freude am Mundharmonikaspiel des Köbi Hafen. Aus Sevis Wortschatz: *Schevi-nei, Schevi-ja, Schevi-Schyss, Schee-Maa, Schee-schuufe, Schugusch-fische, Schöbi-Mulöö, schön-gschy.*

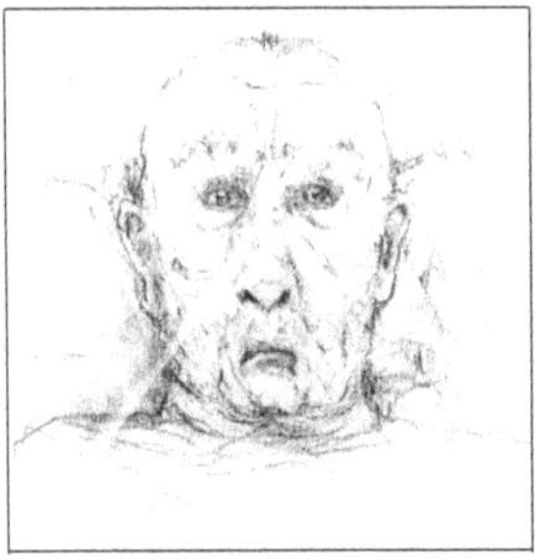

SUMI GWER [5]
Ein Leben lang Landarbeiter. Ernährte sich bei trockenem Wetter von saurem Most, Speck und Bratkartoffeln, bei nassem Wetter von saurem Most, Speck und Brot, außer zur Zeit seiner Militärdienste. Jetzt leicht dement. Bettlägerig, *gutartig* und anspruchslos. Wunsch: *Rennen können.*

SYDER MIRLA [1]
Nervenkrank, alkoholgeschädigt. Von jung auf hielt sie sich selbst für dumm. Diverse administrative Versorgungen sollten aus ihr *einen für die Gesellschaft brauchbaren Menschen* machen. Sie versprach immer wieder, sich zu bessern. Die Überführung von der Trinkerheilanstalt ins Armenhaus versteht sie als verdiente Strafe. Wunsch: *Noch einmal jung und Küchenmädchen im Glockenhof in Zürich sein.*

TEUSCHER JULIE [3]
Als Folge einer Gonorrhö wurde sie unfruchtbar. Julie verlebte gute Jahre mit ihrem Mann. Leidet an Magenkrebs. Wunsch: *Dass die Gempeler Resle samt ihrer idiotischen Katze aus dem Zimmer verschwindet!*

THÖNEN GODI [7]
Im Brüggli zuständig für das Hühnerhaus. *Wir waren drei Brüder, einer kam in Privatpflege, zwei ins Heim. Danach habe ich vier Jahre als Verdingkind Geld verdient, aber der Vormund hat es mir vorenthalten.* Wunsch: *Nur Schlechtes für meinen Vormund, obwohl er schon unter dem Boden ist.*

TORTORA FRANCESCA
Hausangestellte im Brüggli.

TREYER ODETTE [4]
Zimmergeist. Nach dem Tod ihres Mannes hat sie mithilfe der Schwiegereltern vier Mädchen großgezogen. Später angesehene Angestellte in einem Konfektionsgeschäft. Drei ihrer Kinder litten wie ihr Vater an Zystennieren und sind inzwischen auch verstorben. Die gesunde Tochter kann die Mutter finanziell nicht unterstützen. Wunsch: *In Interlaken das Tell-Freilichtspiel sehen.*

TROG UELI [K]
Ausgesetzt, weggegeben, abgeschoben, geopfert, weggenommen, entrissen, gerettet? (Der zehn Monate alte Ueli hat noch keine Geschichte.)

TSCHAGGENY FRITZ [7]
Arbeitete im Winter als Schneeschipper, im Sommer als Heizer auf Dampfschiffen auf verschiedenen Seen in der Schweiz. Leidet an einer fortgeschrittenen Arterienverkalkung und ist *gemütskrank.* Wunsch: *Dass ein Arzt sich richtig um mich kümmern täte.*

TSCHARNER ISI [5]
Zimmergeist. Fromm. Guter Jasser. Ist zuständig für die Schweine. War ein Leben lang Melker. *Wir hatten fünf Kinder, zwei sind früh gestorben, einfach so. Die anderen drei schämen sich für mich. Bin verlumpet, weil der Meister über seine Verhältnisse gelebt hat.* Wunsch: *Meine Enkel kennenlernen.*

VOGELSANG AMELIE / VÖGELI [K]
Hat mit vierzehn ein Kind geboren, das gleich zur Adoption freigegeben wurde. Der Vergewaltiger, ein verheirateter, *ehrbarer Bürger*, hatte keinerlei Konsequenzen zu tragen. Wunsch: *Einen Pinguin umarmen.*

VÖLKLI VIKTOR [5]
Betätigte sich seit seiner Jugend als Karrer und Auslieferer, fand in den späten Vierzigerjahren aber immer weniger Verdienstmöglichkeiten. Hat einen kleinen, drahtigen Körper. Darf als einziger Pflegling im Brüggli das Gelände verlassen, wann immer ihm danach ist. Wunsch: *Dass der Wald und die Nacht ganz allein mir gehören!*

WÄBER FRIEDA [4]
In jungen Jahren Dienstmädchen, danach mit dem Bruder Gusti zusammen das Heimetli der Eltern bewirtschaftet (Kühe, Schafe, Hühner, ein Stück Land), ihn später gepflegt und gleichzeitig allein für Haus und Tiere gesorgt, das Land verpachtet. Nach Gustis Tod Zwangsverkauf von Hab und Gut. Der Erlös wurde als Erbe auf alle elf Geschwister verteilt.

WESCHI CHRISTINE
Hilfskraft im Brüggli. Schwester von Johann Kempf.

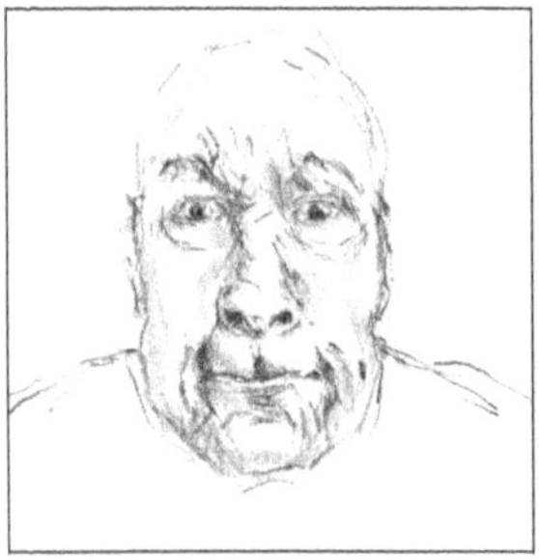

WILD KÜDE [7]
Als Kind *verkostgeldet.* Als Erwachsener war Küde ein tüchtiger Handlanger. Verdrosch Frau und Kinder regelmäßig. Scheidung. In den Folgejahren wegen *verschiedener Tätlichkeiten* im Gefängnis. Hat Angina Pectoris sowie Ohrtumore mit Hörverlust. Wunsch: *Vieles ungeschehen machen.*

WILLEN JONATHAN [Aufenthaltsraum]
Ästhet. Holzschneider. Durch einen Hirnschlag aus der Bahn geworfen. Heimgeschafft aus dem Kanton Graubünden, wo er aufwuchs und lebte. Wunsch: *Dass meine neue Liebe nie von meinen Schulden erfährt.*

ZIGERLI NIKLAUS
Arzt und als solcher auch für die Armenhäusler zuständig.

ZRYD MARCEL [8]
Vater von Müsi. Er war Bäckergehilfe und glücklich verheiratet. Lungenkrank. Hat kaum mehr Hoffnung auf ein Leben außerhalb des Armenhauses. Wunsch: *Das wisst Ihr doch!*

ZRYD MÜSI, eig. MUSETTE [K]
Tochter von Zryd Marcel. Niemand hat das Mädchen je bei seinem Taufnamen Musette genannt. Müsi stottert seit dem tödlichen Unfall der Mutter. Wunsch: *Nach Ostern möchte ich zur Schule gehen, in die erste Klasse!*

ZYSATT BÄRBI [I]
War eines von siebzehn Kindern eines Bergbauern. Zeitlebens Magd. Bärbi verließ das Tal kein einziges Mal. Sie hatte einen unehelichen Sohn, der auf einem der Höfe zusammen mit den Bauernkindern aufwuchs. Er wurde Käser und wanderte mit anderen Simmentaler Käsern nach Russland aus. Wunsch: *Ich weiß nichts, ich habe alles.*

DAHINTER

Bevor sich ein erster Satz finden ließ, zeichnete ich **mögliche Armenhausbewohner**, schnelle Skizzen mit weichem Bleistift auf verschiedene Papiere, eine pro Tag, manchmal zwei. Aus einer Vielzahl von Porträts wählte ich schließlich die Figuren für das fiktive Brüggli aus, gab ihnen Namen, erste Biografiesplitter, ein Bett. Und ich erriet, warum sie überhaupt in einem Armenhaus waren. Nur bei Elise Linder verhielt es sich etwas anders.

Das Armenhaus, das mir als ungefähre **Vorlage für das Brüggli** diente, war eines von vielen im Kanton Bern. 1953 herrschten dort prekäre Verhältnisse: deutliche Überbelegung, das Fehlen von Untersuchungs-, Kranken- und Sterbezimmern, spärliche sanitäre Einrichtungen, zu wenig Pflegekräfte und eine völlig unzureichende medizinische Behandlung. *Es müsse alles daran gesetzt werden*, schrieb 1955 der für jenes Armenhaus zuständige Pfarrer, *die Krankheiten zu lindern und dem Patienten auch durch geeignete psychische Therapie die Bestätigung zu geben, noch Anrecht auf das Leben zu haben.* Bald danach wurde das Armenasyl geschlossen.

In den ersten zwei Dritteln des 20. Jahrhunderts gab es in der Schweiz ein dichtes Netz von **Armenhäusern, Armenasylen bzw. Armenanstalten**. *Bürgerheime* und *Spittel* (Spital) wurden sie ebenfalls genannt, und manchmal trugen sie Namen wie *Sonnenschein, Gottesgnad* oder *Waldheim*. Eine Gesamtübersicht fehlt. Für das Jahr 1953 können allein im Kanton Aargau 57 Armenhäuser nachgewiesen werden.

1884 waren im Kanton Bern die gesetzlichen Grundlagen für die **administrative Versorgung** geschaffen worden. Von nun an war es möglich, Personen, deren Lebensweise nicht der gesellschaftlichen Norm entsprach, ganz offiziell und außergerichtlich (!) in Arbeits- und Korrektionshäuser, Trinkerheilanstalten und Armenhäuser einzuweisen. Bei den Armen resp. Verarmten wurde lange zwischen **unverschuldeter und selbstverschuldeter Armut** unterschieden. Zur ersten Gruppe gehörten *körperlich Gebrechliche*, das heißt *rechtschaffene, alte alleinstehende Leute*, die für sich selber nicht mehr sorgen konnten, des Weiteren Kranke, *geistig Anormale* sowie – seltener – Personen, die durch Unfälle oder Naturkatastrophen hilfsbedürftig geworden waren. Zur zweiten Gruppe zählten Personen, denen man *Boshaftigkeit, Gleichgültigkeit, Liederlichkeit, Leichtsinn, Faulheit, haushälterische Unfähigkeit* oder *Trunksucht* nachsagte. Unverschuldet Armen standen die Türen zu den Armenasylen offen, während selbstverschuldet Arme in der Regel erst einmal mit einer Einlieferung in eine Trinkerheilanstalt, eine Arbeits- oder Korrektionsanstalt rechnen mussten. Es soll auch Erwachsene und Kinder gegeben haben, die sich selbst um einen Aufenthalt in einer Armenanstalt bemühten oder aber von ihren Angehörigen in einem Heim platziert wurden. Mit dem **Armengesetz von 1946** bestand neu auch bei selbstverschuldeter Armut eine Unterstützungspflicht durch die Heimatgemeinde.

In der Schweiz galt seit dem 17. Jahrhundert das **Heimatortsprinzip**. Weder der Geburtsort noch der Wohnort waren zuständig für die Armenhilfe, sondern allein der Heimat- resp. *Bürgerort*, also derjenige Ort, wo die Vorfahren einer Person über Generationen hin ansässig gewesen waren und Rechte und Pflichten erworben hatten. Jedes neugeborene Kind bekam den Bürgerort seiner Familie (oder seiner ledigen Mutter), bei einer Heirat musste die Frau Namen und Bürgerort ihres Mannes annehmen. Aus *armenrechtlichen Gründen* wurden Hilfsbedürftige deshalb *heimgeschafft*. Zugleich verbot man ihnen oft auch die Rückkehr und jeden künftigen

Aufenthalt im Wohnsitzkanton, *unter Androhung der Überweisung an den Strafrichter im Falle des Ungehorsams.*

Als im Laufe des 20. Jahrhunderts sogenannte **Konkordate** geschaffen wurden, mussten der Wohnsitzkanton mit dem Bürgerortskanton die Verfahrensweise und die anteiligen Unterstützungskosten für eine *armengenössige* Person (oder für eine ganze Familie) mehr oder weniger aushandeln. Daraus ergab sich teilweise ein monatelanges schriftliches Hin und Her zwischen den einzelnen Armenbehörden und den Regierungsvertretern, bis endlich eine Lösung gefunden war. Die Bedürftigen selbst dürften in eine Entscheidungsfindung höchst selten, wenn überhaupt, einbezogen worden sein. In den staatlichen Archiven liegen bis heute Briefe von verzweifelten Hilfsbedürftigen.

Erst seit 1977 haben unterstützungsbedürftige Schweizerinnen und Schweizer die volle Niederlassungsfreiheit und können nicht mehr von ihrem Wohnort weggewiesen werden.

Von 1949 an hieß das **Armenwesen** im Kanton Bern **Fürsorgewesen**. Bestimmt gab es Fortschritte – beispielsweise durfte Männern nicht mehr das Stimmrecht entzogen werden (die Frauen hatten ja sowieso noch keins) –, doch blieben die Armenhäuser noch lange Armenhäuser. Für die Insassen bedeuteten sie Entwürdigung, Ausgrenzung und Disziplinierung, Entbehrung bis maximaler Verzicht, Aussichtslosigkeit und trotzdem gelegentlich Hoffnung, gar Sicherheit.

Was die **Kinder** angeht, so muss auf das im Jahr 1912 in Kraft getretene Schweizerische Zivilgesetzbuch verwiesen werden. Durchaus konnte man es insgesamt als *gesellschaftliche Errungenschaft* betrachten. Gefährdete Kinder fortan zu schützen, war das eine, doch wurde es nun gleichzeitig möglich, Kinder jeden Alters kurzerhand aus missliebigen Familien zu reißen und an fremden Plätzen unterzubringen. Die **Verdingkinder** und die **Kinder der Landstrasse** müssen an dieser Stelle erwähnt werden.

Regelmäßig schritten die Behörden auch nach dem Todesfall eines Elternteils und bei einer Scheidung ein. Auf **ledige Mütter** hatte man ein besonderes Auge. Uneheliche Kinder erhielten einen Vormund, da sie körperlichen und moralischen Gefahren ausgesetzt seien, wenn eine väterliche Autorität fehle und sie nicht in geordneten Familienverhältnissen aufwachsen können, hieß es. Nur *tüchtigen* Müttern wurde ausnahmsweise die elterliche Gewalt zugesprochen. Ihre volle rechtliche Anerkennung bekamen unverheiratete Frauen und ihre Kinder in der Schweiz erst mit der Revision des Kindesrechts von 1978.

1981 wurden die Gesetze zur administrativen Versorgung aufgehoben. Bis dahin waren Tausende von Erwachsenen eingesperrt worden, ohne dass sie ein Delikt begangen hätten. Sterilisationen und Abtreibungen waren Teil der Zwangsmaßnahmen gewesen, ebenso die Auflösung von Familien. Unzählige Kinder waren in diversen Heimen oder fremden Familien versorgt worden. Über alles gesehen hat sich der Bund in der Folgezeit schwer getan mit einer **Aufarbeitung**, doch durch die Berichte ehemaliger Opfer gelangte viel Menschenverachtendes, Empörendes an die Öffentlichkeit. Über die Armenhäusler und Armenhäuslerinnen in der Schweiz ist dagegen fast nichts bekannt. Sie bleiben gesichts- und namenlos. Nicht zuletzt deshalb wollte ich *Die Wünsche gehören uns* schreiben. Und natürlich wegen Elise.

DANK

An meine wunderbare Großmutter Gertrud fürs Erzählen.

An den Dorfhistoriker Ruedi Schneiter für die unentbehrlichen Informationen. An die Stiftung LebensART in Bärau für die Materialien. An Nicole Habegger von der Denkmalpflege des Kantons Bern für einen schönen Hinweis. An alle helfenden Hände im Bürgeramt und in der Burgergemeinde Steffisburg sowie in den Staatsarchiven der Kantone Bern, Schwyz und Zürich. An die vielen hier nicht namentlich aufgeführten Autoren und Autorinnen diverser Publikationen aus mehreren Jahrzehnten, denen ich bei meiner Recherche begegnet bin.

An den Dichter Robert Walser für das Wort *Situationsbeherrscher.*

An meine Enkelin Lina für die Katzenfrage.

An Susanne, Manuela und Jeanne fürs Lesen und freundschaftliche Unterstützen.

Und an die unbekannte Frau, die mir spontan die Tür öffnete und mich hereinbat – in jenes Haus, in dem meine Urgroßmutter Elise ihre letzten Tage hat verbringen müssen.